文芸社セレクション

霊的覚醒

鶴石　悠紀

文芸社

目次

プロローグ……11
病魔の克服……17
一　肺癌　17
二　病魔の克服へ　42
三　ヨガ修業入門　59
四　覚醒への挑戦　79
五　純白霊光への修業　105
六　新たな弟子　118
七　ミーユ師の教えⅠ　132
幽体離脱……140
一　エーテル界への幽体離脱　140
二　奇跡を生き延びた成功者　145

三　夢業一　155
四　夢業二　159
五　ミーユ師の教えⅡ　164

アストラル霊界への旅……168
一　アストラル界への移動　168
二　知者の村　172
三　修業僧の村　181
四　教師の村　195
五　医者の村　207
六　作家の村　214
七　俳優の村　227
八　歌手の村　235
九　楽士の村　246
十　絵師の村　257
十一　農民の村　264
十二　スポーツ選手の村　278
十三　自殺者の村　286

十四　殺人者の村　299
十五　偽教祖の村　307
十六　聖者の村　317
十七　ミーユ師の教えⅢ　324

上位霊界への旅……329
一　メンタル界への旅　329
二　コーザル界への旅　334
三　ミーユ師の教えⅣ　337

修業を終えて……342
一　帰国　342
二　覚醒の先へ　352

エピローグ……358

登場人物

川村竜一　高崎市生まれの会社員から修業の道に進むことになる主人公
川村千代　看護婦をしている竜一の妻
ダーシャ　駐日インド大使館のスタッフの女性
イシャン・ヴァルマ　駐日インド大使館ヴィヴェーカナンダ文化センターのヨガクラス講師
テンバ・ツェリン　インドのシッキム州のルムテク僧院のヨギ導師で修業僧の指導責任者
テンジン・ミーユ　シッキムの山奥に一人籠って修業している仙人のようなヨギ導師
ルドラ・チャウデゥリー　駐日インド大使
佐藤潤一　竜一の担当医である高崎総合医療センターの医師
カビーア・アガワル　インドラプラスタ・アポロ病院の医師
ドージェ・ダワ　ミーユ師に新規に弟子入りした四十歳の僧でルムテク僧院で修業していた者
寺坂春雄　関東大震災を生き延びた丸菱物産の創業者で名誉会長

山本美奈　寺坂春雄をインタビューする女性アナウンサー
ブリジット・シモン　世界的に有名なフランスの女優
大村千尋　シモンをインタビューするパリ支局の駐在員
倉橋俊樹　アストラル界知者の村の霊体の一人で、前生に日本の化学研究者だった者の前生の名前
イザベラ・ロビンソン　アストラル界知者の村の霊体の一人で、前生にイギリスの考古学者だった者の前生の名前
サルヴァドール・マルティネス　アストラル界修業僧の村の霊体の一人で、前生にスペインの修道僧だった者の前生の名前
バークリック・リラック　アストラル界修業僧の村の霊体の一人で、前生にタイの僧侶だった者の前生の名前
キム・ユジュン　アストラル界教師の村の霊体の一人で、前生に韓国の教師だった者の前生の名前
ジェーン・トンプソン　アストラル界教師の村の霊体の一人で、前生にアメリカ合衆国の教師だった者の前生の名前
エウゲン・シュナイダー　アストラル界医者の村の霊体の一人で、前生にドイツの医師だった者の前生の名前

リーマ　アストラル界医者の村の霊体の一人で、前生にケニヤの女医だった者の前生の名前
李　清姫　アストラル界作家の村の霊体の一人で、前生に中国の作家だった者の前生の名前
トム・カーランド　アストラル界作家の村の霊体の一人で、前生にアメリカ合衆国の作家だった者の前生の名前
ロバート・ウッドソン　アストラル界俳優の村の霊体の一人で、前生にアメリカ合衆国の俳優だった者の前生の名前
アンナ・デュラン　アストラル界俳優の村の霊体の一人で、前生にフランスの女優だった者の前生の名前
近藤佐知子　アストラル界歌手の村の霊体の一人で、前生に日本の演歌歌手だった者の前生の名前
カーラ・クライン　アストラル界歌手の村の霊体の一人で、前生にドイツのオペラ歌手だった者の前生の名前
ルーカス・バウアー　アストラル界楽士の村の霊体の一人で、前生にオーストリアの作曲家だった者の前生の名前
アリアナ・ロペス　アストラル界楽士の村の霊体の一人で、前生にスペインのバイオリニストだった者の前生の名前

ポール・ジュブワ　アストラル界絵師の村の霊体の一人で、前生にフランスの印象派画家だった者の前生の名前

メアリー・スノウ　アストラル界絵師の村の霊体の一人で、前生にアメリカ合衆国の画家だった者の前生の名前

ドミニク・カミンスキー　アストラル界農民の村の霊体の一人で、前生にポーランドの農民だった者の前生の名前

田中一郎　アストラル界農民の村の霊体の一人で、前生に日本の広島県の農民だった者の前生の名前

ジャック・パントリー　アストラル界スポーツ選手の村の霊体の一人で、前生にイングランドの騎士だった者の前生の名前

テオ・サントス　アストラル界スポーツ選手の村の霊体の一人で、前生にブラジルのサッカー選手だった者の前生の名前

パク・ウンギョン　アストラル界自殺者の村の霊体の一人で、前生に韓国の女子高校生だった者の前生の名前

セルゲイ・スミルノフ　アストラル界自殺者の村の霊体の一人で、前生にロシアのエンジニアだった者の前生の名前

トッド・ブラッディ　アストラル界殺人者の村の霊体の一人で、前生にアメリカ合衆国の殺人鬼だった者の前生の名前

袁　海青　アストラル界殺人者の村の霊体の一人で、前生に中国の一家殺人者だった者の前生の名前

中村霊峰　アストラル界偽教祖の村の霊体の一人で、前生に日本のオカルト教団の教祖だった者の前生の名前

マイケル・シンプソン　アストラル界偽教祖の村の霊体の一人で、前生にアメリカ合衆国のオカルト教団の教祖だった者の前生の名前

ニマ・タンディン　アストラル界聖者の村の霊体の一人で、前生にブータンのタラジュン僧院で僧院主をしていた者の前生の名前

フェルナンド・ロドリゲス　アストラル界聖者の村の霊体の一人で、前生にポルトガルのサンタレンのキリスト教修道院の大司教の前生の名前

（登場人物は、全て架空の人物であり、実在の者とは関係ありません）

プロローグ

　群馬県高崎市生まれの川村竜一は、東京都内の有名大学物理工学科を出てから、群馬県内の自動車メーカーに就職した。太平洋戦争後の混乱が収まり、これから日本が成長軌道に乗ろうとしていた頃である。研究開発部門に配属された竜一は、作れば売れるという高度経済成長の中で、燃費改善のエンジン燃焼効率向上や排ガス規制に対応する触媒開発に関わり、そこそこに人並みの研究成果を出してきた。だが、日本でバブル経済がはじけて一気に構造不況となるや、会社の業績が急激に悪化して研究部門にも組織縮小が始まり、その上、自動車の電子化やハイブリッド車開発、さらにサービス対応などの新しい感性の開発が求められ始めるとベテランよりも若い研究者への期待が高まった。一九九二年、竜一は、既に四十五歳になり、研究者としての限界に悩んでいた。そうかといって、研究部門の管理職はポストが極めて限られる上に、研究能力よりも管理能力が問われるので、竜一の得意とすることではなかった。このまま研究部門に留まれば、窓際族になってしまう。面接を通して竜一の気持ちを察した上司は、技術が分かる中高年者として、竜一を営業支援に回す方が本人の為だろうと、研究開発職から営業部門への異動を命じ、竜一は、家族を高崎に残して、都内にアパートを借りて単身赴任することになったのである。元号が平成に変わってまだ数年の頃である。

研究開発者から営業支援に変わったからといって、それほど忙しいわけではない。営業活動は営業専門の担当者がいる。支援技術者の仕事は、顧客クレームへの技術的な対応をしたり、販促資料の技術的な魅力を説明する部分を作成したり、時々はサービス修理部門を応援したりするくらいである。定時に出勤し定時に帰宅することが多い。元来が真面目な技術者である竜一は、会社からアパートまでまっすぐ帰ると寝るまでの間の時間がもたない。だが、飲み屋に寄って一人酒を飲んで帰る気にもならない。最初の半年は、営業資料や販促テキストなどを持ち帰って読んだり、自分なりに改善したものを作ってみたりしたが、それも続かなくなった。高校生を頭に男の子ばかり三人の子供に恵まれ、休日には子供のスポーツクラブの応援に妻と出掛けることが多かったのだが、単身赴任ではその楽しみもない。アパートで一人の夕食をとりながらテレビを見ていると、サラリーマンとしての出世街道からは確実に外れたという悔しい気持ちがざわざわと頭に浮かんでくる。そんなことが一カ月も続くと、（こんなことでは俺はダメになってしまう）と不安に駆られた。

竜一が新入社員として入社した一九六〇年代から七〇年頃は、新入社員教育にスパルタ研修とか座禅研修とか、あるいはマラソン研修などの厳しい規律教育がもてはやされた時期であった。竜一も入社早々に禅寺に一週間籠って座禅瞑想や寺の拭き掃除をやらされたことがあり、「悩み事や心配事を考えず、ひたすら呼吸に集中して心の中を空っぽにしなさい」と指導僧に厳しく言われたことは忘れられない。睡魔と闘ったり、足の痛みに堪えたりしながら、朝晩の一時間半の座禅瞑想を体験した記憶は忘れられるものではない。何とかしなければと思う気持ちから、竜一は、その日の夕食を済ませると、一ＬＫの狭い畳敷きの居間の真ん中に尻当ての座布団を用意して、昔を思い出しながら半跏趺坐に足を組んだ。

その日から、竜一は、朝晩一時間の自己流座禅を行うことにした。出来るだけ何も考えないようにして瞑想することは、少なくとも悩み事を一時的に忘れられるということであり、一週間続けるとなんとなく気持ちが楽になってきた。夜も良く眠れる。そうなると次の欲が出てくる。（この自己流の座禅で良いのだろうか。正しい瞑想法になっているのだろうか）。竜一は、疑問に答えを求めて、新宿にある紀伊国屋書店へ座禅の指導テキストを買いに立ち寄ってみた。今まで知らなかったが、紀伊国屋書店には宗教書関連コーナーがあり、座禅の教えはもちろんのこと、ありとあらゆる宗教書や形而上学の参考書や宗教家の教えやオカルト物の書籍が棚一杯に並んでいる。（これ程の宗教書が売られているということは、さまざまなことに悩んでいる人たちがよほどたくさんいるということなんだな）。竜一は、同病相憐れむような気分になり、なんとなく安心した。その日は、座禅瞑想の勧めという参考書を買って帰宅し、自分が自己流でやっているやり方がそれほど間違っていないことを確認した。

徐々に座禅が習慣となり、瞑想することに興味が湧き、そうなると、今まで見過ごしていたことに気付くのである。会社のすぐ近くに禅寺があることが分かった。なぜか気になって帰宅途中に立ち寄ると、毎晩の座禅会が開かれているという。誰でも任意参加出来るらしい。座禅をしに来る時は、気持ちだけの金額を置かれている箱に喜捨してから禅座敷に入るのである。夕七時から九時までの間、何時から座り始め、何時に終わるのも自由だという。この禅寺を知ってから、竜一は、会社帰りに禅寺で一時間座ることが多くなった。それでも、帰宅してから寝るまでの間に、さらに一時間の座禅は欠かさなかった。紀伊国屋書店の宗教書コーナーを知ってから、般若心経の解説書に始まって、幾多の聖人の書籍、歎異抄入門など経典の解説、エドガー・ケイシー、シュタイナー、バシャール、スウェデンボルグ、中村天風、神智学書籍、マヤの宗教書などを次から次へと読み漁った。そうした日々が五年続いた。

竜一が座禅を始めて五年が過ぎた年末のことである。竜一は、胸が苦しくて息が出来なくなり目が覚めた。時刻は何時か分からなかったが、どうやら真夜中のようである。苦しくて胸をかきむしろうとして胸の上を見ると、何かが乗っている。薄い黄緑色にぼんやりと半透明に光るソフトボール大の玉である。(何だこれは)と竜一が一気に払いのけると、その物体は、竜一の胸から飛び降りるように畳の上に逃げ、慌てて布団を払いのけて掴もうと伸ばした竜一の手を逃れて、畳の上をジグザグに走って逃げていくではないか。もちろん足などは見えないが、球が転がっているというのでもない。畳の上にわずかに浮いているように見えた。ネコやネズミが逃げていくような逃げ方である。二メートルほど逃げて、壁にぶつかる瞬間にふっと消えたのである。それは、ほんの一秒か二秒のあっという間の出来事だったが、竜一はすっかり目が覚めてその時は朝まで眠れなかった。忘れられるものではない。どう考えてもこの世の物体ではない。（これが霊体という物なのか。それにしても、なぜ私の胸の上に乗っていたのか。壁を通り抜けるほどの希薄な霊体が胸に乗っただけで死ぬほどの息苦しさに襲われたのはどうしてなのか）。どう考えても、竜一には理解出来ないことばかりだった。

その事があってから半年も経った頃のことである。竜一がアパートから通勤駅に歩いて行くまでに小さな公園がある。そこに野良猫が十数匹住みついている。猫たちは、公園内の石畳の歩道にたむろしていることが多いが、人が近づくと歩道の横に植えられているつつじの茂みに逃げ込む。竜一が朝夕に通りかかった時も、それまでは茂みに逃げ込んでいた。ところが、ある朝、竜一が足早に駅に向かって公園を通り抜けていると、一匹の若い野良猫が「ニャーニャー」と甘える声を出しながら、竜一の足元にすり寄ってきたのである。こうなると、むげに追い払うことが出来ない。竜一は、立ち止まって猫の背中や喉のあたりをしばらく撫でさすってやった。満足した子猫は、泣き続けながらゆっくりと離れていった。その翌日は、三匹になり、次の日は五匹になり、猫たちは、竜一に撫でてもらうと、神様から祝福されたかのように喜ぶのである。何故なのかは竜一にも分からない。

（座禅を続けたことによって自分の体の霊的な質が変化して動物にとって快く安心できる霊波動に変わったのだろうか。以前に胸の上に乗っていた霊体は、成仏出来ないで迷っていた猫の霊が温もりを求めてやってきたのだろうか）。竜一はいろいろと憶測は出来るが、確信するまでには至らない。野良猫たちが、すり寄ってくる出来事は、竜一が体調を崩すまでの一年も続いた。竜一のこの不思議な体験が、その後の数奇な世界につながっていくことになるとは、この時は予想もしていなかった。

病魔の克服

一　肺癌

竜一は、五十五歳となった今でも朝夕一時間の座禅瞑想を続けていた。サラリーマンとしての出世競争はまったく気にならなくなり、ポストへの興味も薄れたが、この十年の座禅を通して自己の魂の浄化という命題に強い関心を抱くようになっていた。さまざまな宗教関係書籍や形而上学関連図書、超常現象研究などを読み漁った結果は、却って何が真理で何が誤謬なのか分からなくなっていた。霊体や霊界に関しては、自分の修業や日々の行いを通して自分で会得したことだけが信じられることであり、他人の説法や解説を安易に信じたり鵜呑みにしたりするのは危ないと感じていた。一度病気してから野良猫たちはすり寄ってこなくなったが、自分の心の在り方次第で動物とも通じることが出来るのだという点は、信念として持ち続けていた。

竜一の会社では、中高年の希望者が人間ドックを受けられる福利厚生制度があり、竜一は五十五歳を機にフルメニューの二日間の人間ドックを申し込んだ。時々疲れて寝込む程度の病気は何度もしたが、大病はしたことがない竜一は、人間ドックは念のために受けるのであって、何か重大な病気が見つかるはずはないと不安も心配もなかった。特別な自覚症状があるわけでもない。

二日間の人間ドックのさまざまな検査の結果は、十日後に郵送されてきた。その結果の欄には、大きな太字で「精密検査を要する」と書かれていたのである。さらに詳細については、肺に影がみられると診断されていた。こうなると不思議なもので、今までは自覚症状がないと感じていた竜一だが、どうも最近時々咳が出ることがあるし、食べ物を飲み込み難くて咽ることがあるなと不安になった。診断結果に何かの指摘がされると突然自覚症状を作り出してしまうのが人間である。(時々咳くくらいは歳のせいで、たいしたことはないだろう)と竜一は自分に言い聞かせるようにして大学病院の精密検査を予約した。一週間後に大学病院での精密検査を受け、その場で担当医から告げられた言葉は、「初期の肺癌です」と衝撃的な宣告であった。救いは「初期」という言葉である。しかし、肺癌の死亡率が高いことは竜一も知っていた。同級生の中にも五十代で肺癌により亡くなった者がいる。

「先生、初期というとどんなレベルなのでしょうか」

竜一の質問に、

「今はステージⅡですが、このままでは数週間でステージⅢになるでしょうね。その前に手術することになります」

担当医師の答えは、淡々としていて、「ちょっとそこのスーパーまで買い物に行ってくるね」と言っている主婦のように気楽な口調であった。

（ステージⅡか）。竜一は帰宅してすぐさま調べてみると、リンパ節まで広がっていない段階だと分かったが、ステージⅢが近いということは、リンパ節への転移が始まりそうだということである。さらに、肺癌は検査で見つかってから半年ほどで亡くなる者もかなりいることが分かった。しかし、治療が始まった大学病院の担当医も、決して余命何カ月とかは言わない。「頑張って治しましょうね。必ず良くなりますから」と繰り返すばかりである。そう言われると逆に不安になる。頑張って治しましょうということは、頑張らなければ死ぬということなのである。頑張るとはどうすることなのかが明確にされることはない。普通に治療しているだけで頑張っていることになるとは思われない。このままでは「頑張らなかったから残念でしたね」と葬式でお悔やみを言われることになるのではないか。竜一は医者を頼りにするだけでは頑張ったことにならないように思った。自分で何かしら出来るだけのことを頑張ってみなければならない。その時、竜一はたくさん読んだ本の中の中村天風の経験談を思い出した。

「中村天風。本名　三郎。明治九年七月三十日　旧東京府豊島郡王子村生まれ。明治三十五年頃、参謀本部諜報部員として旧満州に派遣され諜報活動に従事。三十歳の時、奔馬性肺結核発病。救いを求めて米、欧を巡るも回復せず。日本への帰路、ヨガの聖者カリアッパ師に奇遇。ヒマラヤのカンチェンジュンガで行修」（中村天風『運命を拓く』（講談社文庫）のカバー文から）と紹介されている天風は、当時不治の病のように言われていた結核をヒマラヤ山中での厳しい修業によって克服し、一年もすると結核の跡がレントゲンにわずかに残るほどに完治するのである。ヒマラヤのカンチェンジュンガの麓にある村は古い歴史を誇るヨガの修業の根拠地であったという。天風は、欧米を回る旅からの帰路のカイロでヨガの聖者カリアッパ師と出会うのだが、この時、カリアッパ師はイギリス国王に会った帰り道だったという。天風は、厳しいヨガの修業を通して結核を治しただけでなく、聖なる体験に到達し、大宇宙の真理を悟るに至り、帰国後しばらくした大正八年「統一哲医学会」を創設、後に「天風会」と改称してすさまじい程の迫力で多くの人を救い、導いた。財界、政界、官界、法曹界はもとより、芸術家、芸能人、スポーツマンなど、多くの人々が天風会に入門し、喜んで天風の薫陶をうけたのである。（中村天風『運命を拓く』（講談社文庫）より）。

竜一は、医学の進歩を信じないわけではなく、明治の頃よりも格段に進歩している医学を信頼している。信頼していても、なお不安が残る。手術をすれば、完治して天寿を全う出来るとは思えないのである。手術により一時的に改善しても再発する恐れが高い。医術に頼るだけでなく、自らの治癒能力を飛躍的に高めて、自分の力で病魔を倒すことが出来れば安心である。今は急いで手術するとして、その後、天風のような修業を求めてみたいと思った。

竜一の手術は、大学病院での精密検査の結果が判明してから二週間後に行われた。全身麻酔での手術であるから、手術中のことはまったく分からないが、「三時間の順調な手術でしたよ」と後で知らされた。待機していた妻からも、「大成功だったそうよ」と麻酔から覚めた直後に伝えられた。しかし、竜一が気付いた途端に、切った胸の箇所が痛い上に、息苦しく、痰がたまって普通に声も出せないのだった。それでも消化器系の手術ではなかったから、翌日から流動食になり、三週間後に無事退院した。手術後から、再発抑制、微小転移の制御を目的とした抗癌剤治療を術後補助化学療法として続けていて、退院後も一週間に一度の通院が続いた。だが、それも半年過ぎて経過が良いことから、一カ月に一回の通院となった。しかし、竜一にとっては安心出来るとは言えない。肺癌は再発率の高い癌だと知ったからである。（喫煙歴はまったくないのに、この歳で肺癌になってしまったのは、ＤＮＡに何らかの欠陥があって肺癌になりやすいのかもしれない。もしそうなら、再発する恐れが高いだろう）と思った。何とかして自分自身の免疫力を高めて自分の力で再発しない体に変えたい。天風が修業によって結核を治したようなヨガ修業の道はないものか。とにかく調べるだけでも調べてみようと決心した。

職場には三カ月休職して復帰していたが、仕事にはほとんど身が入らず、どうやってヨガ修業をするか、それればかり考えていた。

月一回の通院の翌日、竜一は、千代田区九段南の駐日インド大使館を訪ねた。受付の女性に「ヨガの修業について教えて欲しいのです」と伝えると、「大使館ではそういったことに直接関わっておりません」と冷たい返事だったが、竜一が諦めずにいつまでも立っていると、受付嬢の方が諦めたらしく、どこかに電話してから、「総務のスタッフが参りますから」と答えた。現れたスタッフは、若いインド人女性だったが、流暢な日本語で「こちらにおいでください」と受付の横にあるいくつかの小部屋の一つに案内してくれた。

「お忙しいのに済みません。対応いただいてありがとうございます。早速ですが、私は川村竜一と申します。七カ月前に肺癌の手術を受け、現在も治療中です。今日伺いましたのは、インドにおいてのヨガ修業についてです。今から九十五年ほど前のことですが、日本の中村天風がインド奥地でヨガの聖者に教えを受けて厳しい修業をし、結核を治したことは有名な話です。私の肺癌は初期でしたから、手術で取り除くことが出来、今は再発抑制の抗癌剤投与を続けるだけになっていますが、再発すれば余命は厳しいだろうと思うのです。癌と結核では事情が違いますが、自己免疫力や治癒力を高められるなら、癌の再発も抑えられるのではないかと思ったのです。それで、お尋ねしたかったのは、百年近く経った今でも厳しい秘術的なヨガの修業が行われているのかどうかです。日本で知られているヨガ道場のような健康志向の趣味のクラスではなく、天風が開眼した大宇宙の真理の悟りに至るような厳しい精神修業が行われているのかどうかです。そういったことをこちらでは分からないでしょうか」

竜一の説明を頷きながら聞いていたスタッフの女性は、当惑した表情を浮かべたが、丁寧に答えてくれた。

「事情は良く分かりました。私はダーシャと申します。ヨガ修業やアーユルヴェーダ健康法などは日本でも浸透してきましたので、大使館にも問い合わせがたくさん来ます。大使館の中の組織で、ヴィヴェーカナンダ文化センター（通称：ＶＣＣ）というところが武道館の近くにあります。インド文化に触れていただける施設です。インドの音楽、舞踊、ヨガ、語学を学べる最新の設備が整っている他、定期的にコンサート、美術展、ダンス公演、上映会、セミナー、ワークショップ等を含むイベントを開催しています。また、インドや日本の教育者やアーティストを招き、幅広くユニークなカルチャー講座を定期開講しております。現在ヨガクラス、アーユルヴェーダクラス、ヒンディー語クラスはインド人講師によって教えられています。普通のヨガの体験なら、このヨガクラスに通っていただければよいと思います。私もこのヨガクラスに通っています。しかし、川村様の意図されているヨガ修業は、病気を治すほどの本格的な悟りに至る行修のことを言われているので、私もよく分かりませんが、今でもインドの奥地にはいくつものヨガ寺院があります。ヨガの修業のためにインドに行かれる方たちは、ヨガの聖地として知られている北インドのリシケシュに行くようです。そこには大きなヨガ寺院があり、世界中の人たちがヨガ修業に行きます。ヨガのインストラクターになるコースなどもあります。ただし、今では観光地のようになってしまい、本当の苦行を目指す修業僧はもっと奥地のネパールに近い寒村の小さな寺院で修業しているようです。さらに、ヨギと呼ばれる導師を目指すような修業をするには、現地に行って自分で導師を探す他ないと思います。最近では世界中からの取材や観光が多くなり、純粋な悟りだけを導いているヨギを見つけられるかどうか分かりません。現地に行って、いろいろなヨガ寺院で情報を集めることが第一歩でしょう。中村天風という哲人のことは日本に来てから知りました。天風師がネパールのゴルケ村でカリアッパ師の指導の下で行修されたという話も聞いております。ただ百年近くも昔のことなので、現在はどうなっているか詳しいことは私にも分かりません。参考にならなくて申しわけございません」

ダーシャ嬢は丁寧に説明してくれたが、既に観光化して久しいヨガで病魔を治す修業が可能かどうか、竜一には不安が残った。だが、諦めて肺癌が再発すれば、そこで終わりである。可能性があるなら挑戦したいと思った。それには、インド奥地に出掛ける他ない。一カ月に一回の通院なら、その間を利用して、半年もあれば、二、三回の調査旅行は可能である。（よし）と竜一は覚悟を決めた。だが、その前に、国内で分かることは出来る限り調べておいて、ある程度の知識を持ったうえで現地に行く必要がある。まず、ダーシャが言っていたヴィヴェーカナンダ文化センターのヨガ講師に会って情報を仕入れておくことにした。

竜一は、手術から十カ月が過ぎた秋の日、千代田区九段南のヴィヴェーカナンダ文化センターを訪ねた。とにかくヨガについては何でも聞いておきたいのである。竜一は、受付と表示されたドアを入り、近寄ってきた若い女性に訪問の目的を告げた。

「済みません。川村竜一と申します。先日、インド大使館でダーシャさんからここの施設のことを伺いました。ヨガクラスでは、インドの方が講師をされていると聞きました。その方にお会い出来ないかと思ってまいりました」

　竜一の説明に、

「そうですか。ヨガクラスの講師は、イシャン・ヴァルマという方ですが、今日は三時頃にならないと来ないでしょう。六時からクラスがありますので、三時過ぎに時間があれば話が出来ると思います。紹介状のない人には電話番号を教えないことになっていますので、三時過ぎにもう一度いらしてくださいませんか。その前にヴァルマ先生がお見えになったら、私から川村様の訪問を伝えておきましょう」

　と、若いスタッフ女性が親切に対応してくれた。

　竜一は、東京メトロ有楽町線護国寺駅に隣接している天風会館であらためて天風の行修などの展示を覗いてみた後、三時ちょうどにヴィヴェーカナンダ文化センターを再度訪問した。受付の部屋に入ると先ほどの女性スタッフが気付いて立ち上がり、「ヴァルマ先生はお見えになっています」と竜一に伝え、「呼んできますから、少しお待ちください」と言い残して、別室に消えた。二、三分して、そのスタッフ女性に伴われてかなり高齢のインド人がやってきた。彼が竜一の前まで来て、「イシャン・ヴァルマと申します。ここのヨガクラスの講師です。何かヨガについて知りたいことがありますか」と、先手を取って挨拶してきた。ヴァルマ師は、インド人なので色は黒いが、髪は既に真っ白で高齢だと思われる。しかし、顔には張りがあり、目は鋭く、背筋がピンと伸びていて壮年のようにも見える。

竜一が、「私は川村竜一と申します。ヨガのことについていろいろ教えていただきたいことがあって伺いました」と答えて、頭を下げた。女性スタッフがすかさず、「では二番の会議室をお使いください」と言って部屋の奥に並んでいる会議室の方に手を伸ばして示した。

竜一とヴァルマ師が会議室に落ち着いたところで、竜一は、訪問の目的について説明を始めた。

「お忙しいところお時間をいただくことになり、ありがとうございます。早速ですが、今日お伺いした事情をお話しいたします。私は、十カ月前に肺癌の手術を受けました。幸いにして経過が良好で、今では月に一回の通院をし、再発抑制の治療で済むようになりました。しかし、喫煙歴のない私が五十代半ばで肺癌になったことを考えると、いずれ再発する可能性が高いのではないかと心配です。どうにかして再発しないような体作りが出来ないかと考えました。日本では有名な中村天風と言う哲人がインドでヨガ修業して肺結核を治し心身統一法を会得したことが知られています。肺癌と肺結核では状況が違うかもしれませんが、このまま何もしないで再発して死ぬのであれば、天風が行ったようなヨガ修業に挑戦して納得して死にたいと思うのです。そこで先日インド大使館でスタッフのダーシャさんに同じ話をしたところ、そのような導師は現地に行って探さないと分からないでしょうね、と言われました。いずれインドに行って調べてみるつもりですが、その前に、出来るだけ事前情報を掴んでおきたいと思いました。ここのヨガクラスの講師はインドから来た方だと聞きましたので、インドでのヨガ修業について少しでも知っておこうと思ったのです」

竜一の説明をじっと聞いていたヴァルマ師は、ゆっくり頷いてから、話を始めた。

「事情は良く分かりました。私も天風師の話は知っております。最初にまず私のことからお話ししましょう。私は、幼少の頃に北インドの僧院に入り、そこで長く修業しておりました。ヨガのふるさととして有名なリシケシュに近い、ウッタラカンド州ケーダルナートの山中にあるチャリム寺院です。そこは、ラージャヨガ派の僧院です。インドの伝統的なヨガの流派は、大きく四つに分かれます。カルマヨガ、バクティヨガ、ジニャーニャヨガ、ラージャヨガの四つです。ヨガの起源は正確には分かりませんが、インドのインダス川流域で栄えたインダス文明において、紀元前二千五百年頃からヨガのような瞑想スタイルの修業がみられると言われています。カルマヨガは、紀元前八百年頃に出来たと言われ、人間の現生での人生は全て修業であり、奉仕や善行を積むことによって前生の罪を浄化することが出来るという考え方に基づいたヨガで、特別のポーズはなく、日常の中で奉仕修業をするものです。バクティヨガは、祈りや供え物や献身的修業で神やヨガ導師への敬愛を表すもので、インドで最も深く人々の生き方に影響しているスタイルです。ジニャーニャヨガは、知識のヨガと言われ、ヨガ導師からの説法や書物から哲学的な気付きを会得するもので、ポーズや瞑想は行いません。ラージャヨガは、紀元前二世紀頃に体系化されたもので、ヨガの王様と呼ばれていて、瞑想が中心のヨガです。これからその後の多くの流派が派生してきました。十二、三世紀に流派として分かれたハタヨガが、現代風のヨガポーズと呼吸法を組み合わせたヨガの原型です。古代は今のような国境はありませんでしたので、北インドに広く各種のヨガの修業スタイルが広がっていました。バラモン教、ヒンドゥー教、ジャイナ教、仏教など多くの宗教でヨガ的な修業のスタイルが見られるのです。チベット仏教にも強く影響しています。中村天風師が修業したのはカンチェンジュンガ山の麓だと言われ、今のネパール領に入ったところの小村だと聞いていますから、チベット仏教の流派ではないでしょうか。チベット仏教の流派には、ゲルク派、ドッバ派、カルマ派、ニンマ派と四流派があります。シッキム王国滅亡後にインドの第二十二番目の州としてシッキム州となった地域は、中世にゲルク派から逃れてきたニンマ派のチベット僧の子孫が多く住んでいます。ニンマ派の僧院もシッキムに多いのです。天風が教えを請うたヨガ導師はカルマ派だということでしたから、カルマヨガのヨギだったのでしょう。シッキムの州都ガントクの近くにシッキム最大のルムテク僧院がありますが、ここは、チベット仏教カルマ・カギュー派の総本山なのです。

さて、天風師が行修したような厳しい修業は今ではめったに見られなくなりました。それを指導出来る導師も少なくなりました。ヨガが世界的に知られ、マスコミにも取り上げられ、カルチャー教室の人気科目のような存在になるにつれ、霊的な修業ではなく、健康法の一つになってしまいました。川村様が自分の体を自己の精神で統一してコントロール出来るような本格的な修業を目指そうとされるのであれば、やはり、現地のいくつもの僧院を訪ねてそれが出来る導師を見つける他ないでしょう。私も、チャリム寺院で五十年近く修業し、ヨギとなりましたが、とても命を懸けての修業を指導する自信はありません。だが、心身の統一法としてヨガに着目されたのは正しいと思います」

ここまで話すとヴァルマ師は、一息ついて、スタッフの女性がいれてくれていたお茶をすすった。竜一は、説明を聞くと、ますます疑問が湧いてきた。

「ヨガの中でも流派がいろいろあることは分かりましたが、私の目的は病気の克服にありますから、美容やダイエットのためのヨガとは違うと思われます。そうすると、どんな流派のヨガの導師を探すのがよいのでしょうか」

竜一の質問に、ヴァルマ師は迷わず即答した。

「カルマヨガかラージャヨガですね。ただし、ラージャヨガでは古代の修業スタイルを継承しているものに限られますが。言ってみれば、深い瞑想と呼吸法によって、自己の霊体の中心に深く入り、自分の霊波動を操れるようになるまでの修業が必要になります。そうなって初めて自分の細胞レベルで心身統一や免疫制御が出来るようになるのです。しかし、やみくもに苦しい修業をすれば達するというものではありません。指導する導師がすでに覚醒していて、自由に霊波動を操れるレベルでないと難しいでしょう。そこまでに達している導師は最近ではほとんどいないかもしれません」

ヴァルマ師の答えは、竜一に悲観的な印象を与えたが、命を懸けている竜一は諦めるわけにいかなかった。

「現地に行って調査するといっても、まったく手がかりのない状態で飛び込んで、どうしてよいか分かりません。ヴァルマ師がご存じの方とか、手始めに訪れるとよい僧院とかがありますでしょうか。最初にどこに行くのがよいか、アドバイスいただけないでしょうか」

竜一の表情は、単なる興味本位ではなく、必死の思いで藁にも縋る気持ちになっているのだということを物語っていた。

ヴァルマ師は、うんうんというように何度か頷いて、細かい話を始めた。

「私は三十代の頃、他流派のヨガ修業に関心があり、シッキムのルムテク僧院で三年修業しました。カルマヨガの修業です。私が育ったラージャヨガと大きくは違いませんが、瞑想のやり方とか自然の中での修業とかが微妙に違うのです。その時、ルムテク僧院で一緒に修業し、親しくなったチベット僧がいます。名前はテンバ・ツェリンと言います。今ではインド国民ですが、もともとチベット族の仏教徒です。そのツェリン師は、今ではヨギとしてルムテク僧院で若い修業僧の指導責任者になっています。先ほど申し上げたように、ルムテク僧院はカルマ・カギュー派の総本山としてたくさんの僧を育てています。最初に訪ねるのなら、ツェリン師に会ってみたらどうですか。私から何か簡単な紹介状を用意しても構いませんよ」

ヴァルマ師のアドバイスは、希望の光が一気に竜一を照らしたように思われ、

「お願いします。ぜひお願いします」

と、竜一は昂った声を上げた。

翌日から竜一は、三週間後の次の検診までの間にルムテク僧院まで行くつもりで準備に入った。会社には休暇を申請した。パスポートは残りの有効期限が八年のものを持っている。しかし、効率良く動くには旅行会社に手配を頼む方がよいので、飛行機とホテルの手配は旅行会社に任せた。今回のビザは、三十日のEツーリストビザで十分である。シッキム州に入るには、ダージリンから約八十キロメートル離れたバグドグラ空港へデリーから飛行機で飛び、空港でシッキム入域許可証をもらうことになる。空港からスィグリー経由でガントクまで乗合バスで移動し、ルムテク僧院へはタクシーで行くことになる。二十代から三十代にかけて五年間海外赴任していた竜一にとって、見知らぬ海外の土地を旅行することは苦にならない。覚悟さえあれば何とかなることだと思っている。一番の問題は、看護婦をしている妻の千代の説得である。千代は、小児科の看護婦であるが、とうぜんながら病気に対する基礎知識はあるので、竜一の肺癌手術後の経過に注意や関心を向けている。再発リスクがある状況での無謀な海外旅行には反対するだろう。ましてや、何年かの

ヨガ修業にインドに出掛けるという竜一の決意に理解を示すとは思われない。既に子供たちは成人して独立しているし、千代の収入があるので、竜一が退職しても経済的に困ることはまったくないが、肺癌手術後の患者が厳しいヨガ修業にインド山中に入るのは、医療関係者からすれば問題外だろう。千代が笑って送り出してくれることは期待出来そうにない。だが、何としても説得する他ないのだ。旅行会社に手配を依頼した夜、竜一は、病院勤務から帰宅した千代にあらためて切り出した。

「肺癌は再発したらたいてい助からないと言われている。再発しない体に変えられないものかと思う。昔、中村天風師がインドの奥地でヨガ修業して肺結核を治したことは有名な話だ。結核と肺癌とは違うが、肺癌の再発も心身統一の修業で大自然の力を会得すれば抑えられるかもしれない。何もしないでおれば、後悔することになる心配もある。今でもインドの奥地に聖者の導師がいるなら、その指導を受けてみようと思う。インド大使館のヴィヴェーカナンダ文化センターでヨガクラスの講師をしているイシャン・ヴァルマ先生に会っていろいろとお話を聞いてきた。天風師が修業した場所に近いシッキム州のルムテク僧院のヨギで修業僧の指導責任者をしているテンバ・ツェリン師を紹介してもらえることになった。私が求めているような導師が見つかるかどうか分からないが、まずルムテク僧院を訪ねてツェリン師に会ってみようと思うのです。最初は十日ほどの旅で十分なので、次の検診までの間に行ってこようと思う。今日、旅行会社にフライトやホテルの手配を頼んできた。お前に事前に相談したら反対されると思ったから、自分だけの判断で決心した。

最後のわがままになるかもしれないが、分かって欲しい」

　竜一がいつになく真面目な表情ではっきりと話したので、これは単なる思い付きではないなと千代にも分かった。

「あなたの同級生に肺癌で既に亡くなった方もいますから、不安な思いでいることはよく分かります。肺癌はリンパ節へ転移するので急激に悪化しやすいのです。だが、幸いにあなたの癌はステージⅡで切除が上手くいきましたので、投薬で再発が抑えられる可能性が高いと思います。それでも絶対大丈夫とは言えません。妻だからこそ、正直に話します。再発すれば、まずリンパ節に一気に転移するでしょう。そうなると、たいてい三カ月から四カ月の命ということになります。今のうちにやれることはないかとお考えの気持ちも分かります。中村天風という哲人の話も聞いたことがあります。でも、同じような修業をしたら再発を防げるのかどうかはまったく分かりません。言えることは、自分が出来る最大の努力をしたにもかかわらず再発した場合は、気持ちの上で納得して成仏出来るだろうということです。あなたの決心は本当に命を懸けていることですから、私の常識的なアドバイスが役に立つとも思えません。とにかく調査の旅に十日間出掛けるのなら、気をつけてくださいとしか言えません。そして、本当に修業に入ることになったら、その場合には約束して欲しいことがあります。それは、投薬と定期的な検診は必ず続けるということです。修業しながらでも投薬と月一の検診は出来るはずです。インドに渡って修業するのであれば、検診と薬の処方はインドの病院にかかることになりますから、今の担当医の先生に相談して確実に問題のないようにしてください。それが出来るなら、納得するまで修業するのに反対はいたしません。人生の終盤にヨガ修業で悟りを開くことが出来るなら、それこそ肺癌は天の配剤だったということになりますが、たとえ一パーセントでも可能性があれば意味がありますわ」

千代の意見は竜一にとって意外だった。泣きながら、「止めてください」と言われることを覚悟していた。それが、逆にハッパをかけられるような意見である。看護婦として多くの死に直面してきた経験から、死を目前にした者への理解は、常人とは違うのかもしれない。

「分かった。投薬と月一回の検診は必ず続けることを約束する」

竜一の返事に千代は安心した表情で頷いた。こうして、とにかく、竜一の最初の調査旅行は問題なく進むことになったのである。

十月の末、竜一はインドのデリーのインディラ・ガンディ国際空港に降り立った。秋とは言っても蒸し暑い。今夜はニューデリー市内のホテルに泊まり、翌日はバグドグラ空港に国内線で移動し、その日のうちにガントクまで行く予定である。バグドグラ空港では到着ロビーにあるシッキム観光局で入域許可証をもらわなければならない。その手続きに必要な書類は用意してある。バグドグラ空港からスィリグリーまでタクシーで移動し、スィリグリーからは乗り合いジープでガントクに行くのである。乗り合いジープで荒れた道を揺られること五時間、夕方に山の上に住宅が点在しているガントクに到着した。ガントクはシッキム州の州都だが、チベット民族が多く、雰囲気はインドというよりチベットかネパールのようである。北緯二十七度、沖縄の那覇ほどの緯度にあるガントクは、標高約千六百メートルの山の上にあり、秋の夕方は肌寒い。乗り合いジープから降り立った竜一は、谷筋から吹き上がる夜風にブルッと体を震わせた。肺癌の手術で肺機能の四割を失っている竜一は、かなりの息苦しさを感じる。標高が高いためだろう。早くも厳しい修業に入ったような苦しさである。（二、三日して慣れればよいが）。覚悟を決めてインドまで来た竜一だが、早くも問題に直面した。なるようにしかなるまいと、息苦しい中で、大きくフーとため息をついた。ここからでも世界で三番目に高いカンチェンジュンガ峰が見えるはずだが、晴れていてもこの時間には山並みは真っ暗である。ガントクでは、シッキム王国の雰囲気を残しているエルジン・ノールキルホテルを予約してある。かつてのシッキム王国のゲストハウスとして建てられたもので、歴史的に多くの来賓が宿泊したところである。ルムテク僧院に行く前に、シッキム王国の名残を体験出来るのは楽しみである。見知らぬ土地を旅する楽しみだけでも病を癒すことになるのかもしれない。

翌一日はガントク周辺の観光に費やし、二日後、早朝にタクシーでルムテク僧院に向かった。ガントクから二十四キロメートルあり、一旦谷底まで下りてから再び上りになり、ガントクの向かいの山の尾根辺りにルムテク村がある。山の上に着くと巨大な僧院が見えてくる。ルムテク僧院の正式名称は、ダルマ・チャクラ・センターである。巨大な城のように何層にも立ち上がり、赤、黄色、紫、白、金色などの色彩豊かな複合建築になっている。日本の寺院の印象からすると、いかにも派手に感じられるが、チベット風ということなのだろう。周りの林の木々は、既に冬支度で落葉し殺風景に見えるのと対照的に煌びやかな僧院が際立って目立っている。

ヴァルマ師からテンバ・ツェリン師に一報を入れておいてもらうことをお願いしてあるので、多分問題はないと思うが、厳粛な修業の僧院に入るのであるから、竜一は緊張して吐きそうになった。僧院の入口で入域許可証を確認され、パスポートを預けて入ることを許された。竜一は、単なる観光ではなく、テンバ・ツェリン師にお会いしたくて日本からやってきたことを受付の僧に伝えた。受付の僧からどこかに連絡がいき、まもなく若い修業僧らしき赤い衣姿の少年が現れて、「ミスターカワムラ」と声を掛けてきた。竜一が「イエス」と返事すると、少年僧は竜一に向かって手を合わせて深々とお辞儀した。竜一も慌てて手を合わせる。「プリーズ」と少年僧が方向を示して歩き出した。彼の後について僧院の奥へと進んで行った。四階建ての本堂の横を通ってその奥の事務所らしき所に向かって進んでいく。案内されたのは、小さいが小綺麗な応接室であった。

竜一が応接室に入って十秒もしないうちに、いかにも位が高いと見える老師が入ってきた。齢はとっていると思えるが、背筋が伸びて堂々とした品格がある。その老師は、竜一を見ると、手を合わせてゆっくりと腰を折った。その動作にも威厳がある。竜一もあわてて立ち上がり、同じように手を合わせてお辞儀した。

「どうぞお掛けなさい。私がテンバ・ツェリンです。川村竜一さんですね。だいたいのお話は、ヴァルマ師から伺っておりますが、どのようなことを希望されているのか、あらためて聞かせてください」

ツェリン師が、竜一にも分かりやすいように、易しい英語でゆっくり話しかけた。

竜一は、肺癌のこと、手術のこと、再発の心配があること、中村天風が肺結核をヨガ修業で治したこと、天風と同じようなヨガ修業で肺癌の再発を抑えることに挑戦したいこと、指導してもらえる導師を見つけたいこと、そして、命を懸けて決断したことなどを訥々と説明した。

「事情は良く分かりました。百年近く前に日本の中村三郎と言う青年がここからそれほど離れていないゴルケ村で修業した話は聞いたことがあります。ゴルケ村は今ではネパール領になっていますが、昔小さなカルマ派僧院がありました。指導したのはカルマ派のヨギ導師でカリアッパ師だと聞きました。私がこの僧院に小僧として入った時にはもう亡くなっていましたが、とても厳しい修業をする導師だったと言われていました。最近では山奥であのような修業を指導する人は滅多におりません。さて、問題は肺癌の再発を修業により抑えたいということですが、果たして癌をヨガ修業で抑制出来るものかどうかは分かりません。この僧院の老師の中にも癌で亡くなる者は珍しくありません。ただ、ヨガ修業を極めると自己の体の統制力が高まるので、免疫力も高まる可能性はあります。何もしないで死を待つのではなく、覚悟して出来ることに挑戦したいという川村さんのお気持ちは理解出来ます。人はいずれ死ぬのですから、生きているうちにやりたいことがあれば実行する方が幸せということでしょう。今回、私を訪ねてみえたのは、川村さんが期待しているような導師を見つけたいということですか。厳しい修業を指導してくれるヨギ導師を見つけたいということですね。現在では、ヨガが世界的に知られるようになり、マスコミにも取り上げられ、インド観光の目玉の一つにもなっていて、手っ取り早い健康法のように思われているきらいがあります。修業僧も老師も自己の魂の修業だけに一心不乱に取り組む者は極めて少なく、どうかすると、テレビに取り上げられたり、観光客に評判がよくなることを期待したり、我欲を捨てられない者が多くなっています。私が知っているヨガ導師で、川村さんの期待に応えられる方は一人だけですが、この僧院にはおりません。昔、私の指導者だったヨギですが、二十年前に自然の中で真理を極めたいと言って一人で森に入りました。名前は、テンジン・ミーユと言う導師です。今は、ケチュパリ湖の北二十キロメートルほどの森の中に小屋を作って一人で修業しています。年に何回か、この僧院にやってきて、鹿の毛皮と交換に線香やローソクなどを手に入れていきます。冬には滅多に来ることはなく、たいてい四月の下旬に山を下りてきます。こちらから連絡することは出来ないので、四月にやってくるまで待っているしかありません。既に七十歳に近いはずですが、いまだに一人で森の中に暮らしています。毛皮をまとってひょこひょこ歩いている姿は仙人そのものです。以前に弟子を一人育てていたのですが、その弟子が修業中に崖から落ちて命を落としてから、弟子を取っていないようです。ミーユ師が新たに弟子を受け入れるかどうか分かりませんが、川村さんの覚悟が固いなら当たってみるのが良いでしょう。来年の四月にもう一度ここに来てもらって、ミーユ師が山を下りてくるのを待つしかありませんが」

ツェリン師の説明で、竜一は光がパッと射したような気持ちになり、息苦しさを忘れてしまった。

「ありがとうございます。そのような導師がまだいらっしゃるというだけで奇跡的な気がします。天の采配のようにも思われます。来年四月にもう一度こちらにお伺いすることにいたします。ところで、もしミーユ師のもとで修業出来ることになった場合、はたして私がインドに、そして、シッキム内に長年留まることが出来るのでしょうか。外国人が長年にわたりヨガ僧院にて修業する例がありますか」

竜一の質問にツェリン師はにここにこしながら答えた。

「ヨガ修業のために外国人が何年かを僧院で生活する事例はあります。その場合は、僧院の招聘状が必要になります。言ってみれば、僧院側の受入保証のようなものですね。インドでの滞在は、エントリービザをとればビザの期間は住むことが出来ますが、ただし、シッキム州には基本的に一カ月間の入域許可証を毎月取り直すことになります。一回は延長して二カ月滞在することは出来ますが、基本的には一カ月ごとに域外に出て、再度入域許可証で入域することになります。多少面倒でも、川村さんの場合、薬の調達や検診が必要になるでしょうから、一カ月に一度はデリーに出ることになるはずです。問題はないと思います。最初は生活物資の調達も月一回くらいは必要になるでしょう。ミーユ師のような生活に慣れるには、何年も掛かると思いますよ。何事も、覚悟があれば、道は開けるものです。心配はありません」

ツェリン師の回答は竜一に「本気で覚悟しなさい」と言っているように聞こえた。

「それでは、ミーユ師が弟子入りを承諾してくださった場合、形の上で、ルムテク僧院でヨガ修業を行うことにする招聘状をお願い出来るでしょうか」

竜一の懸念にツェリン師は頷いて返事した。

「それはおそらく問題ないでしょう。私から僧院主に頼んであげられます。今では、ミーユ師のような厳しい修業を自然の中で行う修業僧はおりません。川村さんがそれに挑戦されるなら、その結果がどうなるのかは私たちにも大変興味があります。ヨガの修業を極めると、癌のような病気すら克服出来ることが証明されれば、ヨガの真価が大いに高まります。命を懸けた挑戦者が現れるなら、当僧院としても応援したいことです。ところで、今夜は何か予定がありますか。特に予定がなければ、ガントクのホテルに戻らずに、当僧院に泊まっていかれませんか。一晩泊まって少年僧たちがどんな修業をしているかじっくり見ていかれると良いと思います。自然の中での厳しい修業の前に、僧院での修業がどんなものか理解したうえで、あらためて覚悟を決めたほうが良いのではありませんか」

ツェリン師の気遣いは竜一には涙が出るほどうれしかった。

「ありがとうございます。本当にありがとうございます。喜んで泊まらせていただきます」

竜一の二つ返事でその夜はルムテク僧院の僧房に泊まることになった。

ツェリン師の手配で、竜一は、青年僧の一団に交じって、彼らの修業を体験した。僧院内の清掃、食事作り、夕餉の作法、読経、夜の瞑想、就寝前の作法、早朝の瞑想、朝の清掃、朝餉の作法、今年の収穫を終えた畑の片付け作業、午後の村内托鉢を一通り一緒に参加し、清々しい気持ちで夕方ガントクに戻った。ガントクの滞在予定はあと三日あり、竜一は、ミーユ師が住んでいる森に近いケチュパリ湖まで足を伸ばすことにした。まず、ガントクから乗り合いジープで約五時間かけてケチュパリ湖まで行き、午後は湖の周りの僧院を巡り、湖の近くのゲストハウスで一泊した。湖の周りはかなりの森で、晩秋の落ち葉の林は寒々と何処までも広がっており、こんな場所で冬を過ごすのかと思うと、自然の中での修業は予想しているよりはるかに厳しいだろうと再認識させられた。翌日は、一時間ほどでペリンへ移動し、昔シッキム王国の都だったペリンにある王宮や寺院跡、それに付近の僧院を訪れてみた。その日はペリンに泊まり、翌日ガントクに戻った。

更に翌日、ガントクからバグドグラ空港まで移動し、空港のホテルで一泊し、翌日にデリー経由でリシケシュまで行った。リシケシュで観光的と言われたヨガ修業の様子を見て回り、次の日にはヴァルマ師が長年修業していたチャリム寺院まで行ってみた。そこで、高齢の導師にヴァルマ師の話をすると、大変喜んで歓迎してもらえた。最後の日はデリー中心部のホテルに泊まり、竜一の十日のインド旅行が終わり、翌日成田に戻った。

二　病魔の克服へ

翌年四月十日、竜一は、会社に籍を残して療養と称して休みをとり、再びルムテク僧院に向けて旅立った。今回は、三十日間有効のEツーリストビザをインターネットで取得した。ツェリン師の説明にあったように、ミーユ師が四月下旬に僧院にやってくれば、そこで待ち受けて指導をお願いするつもりである。弟子入りが認められたとしても、長期ビザを取る必要があるし、病院や検診のこともあるので、あらためて出直して来るつもりでいた。本当に何年も山中での修業となれば、いろいろと準備しておくことが多いだろう。竜一はその日の夕方インディラ・ガンディ国際空港に到着し、空港内ホテルに泊まって翌日夕刻にはガントクに着いた。翌十二日の昼過ぎにルムテク僧院に到着し、ツェリン師に再会した。今回は、ミーユ師に会えるまで僧院に留まり、修業僧と一緒に生活することになる。それだけでもヨガ修業の入門コースのようなものである。早速、少年僧が着ている赤い衣に着替え、院内の責任者や導師たちに挨拶して回った。彼らも、川村竜一なる中年の日本人が肺癌の再発克服のためにヨガ修業を求めてやってきたことを知っており、仙人のようなミーユ師に指導を仰ぎたいとの想いを理解している。僧院の修業者たちも、自然の中で厳しい修業を続けているミーユ師にあこがれと尊敬の念を抱いていて、ヨガを極めるには同様の厳しい修業が望ましいと頭では分かっているのだが、現代の便利な生活を捨て切れずにいるのである。僧院の中での修業には限界があり、病魔を克服するほどの心身統一や宇宙との一体感を会得するのは無理だと思っているので、竜一が自然の中での修業に挑戦してどうなるのかを見てみたいという気持ちがある。命を削る想いでやってきた竜一を応援してあげたいと僧院のみんなが思っていた。

その日から、竜一は、「リュウ」と呼ばれることになり、少年僧と一緒に寝起きする生活を始めた。朝二時間、夕二時間の瞑想がある。日本の座禅とほとんど同じで、座り方は結跏趺坐である。もともと釈迦如来が悟りに至った時の瞑想の座り方なので、仏教にもヨガにも共通になっているのだろう。既に十年以上の座禅経験があった竜一には、瞑想の時間は苦にならない。むしろ病を忘れて安らぐことが出来た。瞑想に入ると、たちまち呼吸に意識を集中し、思念から離れる。それから意識を自己の霊魂の源に深く深く沈めていく。意識が意識でなくなるまで沈めていく。ついに宇宙と一体になったような感覚が訪れる。宇宙が大海だとすれば、自分が一滴の海水として大海に溶け込んで広がっている感覚である。ここまでは竜一も何とか到達していた。だが、その先はどうなるのか分からない。

二週間が過ぎ、四月も終わりに近くなった時、ついにミーユ師がルムテク僧院にやってきた。髪を伸ばし、髭を伸ばし、獣の皮をまとった姿は、ツェリン師が言ったように仙人か野人にしか見えない。背中に背負った鹿皮の束をローソクや線香、少しの薬などと交換したら、直ちに山へ帰るのだという。ツェリン師が事情を説明し、竜一と三人で話をすることを承諾してもらえた。小さな部屋に三人が揃ったところで、竜一が「日本から来ました川村竜一と申します。ここではリュウと呼ばれています」と自己紹介をした。

ミーユ師は、「テンジン・ミーユです」と名乗り、じっと竜一の顔を見つめながら口火を切った。

「日本からわざわざ私に会うためにいらしたのだと聞きました。ツェリン師から聞いた話では、肺癌の手術をされて、再発を抑える治療中だとか。かつて当地でヨガ修業して病を治した中村三郎青年のことに感銘を受けて、肺癌の再発抑制も同じようなヨガ修業で可能ではないかと思い立ったそうですね。私は医師ではないので、ヨガ修業で深刻な病を克服出来るのかどうか分かりません。しかし、何もしないで待っているよりは、やってみたいことがあれば行動する方が後悔しないで済むでしょう。だが、病魔を克服するほどの修業となれば、大自然の力を自己の中に取り込むだけの力を身につけることになります。果たして病気の身に耐えられるのかどうか、私には保証出来ません。専門的な医師の判断が必要になるでしょう。医師が認めるのであれば、私が修業の指導をするのは構いません。もちろん、覚悟を決めて、途中で音を上げないことが前提です。私は、山中に小さい小屋を作ってそこで暮らしています。自然の中で修業するのです。一緒に同じ暮らしをしてもらうことになります。それでよければ、指導いたしましょう」

ミーユ師は、そう言って竜一の全身をゆっくり探るように見まわし、再び話を始めた。

「ところで、川村さんのオーラ光背は、かなり大きくて青みがかった色をしていますね。これは、研究者や技術者に多く見られる色合いで、好奇心が強く探求力に優れ、知的能力が発達していることを示しています。おそらくそういった仕事をされていたのでしょう。オーラ光背の霊光が大きいということは、人間的な力が高いということ。つまり、霊的に相当程度成長出来ているということです。だが、胸の辺りに灰色が見えます。肺癌の手術の影響でしょう。それに胸のところのチャクラに出入りしている気の流れが健康体の半分程度にまで減っています。今息苦しく感じているのではありませんか。手術で肺機能が弱っているのが見て取れます。それでも修業に支障が起きるほどではないでしょう。オーラ光背の大きさや澄み切った色合い、さらにその霊波動の力強さから、厳しい修業に入る覚悟と熱意が既に見て取れます。川村さんの霊力レベルなら、ヨガ修業を始めても問題ないと感じますが、医師の判断は必ずもらってください。それでどうですか」

　仙人か野人のように見えるミーユ師だったが、口調は丁寧で思いやりがあり、表情は柔和で優しかった。伸びた髪と髭に半分隠れていたが、ゆっくりと優しく思いやりを込めて話す姿は、観音様か菩薩様の化身を思わせた。竜一は、真に解脱に至るまで修業した本当の聖者に会ったように感じた。

「ありがとうございます。いったん日本に帰って医師の了解をもらったら出直してまいります。ところで、二、三確認しておきたいことがあります。まず、修業期間ですが、私が期待しているような体のコントロールが出来るレベルまでに至るには何年くらいの修業を必要とするのでしょうか」

竜一の質問にミーユ師は、「うーん」と考えてから答えた。

「修業期間は人それぞれで、一概に何年でどこまで到達出来ると言えません。標準的なヨガの修習期間は三年となっていますが、これで何かを悟る者は極めてまれです。もちろん、三年の修業で大自然の叡智を悟るに至る者もいます。川村さんが求めているようなレベル、つまり自分の細胞の隅々まで霊力の影響を及ぼして病気を克服する力を得るレベルまでの修業となると、基礎的な能力のある者でも五年は掛かると思います。川村さんの場合でも、最低五年は覚悟しておく必要があります。幸いにして早く達成出来ればその時点で終了すればよいことですから」

ミーユ師の回答は竜一にとって驚くにはあたらなかったが、天風の三年弱の修業が極めて厳しいと知っていただけに、最低五年というのはとてつもない修業になるなと覚悟した。

「分かりました。覚悟はしております。次に来る時には修業に入る準備をしてまいります。次にミーユ師にお会い出来る時期はいつになるでしょうか」

竜一の問いかけにミーユ師が即座に答えた。

「次にこの僧院まで来るのは、七月の初めになります。七月一日から五日の間で、天気の良い日に山を下りてきます。私の小屋からここまで約八十キロメートルありますので、二日がかりで下りてきます。ペリン付近で一泊するのです。歩くことも修業なので乗り物は使いません。その頃までに川村さんの準備が整い、この僧院に来ることが出来るなら、その時にお会いしましょう。しっかり歩ける格好で来てください」

　ミーユ師の説明では、まだ二カ月以上あり、それなら準備する時間は十分あるなと竜一は安心した。

「ところで、修業に入る予定で次に来る時に持ってくる方がよいものはどんなものでしょうか」

　この質問も竜一にとっては重要である。命懸けの修業だが、修業によってではなく、つまらない原因で命を縮めることになったのでは困る。森の中の小屋に五年も寝泊まりするとすれば、何が必要になるのか見当もつかない。しばらく考えて、ミーユ師が答えた。

「食べる物は、選り好みしなければ森の中で手に入りますが、どうしても手に入らないものはあります。特に薬は、肺癌の再発抑制治療中ですから、必要な薬を必要な量だけ持ってきてください。それ以外の薬として、蚊に刺されないようにするものや刺された時の薬、それに傷に貼るものなどは最初は必要です。ただし、栄養剤とかビタミン剤などは不要です。そういう物に頼って健康維持をすることは修業の障りになります。着る物は下着類が何枚かあれば間に合うでしょう。一年もすれば、下着がなくても支障なくなります。歯磨きも当初はあった方がよいですね。ああそうだ。それから携帯電話の類は持ってくる方がよいでしょう。森の中では電波が通じませんが、万一の事態にはケチュパリ湖まで下りれば電話が通じますから、そこで救助を要請出来ます。それに時々検診に行く必要があれば、その場合にも連絡手段が必要でしょう。修業中に使うことはないので電源を切っておけば、必要な時には使えるでしょう。おお、そうだそうだ。もし読経もするなら日本語の経典をいくつか持ってくる方がよいですね。私が持っている梵語の経典はすぐには使えないでしょうから。それ以外の物は特に必要ないが、しばらく生活してみて、どうしても必要だとなれば、買いに出ることは出来ます。山の中でお金を使うことはありませんが、検診に行くとか、必要なものを買うとかを考えると、最低限のお金とクレジットカードは持っておく必要があります。とりあえず、そんなところですか」

ミーユ師の回答だけではイメージが湧かなかったが、竜一は、とりあえず、「分かりました」と返事した。翌日、ミーユ師は山へ帰っていった。竜一も、エントリービザ取得に必要なルムテク僧院からの招聘状をもらって四月三十日に僧院を発ち、帰国の途についた。招聘状にはビザ有効期間五年、入出国回数マルチプルと表記してもらってある。

竜一は帰国すると直ちに、インド大使館のルドラ・チャウデゥリー大使宛てにエントリービザ発行の嘆願書を書いて出した。インドへの入国ビザは、観光や商用などの十六分類のカテゴリーに従って発行される。しかし、この十六カテゴリーのどれにも当てはまらない渡航目的の場合には、エントリービザを申請することになる。その中でも、X－Ｍｉｓｃというサブカテゴリーは、それ以外のビザカテゴリーに分類出来ない一般者の渡航目的に対して発行されるが、申請には証明写真、インド国内企業や団体からの招聘状原本、そして日本側の団体の推薦状または個人の自己推薦状を提出することになっている。エントリービザの有効期間は、申請者が希望する滞在期間で申請するが、その決定は、インド領事の判断となっている。エントリービザの出入国回数は、基本的には一回となるのが普通だが、これもインド領事の判断で変わることがある。竜一は、いきなり領事宛てに申請するのではなく、まず、大使に事情を説明し、大使のコメントか意向を確認したいと考えたのである。五月三日の日付で、竜一は、チャウデゥリー大使に宛てて次のような書面を送った。

『駐日インド大使　ルドラ・チャウデゥリー様
二〇※※年五月三日

群馬県高崎市××町三丁目※の八
川村竜一

謹啓
桜前線も北海道まで移動し、五月晴れの好天が続いております。チャウデゥリー駐日インド大使様におかれましては、ご多忙の日々の中でも日本の桜を楽しんでいただけたことと拝察し、ご健勝のこととお喜び申し上げます。インドと日本は、多岐にわたる分野で近年ますます密接な協力関係にあり、友好的な関係が成果を上げていることに心から感謝申し上げます。

さて、早速ですが、私は、群馬県高崎市に住んでいる川村竜一と申します。五十六歳です。私事でお願いしたいことがあり、手紙を差し上げようと思った次第です。私は、一年半ほど前に肺癌の手術をうけ、現在も再発防止の投薬治療を続けております。再発すればおそらく余命は限られていると思われます。話は百年近く前のこととなりますが、中村三郎という青年が肺結核で余命わずかと宣告されておりました。ところが、旅先でたまたま出会ったヨガのヨギ導師の指導の下、インド奥地で約三年修業し、心身統一法なる秘術を会得し、病を克服したのです。その後、帰国して中村天風と名乗り、政財官界の高位の要人たち多数を指導し、大きな影響を与えました。天風のヨガ修業の様子などはその著書で紹介され、日本におけるヨガブームの先駆けとなりました。インドのヨガが日本中に広り、今やこのインド文化を知らない日本人の方が珍しい程でございます。肺癌の再発を抑える上で、中村天風が行ったようなヨガ修業によって病魔を克服出来ないかと考えました。そこで、インド大使館にあるヴィヴェーカナンダ文化センターに行き、ヨガ講師をされているイシャン・ヴァルマ師に相談しました。天風を指導したような導師が今でも見つかるかどうか分からないとのことでしたが、ヴァルマ師から彼の知人であるシッキムのルムテク僧院のテンバ・ツェリン導師を紹介してもらいました。そして、昨年秋、ルムテク僧院にツェリン師を訪ねて行ってきました。ツェリン師から、そのような力のあるヨギ導師としては、かつてルムテク僧院で修業し、今は山中で自然修業を続けているというテンジン・ミーユ師しか思い当たらないと教えられたのです。何としてもそのテンジン・ミーユ師に会い、入門して指導してもらいたい一心で、先月、再びルムテク僧院に赴き、山を下りてきたミーユ師に会うことが出来ました。そして、医師の承諾が得られるなら弟子として指導してもよいと快諾をいただきました。ただ、私の病魔を克服するほどの修業となれば、最低五年は見なければならないだろうと言われたのです。医師の承諾はこれからお願いすることになりますが、もう一つの問題は、インドでの長期滞在です。観光ビザにも五年という長期のものがありますが、一回の入国期間が六カ月という制約があります。修業を五年続けるとなれば、最低五年のビザが必要になりますし、一回の滞在期間も五年が望ましいのです。ただし、万一途中で帰国して治療を受ける場合も想定すると、マルチビザが必要になります。インド大使館のホームページでの説明によりますと、私のようなケースでは、エントリービザで、X－Miscというサブカテゴリーでの申請になると書かれていますが、私のような事例に対して、要望に沿ったビザの発給をお願い出来るかどうか心配しております。エントリービザの必要書類としての招聘状は、ルムテク僧院に属して修業することから、ルムテク僧院の招聘状をもらっております。また、私自身の自己推薦状はもちろん提出いたします。

極めて異例のこととは思いますが、ヨガ修業によって深刻な病魔を克服出来たとなれば、ヨガの価値が一層高まり、インド文化への評価がさらに高まることは間違いないでしょう。私も命を懸けて挑戦する覚悟を決めておりますので、なにとぞ、希望しているエントリービザの発給を切にお願いする次第です。なお、シッキム州への入域許可は一カ月ごとに一度域外に出て、取り直す必要がありますが、検診や薬の調達がありますから、一カ月ごとに域外に出ることは対処出来ると考えております。どうか、私の願いをお聞き届けいただきたく、よろしくお願い申し上げます。

謹白』

竜一は、この文書を英文でしたためて、インド大使館に持参し、以前に出会ったダーシャさんに預けて、大使に渡してもらいたいとお願いした。竜一がインドのルムテク僧院に二度も出かけて高僧を見つけてきた話を聞き、ダーシャさんは、「私からも大使にお願いしてみます」と応援を約束してくれたのである。

五月六日、竜一の月一回の定期検診の日がやってきた。担当医である高崎総合医療センターの佐藤潤一医師は肺癌の専門医で数々の肺癌手術の実績がある。その中でも、発見が非常に早く、手術の経過も良かった竜一の一年半の状況には満足していた。このまま無事に後三年持てば、再発は抑えられるかもしれないと期待していた。だが、油断は出来ない。肺という臓器は癌の再発と転移が極めて起きやすいのである。佐藤医師は、竜一が昨年秋にインドに行き、ヨガの僧院を訪ねたことは聞いていた。癌患者は、ほとんどの場合、死を宣告されたような気持ちになり、毎日不安の中で過ごすようになってしまう。癌の病気だけでなく、精神まで病む場合が多いのである。竜一のように、この機会に一念発起して何事かに挑戦するという患者は滅多にいない。だが、佐藤医師の経験からいえば、新たな生きる目的を見つけて挑戦しようとすることで癌のことを気にしない患者の方が経過は良いと感じている。だから、出来ることなら竜一の挑戦を応援してやりたい気持ちになっている。

一通りの月一回の定期検査が終わり、佐藤医師の診察で、「今のところ経過は順調です」と言われたので、竜一は考えていることを話すことにした。先月もシッキム州のルムテク僧院を訪ねたこと、そこで仙人のようなヨガの導師に出会い弟子入りが出来ることになったこと、それには医師の承諾が必須だと言われたこと、厳しいヨガ修業で癌の再発を抑える体を作りたいこと、それには最低でも五年は要すると言われたこと、昔に中村天風が同様のヨガ修業で重度の肺結核を治したこと、そして、自分では必死の覚悟で挑戦してみたいのですと、竜一は、佐藤医師に率直に訴えた。

竜一の話を黙って聞いていた佐藤医師は、机を指でトントンと叩いてしばらく考え込んでいた。

「川村さんのお考えは良く分かりました。再発しない体を精神の修業で実現したいという気持ちも理解出来ます。だが、本当にそれが可能かどうかは医師として保証出来ないし、ましてや肺結核と肺癌では状況もまったく違います。百年前なら医術よりも精神修業の方が信頼出来ることもあったでしょうが、現在の医療水準なら医師に任せなさいというのが正しいでしょう。それでも、現在の医術が万能ではないことも事実です。人間の中での精神の働きはまだまだ不可解なことがいろいろとあります。頭から無意味だという自信もありません。今の川村さんの症状では、月一回の検診で経過を見ながら、再発抑制の投薬を続けるべきですが、検診の間の日々の生活の中でヨガ修業するのも、音楽に打ち込んだり、趣味に没頭したりするのも、却ってよい影響を与えることになるでしょう。問題は、どうやって月一回の検診を続けるかということになります。修業の途中で毎月日本に帰国するというのは無理でしょう。そうすると、インドで適切な医療機関に検診に行くことになります。私も良く知っているインドの医師というと、この病院で研修医として働き、その後に内科の医師となって二年前まで勤務していたカビーア・アガワル医師がデリーのインドラプラスタ・アポロ病院にいます。彼は内科系でも癌診療を中心に経験を積みましたし、肺癌患者の担当も経験しています。インドラプラスタ・アポロ病院には外国人用窓口もあると聞いています。シッキム州からデリーに出るには二日くらいは必要なのかもしれませんが、日本に帰国することを考えたら好都合でしょう。アガワル先生なら私から紹介状を書いてあげます。メールでも状況を知らせておきましょう。次にインドに行くのはいつ頃の予定ですか」

佐藤医師のアドバイスは竜一にとって最高の条件に思われた。竜一がヨガ修業に行くことを天か神か誰かがお膳立てしてくれているように感じた。

「次に行くのは六月の後半です。指導を受けるヨガの導師に会えるのが七月一日から五日だと言われていますので、その前にルムテク僧院で待機しておくことになるのです。従って、日本を発つのは六月二十五日頃と考えています。それまでにビザなども用意しなければなりません」

　竜一の返事を聞いた佐藤医師は、

「そうですか。それなら、次回の日本での検診は六月初めにやって、インドに着いたら直ちにインドラプラスタ・アポロ病院にアガワル先生を訪ねていくのがよいですね。そうして、毎月の月末に検診に行くようにしたらどうですか。後一年ほどして経過がよければ、二カ月に一回の検診でもよくなる可能性があります。それまではつらいけれど頑張るしかないですね」

と、結論を言い渡したのであった。これで竜一の懸念の一つには目途が立った。

「ああそれから、会社を退職していくことになるでしょうから、会社の健康保険から国民健康保険に切り替えることを忘れないようにしてください。海外渡航の場合、住民票を残して行けば、一年間は国民健康保険の海外治療費として請求が出来ます。一年過ぎたら海外居住として住民票を移すことになりますが、それは帰国しなくても奥さんが代理で出来るはずです。二年目以降の治療費は、現地での負担になりますが、インドの方が日本より多少安いと思います。こうしたことも準備して行かれるとよいですよ」

　佐藤医師は診療以外のことにも気配りしてアドバイスをくれたのである。

五月二十日、ルドラ・チャウデゥリー駐日インド大使から回答の返信が届いた。内容は、竜一の希望に沿ったビザを発行するという結論である。厳しいヨガ修業をインド奥地で行って、心身統一を会得し、肺癌の再発を抑えようという竜一の挑戦を応援したいとのことである。成功すれば、インドと日本の新たな絆の実現にもなる。インド文化であるヨガの素晴らしさを世界に改めて示す意義もある。ぜひ成功するように祈ります。ついては、ビザの発行をクリシュナ・バクシ領事に指示しておいたので、領事宛に必要書類と申請の趣旨を提出してくださいと結んである。二つ目の懸念にも目途が付いたのである。あとは、会社に退職願を提出し、退職の手続きを済ますだけである。もちろん退職金を修業や現地での診療費に充てるために残しておく必要がある。インドで使えるクレジットカードも作っておかねばならない。竜一は、ワクワクする思いで病気のことはまったく気にならなくなった。

五月二十一日、竜一は、会社に五月三十一日をもって退職したいと退職願を提出し、受理された。肺癌の手術後はほとんど仕事になっていなかったので、竜一の退職に慰留する声はまったく出なかった。むしろ、退職して治療に専念してくださいという励ましが多かった。竜一は、インドにヨガ修業に行くつもりだということを同僚や上司に伏せておいたので、職場の者たちは、竜一の退職は治療に専念するために湯湯治にでも行くのだろうと思っていたのである。その日の夕方、竜一は旅行会社に立ち寄り、六月二十二日のデリー行き直行便と二十五日のデリーからバグドグラ空港までの早朝便を予約した。デリーでのホテルとガントクでのホテルの予約も依頼した。出来ることはどんどん進めておくことにしたのである。

翌日の二十二日、休みを取って、前夜に用意しておいたエントリービザ申請書類を持ってインド大使館に出掛けた。必要書類は、パスポート、申請書、証明写真、ルムテク僧院の招聘状原本、自己推薦状であるが、それに佐藤医師の旅行許可書とクリシュナ・バクシ領事宛ての渡航目的説明文書を添付した。ビザ有効期間五年、入出国回数マルチプルで申請した。出発日は、念のため六月二十日としておいた。インド大使館のビザ申請窓口の受付嬢も竜一が大使に宛てた手紙の内容を知っているらしく、「ああ、ヨガ修業に行く方ですね」と言って笑顔で書類を確認してくれた。竜一は、ダーシャさんにも挨拶してビザ申請をしたことを伝えた。後はビザの交付を待つだけである。

五月二十八日、インド大使館からビザ交付の電話があり、パスポートを受け取りに行った。有効期間は二〇※※年六月二十日から五年間となっているマルチプル出入国のエントリービザがスタンプされている。竜一が期間について確認すると、現地で六カ月の延長が一回だけ可能ですと言われた。体の内部までコントロール出来るような心身統一を会得して肺癌再発を完全に抑えるという竜一の狙いを達成するのに五年少々が認められたということである。（何としても五年で達成するぞ）と竜一は決意した。

五月三十一日、竜一は、本社人事部に出掛け、退職手続きを済ませた。社員証の返却、バッジの返却、健康保険証の返却、作業服の返却、自己都合退職の証明書受取、社員持ち株の売却手続き、厚生年金手帳の受領、その他にもいろいろと細かい処理が行われた。元研究職であった竜一は、研究で知り得た機密を漏洩しないという誓約書も書くことになった。幸いなことに、五十六歳退職として早期退職加算金が退職金に上乗せ支給されるというのである。インドでの治療費に少しでも余裕が出来るのはありがたい。その夜、竜一は、妻の千代と二人だけで、高崎市内の小料理屋で退職祝いを行った。竜一の壮行会を兼ねたようなものである。

「最近のお父さんは、生き生きしているわね。目的が出来て邁進していると病気の方が逃げていくのかもしれないわ。とにかく三十四年間のお勤め、お疲れ様でした」

千代の言葉に竜一は頷いてワイングラスを持ち上げた。

六月二日、日本での最後の検診と佐藤医師の診察を済ませた。薬は二カ月分を処方してもらった。佐藤医師から、インドラプラスタ・アポロ病院のカピーア・アガワル医師への紹介状を書いてもらい、デリーに着いたらすぐにも会いに行くことにした。竜一がインドに旅立つ前の最後の日曜日、子供たち家族全員が集って最後の食事会をした。五年の厳しいヨガ修業に体がもつという保証はない。本当に最後の別れになるかもしれないのである。しかし、悲壮感はまったく無かった。竜一が前人未到のヨガ聖者に挑戦するというのである。家族全員が五年後に仙人になって帰ってくる竜一の姿を想像して愉快になったのである。

既に旅立ちの支度は整っていた。髭剃りや化粧品は持っていかないが、処方薬、虫よけ、消毒薬、皮膚薬、絆創膏、包帯、歯磨き、スマートホン、懐中電灯、ゴム靴、はさみ、爪切り、耳掻き、マッチ、筆記用具などのこまごまとした物を入れた。念のためにカップ麺も三つ入れた。衣服はどの程度の寒暖があるのか分からないので、適当に選んで入れた。寝袋も用意した。経典には、日本版の般若心経、法華経、無量寿経、阿弥陀経、大日経、維摩経を揃えておいた。通関に必要なパスポート、生活に必要なクレジットカード、診療に必要な佐藤医師の診断書およびアガワル医師への紹介状も忘れてはならない。一通り揃えたところで、大きめのリュックサックに詰め込んだ。重さは二十二キログラムある。シッキムの山中を八十キロメートルも歩くことになるので、スーツケースでは無理だが、リュックサックでも、この重さを背負って二日間も山の中を歩き通せるかどうか、早くも不安がよぎる。無理ならルムテク僧院に半分残して、一カ月後に診察に下りてきた時に運ぶことにするか。何とかなるだろうと楽観した。

六月二十二日、成田発デリー行きのフライトに竜一の姿があった。

三　ヨガ修業入門

六月二十四日、竜一は、サウスデリーにあるインドラプラスタ・アポロ病院に向かった。これから毎月一回検診に行くことになるので、二キロメートルほどのところにあるエロスホテルを予約したから、タクシーで五分も掛からない。慣れれば歩いても行ける距離である。八時半に初診者の受付に並んだ。日本と違って勝手が違うが、旅行者らしい患者もちらほら見かけるし、日本人に見える人も並んでいる。竜一の順番になり、内科の診察を受けたいと伝えて、カビーア・アガワル医師への紹介状を見せた。どうやらアガワル医師は有名らしく、直ちに受付から連絡を入れると、案内人が現れて竜一は内科の病棟に連れていかれた。この病院はデリー一の規模で、最新の設備を揃えていることで有名である。さすがに院内は清潔で日本の大病院にも負けていないと感じる。竜一は、カビーア・アガワル医師の診察室に直接案内された。他の予約客の前に入れてもらえたようである。竜一が、診察室に入ると、アガワル医師が立ち上がり、近づいてきて握手を求めた。病人を診察するという態度ではなく旧友に会ったように親しげな表情である。

「川村竜一と申します」

竜一が名乗ると、アガワル医師は頷いて椅子に座るように促し、話し始めた。

「カビーア・アガワルと申します。川村さん、高崎総合医療センターの佐藤先生から話を聞いています。良くいらっしゃいました。私も二年前まで高崎にいまして、佐藤先生にお世話になったのです。川村さんの肺癌の手術内容やその後の経過はCT画像などと一緒に既に佐藤先生から送られてきています。もうしばらくは月一回の検査と診察を続けるべきだろうということも聞いております。川村さんがシッキムの山中でヨガ修業をされると知って驚いています。肺機能が落ちているのに標高の高いシッキムで修業するのは、普通なら『止めなさい』と言うところですが、覚悟の上での挑戦だと聞きました。私はヨガについては詳しくありませんが、伝統的なインド文化ですから、その修業がどういう結果をもたらすのかには興味があります。毎月一回の検査と診察をしますから、悪い影響が出れば早期発見が出来るでしょう。さて、今日は、検査と診察を一通り行いましょう。川村さんの肺癌は小細胞癌でしたから、腫瘍マーカーの血液検査は、ＮＳＥ（神経特異エノラーゼ）とＰｒｏＧＲＰ（ガストリン放出ペプチド前駆体）を主に検査し、ＳＬＸ（シアリルＬｅｘ－ｉ抗原）を補助的に検査しましょう。それから、ＣＴを撮ります。ＣＴは二カ月に一回でいいでしょう。検査が終わったら、診察にします」

アガワル医師はそう言って傍についていた看護師に検査の指示をし、検査室への案内を命じた。

腫瘍マーカーの血液検査は、早期発見というよりもむしろ補助的に異常を確認するものだということを竜一は知っていたので、

「ＣＴが二カ月に一回で大丈夫でしょうか」

と、質問した。

「そうですね。既に手術後一年半過ぎていますし、各腫瘍マーカー値も安定していますから、大丈夫です。ＰｒｏＧＲＰの値が少しでも上がれば、その時にはＣＴを撮るようにしましょう」

アガワル医師が自信を持って答えたので、竜一も安心出来た。

最初に採血検査を行い、その後にCT検査を行い、二時間ほど待たされてから診察となった。

「腫瘍マーカーの三種類の結果を見ると、基準値以内で問題はないようです。基準値ギリギリではなくて余裕がありますから、すぐ心配になることはないでしょう。CTの映像も疑いのある部分はありません。きれいですよ。このレベルなら佐藤先生が言われたように月一回の検査と診察で十分です。ところで、日ごろ息苦しいということはないですか。肺機能が六割から七割くらいに落ちていますから、血中酸素濃度の低下の方が心配されます。シッキムだと標高二千メートルくらいのところもありますから、その点も心配になります」

アガワル医師の質問に竜一は率直に答えた。

「今でも急激に運動したり動いたりすると息苦しくなります。昨年、初めてシッキムのルムテク僧院に出掛けた時には息苦しくて長く歩けない状態でした。今年四月に行った時は、一カ月近くいましたので、だんだん慣れてきて三週間ほどで何ともなくなりました。今回はもっと長くなりますが、慣れてくると思います。激しい運動をすることはないと思うので、心配はしておりません。ヨガ修業は呼吸を安定させることも重要になります。却ってよい影響があると思います。それでも血中酸素濃度を測る簡易測定器を買っていった方がよいでしょうか」

「そうですね。息苦しいのは病気ではなくて肺活量が落ちているせいですから、苦しくなったら休むようにすれば問題ないでしょう。パルスオキシメーターを持っていても、山中では救急車も呼べないし、病院もないわけですから、苦しくなったら安静にする他ないですね。川村さんは術後一年半を経過していますので、体も肺活量低下に順応しているはずです。無理しなければ問題ないでしょう」

アガワル医師の説明に竜一も安心した。

「一応念のために胸の音も聞いてみましょう」

アガワル医師はそう言って聴診器を取り出し、竜一に胸を出すように促した。聴診器を胸と背中に当てて確認してから、「異常はありません。問題ないですね」と言った。

「さて、それでは一カ月分の再発抑制の薬を処方しておきますから、一階の薬局で受け取ってください。支払いは、一階の清算窓口で済ませてください。それから、来月の予約をしてからお帰りください。佐藤先生には私からメールをしておきましょう」

アガワル医師がそう言いながら、傍らの看護師に合図すると、看護師が清算用のファイルを持ってきて竜一に渡し、「お疲れさまでした」と言った。

竜一は、エロスホテルに戻ると早速来月の予約をした。どうしても二泊になってしまうが止むを得ない。その後、妻の千代に診察の結果をメールで知らせ、今後は一カ月毎に診断結果を知らせると伝えた。千代からはすぐに返事が来た。「よかったわね。安心しました。無理しないでね」と簡単な返事だった。（千代は既に私に何かあっても仕方ないと覚悟を決めているんだな）と竜一は感じた。さて、今晩の食事をどうするか。贅沢な食事は最後になるかもしれないから、一流レストランに行くかと迷った。だが、修業に入る前から里心がついては困る。インドに来て肉料理を食べるわけにいかない。心の隅には、厳しいヨガ修業など止めて好きなものを食べて、うまい酒を飲んで、再発して死ぬならそれでよいではないかという誘惑の声がかすかに残っている。迷い始めると、人生の最後に不屈の挑戦をすると決めた決心がぐらつくのが怖い。今更引き返すことは出来ない。何としても天風の境地に到達すると改めて決意を自らに言い聞かせた。結局、無難なカレー店を探して野菜カレーで済ませた。

翌二十五日、朝一番の便でバグドグラ空港に向かった。九時前にはバグドグラ空港に着いた。そこでも一カ月先の往復便を予約し、ロビーにあるシッキム観光局で入域許可証を発給してもらった。パスポートとビザのコピーは昨夜にホテルで用意しておいた。必要となる顔写真は、東京でビザ申請用に写した際、余分に十枚焼き増してもらっておいたので、当分は心配しなくてよいのである。空港からスィリグリーまで移動し、そこで昼食を済ませてから乗合ジープでガントクに向かい、夕方五時にはガントクに着いた。ホテルは、これから毎月利用することになるので、格安のホテルチベットにした。部屋数は三十二と多いので、天候によって連泊となる場合も心配がないだろう。レストランも併設されている。ここでも来月の予約をしておいた。毎月のデリー往復は時間的に要注意となる。一番の問題は、ケチュパリ湖の北二十キロメートルを歩いて下りてきて、ケチュパリ湖からガントトク行きの乗合ジープに合わせることである。ケチュパリ湖からガントクまでは、五時間から六時間見なければならない。ケチュパリ湖発は、午前中しかないので、修業場所を朝五時に出て、二十キロメートルを遅くとも四時間で歩くことになる。診療のためデリーに行く時には荷物がないのが救いだが、山道を一時間に五キロメートル歩くのは、それだけでも厳しい修業である。そんな心配をいろいろ考えてしまい、竜一は、ガントクの夜をゆっくり過ごすことが出来なかった。翌二十六日、ルムテク僧院に向かった。三度目の訪問であり、受付の僧たちとも顔なじみである。ツェリン師には早めにルムテク僧院に入ってミーユ師が山から下りてくるのを待つ旨を事前に連絡してある。ミーユ師が来るまでは、ルムテク僧院で修業僧に交じって勤行をすることにしている。標高の高いところで生活し体を慣らしておくことも大事である。ルムテク僧院は標高千六百メートルほどである。高崎でもいまだに息苦しさを感じることがあり、ルムテク僧院の標高では少し動くだけで息苦しい。だが、ミーユ師が住んでいる場所に近いケチュパリ湖は標高千九百五十メートルだという。ミーユ師は、そこから約二十キロメートル奥地に住んでいるというのだ。標高八千五百八十六メートルのカンチェンジュンガ峰に向かって二十キロメートル上がるのだから、標高は二千二、三百メートルくらいになるだろう。そこでの修業を何年も続けるなら、このルムテク僧院での作務くらいは何ともないように慣れておかねばならない。肺結核を患っていた中村天風にとっても同じ苦しさがあったはずである。弱音を吐くわけにはいかないのである。

ミーユ師が山を下りてルムテク僧院に来たのは七月二日だった。二日かけて歩いてくるので、住処を出たのは七月一日だったということである。持参した鹿皮と必要な品物を交換して翌朝早く帰るという。竜一がいきなり八十キロメートルの道を歩き通して同行するのは無理だろうということになった。そこで、竜一は乗合ジープでケチュパリ湖まで先に行き、七月四日の午後にミーユ師と合流することとなった。竜一はケチュパリ湖で一泊してミーユ師を待つのである。ケチュパリ湖の周辺にはたくさんの僧院があり、その中の一つでミーユ師のかつての弟子が責任者となっている僧院に紹介状を書いてもらい、そこに一泊して待つことになった。それでも二十二キログラムのリュックを担いで山中を歩くのは厳しいので冬用に用意している衣服や予備の乾電池などすぐには必要にならないものをルムテク僧院に残していくことにした。次回の診療は三週間後にやってくるので、その時に残しておいたものを運べばよい。何とか十五キログラムにまで減らした。あとはケチュパリ湖からミーユ師の住処までの道が急峻でないことを祈るしかない。

七月三日、竜一は、早朝にルムテク僧院を出てガントクまでタクシーで移動し、ガントクから乗合ジープでケチュパリ湖へ向かった。夕方にはケチュパリ湖に到着し、紹介された僧院を訪ねた。ミーユ師の紹介状を見せて、ミーユ師に弟子入りしたことを伝えると、その僧院の責任者は大変感激した。竜一が肺癌の手術をし、再発を克服するためにヨガ修業を選んだことを知ると、その責任者は涙を流して喜んだ。

「今ではヨガ修業も観光客への見世物のようになりつつある。子供の修業僧のうちから多くの観光客に注目され、ちやほやされ、観光演目の一つのようになっているので、本当に厳しい修業に耐えられない者が多い。大自然とのエネルギー交感が出来、心身統一を会得し、大宇宙の真理に至るような真のヨガ修業は最近では見られません。それを嫌ってミーユ師は、一人で山中に籠り、真の悟りを会得されているのです。同胞の若い僧がミーユ師に師事して厳しい修業に入るようにと期待はしますが、今の修業僧たちにはその覚悟がありません。川村さんが覚悟を決めて日本から弟子入りされるのは私にとっても非常にうれしいことであり、また、どういう結果がもたらされることになるのか大変興味があります。癌がヨガ修業を極めることでどこまで克服出来るのかを証明する最初の人になってください」

この小さな僧院の責任者は、竜一に熱く語った。

七月四日、前夜にペリン近くの僧院に泊まって朝早く出発したミーユ師が昼過ぎに竜一が泊まった僧院に着いた。そこで、お茶を飲んだだけで、ゆっくり休むことなく山中に向かうことになった。ケチュパリ湖からほぼ北に向かって十キロメートルほど山中の小道を進む。それから西に向かって十キロメートルほど獣道のようなところを進む。位置的には、ネパール国境に近いはずである。五時間かかって森が開けて木々がまばらになり草に覆われた場所に着いた。小高い丘の麓である。草の向こうにミーユ師の小屋が見える。徒然草の吉田兼好が暮らしたという庵を思わせるような草葺き小屋である。壁は木の枝を蔦の蔓で組んである。屋根は乾燥させた草を厚く載せてある。屋根の真ん中を高くしてあり、どうやら煙が抜ける穴になっているらしい。小屋の外には、枯れ木を組んだ柱を立てて、その横木に鹿の皮が干してある。その上に簡単な雨除けの草屋根も作ってある。小屋の大きさは、十五坪ほどである。薄暗い部屋に入ると、入口に垂れている鹿皮をめくってミーユ師が入るようにと竜一を促した。真ん中に囲炉裏が作ってあるのが目に付く。一応煮炊きが出来るようになっているらしい。隅には倒木を削って作った比較的大きな机が一つと、枯れ木を組んだ寝台が置いてある。寝台の上にも動物の皮が乗っている。これが布団になるのだろうと竜一は推測する。机の上には経典と思しき書物がうずたかく積まれている。寝台と机の間に、ローソクを点したり、線香を焚いたり出来る小さな台が作ってある。炉の周りに同じく鹿皮の敷物が敷いてあり、どうやらこの上で食事するようである。

荷物を降ろしたミーユ師が竜一に話しかけた。

「さあ、着いたよ。ここが私の住処です。必要になれば川村さんの小屋も作ることになるが、それまではこの小屋で寝泊まりしてください。ところで、これからは、川村さんのことをリュウと呼んでいいですかな。簡単な方が呼びやすいし、山中では大声で呼ばないと迷うことがあるので、大声で呼びやすい方がよいのです。いいですか」

ミーユ師の問いに竜一は、

「もちろんです。リュウと呼んでください。竜は日本語でドラゴンという意味です。竜は成長して天に昇ってゆくと言われています。とてもめでたい架空の動物ですが、私もドラゴンのように天に昇れるような修業を極めたいなと思います」

と、答えた。

「そうですか。ドラゴンとはよい名前ですね。さて、すぐにやることがあります。寝るところを作らないといけません。ベッドは伐採した木で作るので、まだ外は明るいから、これから木を切りに行きましょう。枝とかも使ってゴリラの寝床のようなものにして、鹿皮を敷けば問題ありません。一時間ほどで完成するでしょう。道具が鉈しかないので、それで適当に切ってきましょう。それでは出掛けましょうか」

ミーユ師の呼び掛けに竜一は自然の中で生きるということの意味を理解した。ゴリラの寝床とは言い得て妙である。

ミーユ師と竜一は、近くの林に入って寝床を作る枝木を切り落とした。成長した木を切り倒すのではなく、太い木の下枝を剪定する要領で切るのである。自然を痛めるのではなく、自然を守るように生きていくことも修業の上で大事である。下枝と枝葉だけでゴリラの寝床には十分なのである。大きめの下枝三本と小さめの下枝二本を切り落として二人で手分けして引っ張って小屋に戻ってくる。その途中に大きな倒木が半分朽ち果てて横たわっていた。竜一が何気なく倒木を踏み越えようと近づいた時、ミーユ師が叫んだ。

「ストップ。危ない。その倒木に近づいてはいけない。その木の下にキングコブラの巣がある。不用意に近づくと襲ってくる。動物は、人間が近づくと恐ろしいと感じてしまうので、身を護るために攻撃してくるのです。動物が怖がらないように優しい霊波動を送りながら近づくと安全ですが、それにはかなりの修業が必要になります。いずれリュウにも分かるようになるでしょう。今のところは、危険な動物には近づかない方が安全です。この付近の森には、ベンガル虎の一家が一組住んでいます。豹が三匹縄張りを持っています。コブラはあちこちにいます。大きなニシキヘビが数匹います。スズメバチもあちこちに巣を作っています。猪、狐、狸、マングース、孔雀などがあちこちにいます。南の方には象の群れもいますが、この近くではたまにしか見ることがありません。動物たちの霊波動を感じられるようになると、近づく前に何がいるかが分かるのです。出会い頭にぶつかると動物は自分を護るために襲ってきますが、近づく前に優しく安心な霊波動を動物に向けながら近づけば危険なことはありません。もともと人間を食料としている動物はいないのです。これから自然の中で暮らしていくには、動物だけでなく木や花とも霊波動を交わせるようになるのが理想です」

ミーユ師が話しながら小屋に戻ると、「太い枝と葉や小枝を分けて切ってください」と命じた。

「太い枝で、寝床の骨組みをします。船のような形に組むと安定します。骨組みが出来たら、その上に小枝と葉をかぶせてください。さらにその上に鹿皮を敷くと完成です。慣れるまでは体が痛いと思いますから、しばらくは寝袋も使う方がよいでしょう」

ミーユ師は、それだけ言うと、後は竜一に任せる仕草をした。竜一は、ミーユ師の寝床から離れた小屋の隅に自分の寝床を作ることにした。寝心地が悪くても仕方がない。あらゆることが修業の一環だと思わざるを得ないのである。

　竜一の寝床が出来たところで、夕餉となった。囲炉裏の上に大鍋を吊り下げ、野草と思われる植物を千切って入れ、いろいろの木の実と何か野生の芋類を加えてから水を入れたものを煮るのである。ミーユ師が器用に火打石で枯れ草に火をつけ、囲炉裏の枯れ枝を燃やす。味付けは煮立つ前に岩塩らしいものを一掴み入れるだけである。鍋が煮立ったところで、食事前の短い読経を行う。竜一は黙ってミーユ師のお経を聞いていた。読経が終わって、汁椀にその汁を入れる。汁椀は、木を削って作ったごつい器を使う。夕餉の内容は、その汁と魚の干物をかじるだけである。箸の音もさせないように黙々と食事をする。食事が済むと、再度、感謝のお経を唱える。それから小屋の外にある雨水を溜めた桶の水で器を濯ぐのである。

「これからの予定を説明しておきましょう」

　器を片付けてから囲炉裏の燃えさしに灰を被せて火を消しながら、ミーユ師が説明を始めた。

「夕餉が終わった後に、一時間お経を唱えます。経典はその時々で変えていますが、その日の出来事を振り返りながら適切と思うものを選んでいます。読経が終わってから二時間、室内で瞑想します。時刻は厳格ではありませんが、夕餉を午後五時から六時の間に済ませます。六時から一時間の読経です。七時から九時まで瞑想し、九時半に就寝します。朝は、四時に起きて体を拭きます。夏の時期は、水を被ることもあります。四時半から一時間読経です。朝の経典は決めていますが、リュウは持参してきた日本の経典の中から選びなさい。読経が終わると一時間半の瞑想をします。朝餉は七時からです。朝八時からその日の作業をします。内容は天候や季節によって違うが、食用の野草を採りに行ったり、野生の芋を掘ったり、木の実を集めたり、野生の果物を採ったり、枯れ木を集めたり、小屋の修理をしたり、鹿の皮を剥いで干すようにしたり、時々近くの川に魚捕りに行ったりします。雨が少ない時期には、川から水を汲んでくることもあります。蔦の皮を細く削いで草履を編んだり、紐にしたりすることもあります。こうした作業が十二時まであります。十二時から昼餉です。一時から向こうの丘の上にある大岩の上で三時間の瞑想をします。ただし、当分の間、リュウは、一時から三十分は近くの滝に打たれる修業になります。滝から大岩まで歩いて三十分掛かるので、リュウの大岩での瞑想は、二時から四時の二時間です。四時から五時の間は、大岩から戻りながら森の中を歩いて自然と交流をします。動物たちと出会うのもこの時です。大体こういう日課で進めます。質問があれば、食事の後の時間や作業が終わった後にまとめて聞いてください。慣れないうちは、聞きたいことが多いでしょうから、質問と私の答えをノートに記録しておくとよいでしょう。早速何か質問はありますか」

「食べ物は自然に採れるものだけで済ますのですか。鳥や獣を獲ることもあるのですか」

竜一の質問に頷いてミーユ師が答えた。

「自然のもので済ませていますが、自然のものの中でも、なるべく自然の法則に従うようなものを食べるのです。例えば、木の実は種から芽を出すために地に落ちるのだが、それを小動物が食べて糞を木の周りに残すことで養分となるのです。全ての木の実が芽を出せば増えすぎて成長出来ないため、大部分を動物に食べてもらうことが大事になるのです。我々が木の実を食べるのは自然の摂理に従っているのです。木苺とかのベリー類は、やはり鳥や動物に食べられて、種が糞と一緒に別の場所に排出されて芽を出して増えるのです。これも我々が食べて糞をするのが自然の摂理なのです。野草は、冬には枯れるので、春から夏にかけて枯れない程度に一部の葉を採取しても支障はないが、同じ根から採りすぎないように注意します。自然の芋類は掘りすぎると根絶してしまうので、密集している場所のものを間引く程度に掘るのです。魚も食物連鎖の中で生きており、多すぎると餌不足で共倒れになります。小魚を少し捕るのは残った魚が大きく成長するために必要なことなのです。鳥や動物が魚を捕るのも自然に沿ったことなのです。我々も少しなら魚を捕ることにします。動物性の蛋白質や脂肪もいくらかは体を維持する上で必要になるからです。しかし、鳥獣は決して獲りません。獣や鳥は魚よりも霊的には進化していて霊波動が強いのですが、それは人間の霊波動より粗雑で粗暴なのです。鳥獣の肉を食すと自分の霊波動がたちまち乱れて低劣なものに変わります。魚の場合は、その影響が少ないのですが、それでもまったくないわけではなく、干し魚を食べるのは週に一回程度に抑えています。今のリュウには理解出来ないと思いますが、いずれ霊波動を自覚出来るようになればすぐに分かります。澄んでいる自分の霊波動の色が鳥獣を食べた途端に黒く濁ります。濁った霊波動は、動物たちに恐怖を与えるのです。動物たちは、恐怖から身を護ろうと人間を襲うのです。人間が自然の摂理の中で動物にとって精妙な澄んだ霊波動でいるかぎり動物は安心し快い気持ちになり、自分たちの守り神として崇めて接してくるのです。こういうことも修業を重ねると理屈ではなく事実として体験するようになります」

ミーユ師の説明は竜一にとってまだ不可思議の領域だったが、受け入れる他なかった。

「では鹿皮がたくさん使われているのはどうしてですか。皮のためだけに鹿を獲るのですか」

竜一の質問にミーユ師が笑いながら答えた。

「私が鹿を獲るわけではありません。この近くに虎の一家が住んでいると言いましたね。虎は以前はもっと南にたくさんいたのですが、人間の開発が進んで森が少なくなり追われるように北に移動してきました。しかし北に行くほど寒くなり、虎の餌となる大型動物も限られるので数が減り、今では一家族の数頭だけになりました。彼らの主食は鹿なのです。時には猪や猿を獲ることもあります。鹿を獲って内臓や肉を食べてしまうと、皮が残るが、皮は食べません。彼らが鹿を食べている時に私が出会って、皮を欲しいと伝えておいたので、それ以来、食べ終わった鹿の皮をここまで銜えて持ってくるようになりました。皮をきれいに削いで、残った肉片や骨などは林の中に捨てておくと小動物の餌になります。私は皮だけを乾かしていろいろに使ったり、必要な物の交換に持っていくのです。一度猪の皮を銜えてきたことがありましたが、猪や猿の皮は要らないと言ったらそれからは鹿の皮しか持ってきません。虎たちも私にとっては猫のようにかわいいものです」

ミーユ師の話に竜一は驚くと同時に恐ろしささえ感じた。自然の摂理を会得し万物に通ずるということは、猛獣さえも意のままに家族のようにしてしまうということなのか。そして、自然や動物たちに対するミーユ師の愛の深さは想像することも出来ないなと感じた。

「恐ろしいような話ですね。いずれ私にも理解出来る時が来ればよいのですが。ところで、日本から食べ物やカップ麺を少し持ってきましたが、これらは食べない方がよいのでしょうか」

「せっかく持ってきた食べ物を捨てる必要はありません。どんな食べ物も元々は自然からの恵みで作られているのだから、無駄にしてはなりません。リュウはまだ霊波動が精妙に純化されてはいないので、今のうちに持参した食べ物を食べても実害はありません。一カ月ほどのうちに食べてしまいなさい。一カ月すれば、自然の食べ物に慣れてくるでしょう。しかし、アルコール飲料は修業に極めて悪いので持っているなら捨ててしまいなさい」

ミーユ師の答えの霊波動の純化という意味が竜一には分からなかったが、修業が進む前なら世俗の食料を食べても支障がないということは理解した。

「それから服装はどうすればよいでしょうか」

竜一の質問に、

「修業に支障のない格好なら何を着ていても構いません。着ているものの違いによって修業の進み方が違うということはありません。日本から持ってきた衣服を季節に合わせて着たらよろしい。それが破れて着られなくなれば、私のように鹿皮を纏えばよい。ただ、リュウの場合には、一カ月に一回の診療にデリーまで行くのだから、その時に鹿皮を着て乞食のような格好で行くと周りの人が嫌がるでしょう。デリーに行く時は、日本から持参してきた洋服を着ていく方が無難でしょう。そうなると、山中で修業している間は、私のように鹿皮で作った衣服を着ておいて、日本から持ってきた衣服は普段着ないように大事に取っておく方がよいかもしれませんな。もちろん、デリーに出掛けた時に衣服は買えるので、無理に獣の皮を着なくてもよいのですが。それから、足元は、修業中は草履にする方が安全です。靴だと滑りやすい場所があります。デリーに出掛ける時だけ靴を履いたらよいでしょう。いずれにしろ、自分の考えで決めてください」

ミーユ師の言い分はよく理解出来る。修業中に何を着ても問題はないが、他人に不快な思いをさせないようにする配慮も必要だと言っているのである。

「もう一つ聞いておきたいのですが、瞑想はどういう形で行うのでしょうか。日本の寺院でやっている座禅とは違うのでしょうか」

竜一の質問に、もっともだというように二、三度頷いてから、ミーユ師が答えた。

「日本の座禅の方式は知っています。我々の瞑想と基本的な違いはありません。ルムテク僧院でも経験したとおり、瞑想の姿勢はほぼ同じです。足は結跏趺坐で組むのが基本です。

違いと言えば、座禅ではお尻に尻当てをすることが多いようですが、私は尻当てをしません。リュウが尻当てをしたいならしても構いません。もちろん、警策は使いません。手の組み方は、日本で法界定印と言われているやり方でよろしい。ただし、形にとらわれ過ぎるのもよくありません。瞑想の形は、内心の心の深化がやり易い形となっていますが、形よりも心の深化が重要なのですから」

ミーユ師の答えに対して、竜一に新たな疑問が湧いてきた。

「心の深化とはどういう状態を言うのですか。瞑想の時に心を無にすると言われますが、どうすればよいのですか」

この疑問は座禅でも常に付きまとうことである。雑念を排すると言っても簡単ではない。単に何も考えない状態になればそれで何かが会得出来るということでもないはずである。

「瞑想では、雑念が次々と浮かんでくるものだが、出来る限り心を空にするべしと言われる。初心者には、呼吸に集中するとよいとアドバイスされている。しかし、雑念を考えるなと言われて心を無にしようとすればするほど、その事自体に囚われて、心を無にしなければならないという思いそのものが雑念となる。呼吸に集中するのだと思うことが心を占めてしまう。何かに囚われると心を空には出来なくなる。瞑想では、自分が大自然と一体になった感覚を会得することが大事になる。岩の上で瞑想する時には、自分も岩の一部となった感覚で周りの自然に溶け込んでしまう意識になるのである。そうすると心が空になる。心が空になると、心の中に霊次元からの霊波動が流れ込んでくる。それによって自分の霊波動の浄化が進むのだ。そうなって初めて大自然のさまざまな物や動物たちの霊波動を感じることが出来てくる。滝に打たれる修業でも同じだ。最初は水音だけしか聞こえないだろう。だが、水や岩と一体になって大自然の一部に溶け込む感覚を会得した時、耳ではなく、霊波動で、周りの虫の声や鳥のさえずりや動物の鳴き声や木々の風に揺れる音や滝壺の魚の跳ねる音までが心に響くようになる。瞑想は、自分の霊波動を浄化して周りの大自然と一体になるまでが肝心なのだ。どんなに優れた修業僧でもそれには三年は掛かる。一生かかってもその境地に達しない者の方が多い。しかし、ノウハウ本のように、こうすれば会得出来るという便利な王道はない。最初は、自分の心の中に深く深く入り込んでいく感覚が助けになる。半年から一年続けて自然の中で瞑想していると、大自然と一体感を感じられる時が来るだろう。まずはそれが第一歩である」

ミーユ師の説明の言葉は明快だが、竜一が理解することは難しい。とにかく体験するしかないと思った。

「今日はもう遅いので、読経は止めて二時間の瞑想だけして就寝しましょう。小屋の中の好きなところで、壁に向かって座ります。足が痛くなるでしょうから、鹿皮を厚めに敷いて座りなさい。では始めましょう」

ミーユ師は自分の瞑想場所を整えるとローソクを吹き消して結跏趺坐に座った。竜一も小屋の中の反対側の壁に向かって結跏趺坐の姿勢をとった。ケチュパリ湖から五時間の山道を歩いた後の瞑想は、睡魔と闘うのが精一杯だった。

四　覚醒への挑戦

　翌日から早速修業の日課が始まった。竜一は、朝四時に起きて、ミーユ師をまねて小屋の外の雨水を溜めている水桶の水で体を拭いた。標高は二千メートルを超えているのに湿度が高い。夜の間に寝汗をかいた体には生ぬるい雨水でも気持ちよい。小用は小屋の近くの草原の中で済ます。自然の肥やしだから、毎朝少しずつ位置をずらして用足しするのがよいのだとミーユ師が言う。大便は、林の中まで行ってから小枝で小さな穴を掘り、その中に済ませてから土を被せるのだと言う。それも木々の肥やしになるのである。

　四時半から読経を始めた。竜一は、とりあえず般若心経を繰り返し唱えることにした。朝晩の読経の時に何を唱えるかの予定を立てておかなければならないなと竜一は思った。それにしても、日本から持参したいくつもの経典について、内容を理解しないままに単に唱えるだけで意味があるのだろうか。毎月の診療でデリーに行く機会にそれぞれの経典の解釈を調べておかなくてはならないなと、次々と課題が浮かんだ。一時間の読経を終えると、一時間半の瞑想である。昨夜座った場所に再び結跏趺坐で足を組んだ。竜一は、日本での座禅は半跏趺坐で座っていたので、結跏趺坐に足を組むとそれだけで痛く感じてしまうし、尻当てを使わないと後ろに倒れるような感覚がある。これに慣れるのも修業だろうと思うのだが、果たして簡単に慣れるものだろうか。（始めたばかりで妥協したり弱音を吐いたりしていては、五年の修業はとても無理だろう。ミーユ師に出来ていることは自分にも出来ると信じて耐えるしかないな）。竜一には、最初に我慢という修業が始まったのである。長年の座禅の経験はあるが、環境が変わり、問題意識も変わると、妄想や雑念が消えていかない。インドの山奥であらゆる文化生活を断って修業するという選択が本当に正しいのだろうかという迷いが心の隅に浮かんでくる。修業の実態が分からないので余計に心配が浮かぶのである。この日の早朝瞑想は、雑念に追われ続けて一時間半が経った。

瞑想の後は、朝餉である。ミーユ師は、昨夜の野菜の雑多汁の残りを食べるだけである。竜一は、その汁に加えて日本から持参したカップ麺に沸かした湯を注いで食べた。そのカップ麺の器も大事に取っておくようにとミーユ師から指示された。ここではごみを出すという観念はないのである。全ての物を何らかに活用して使うのである。それこそが自然と一体に生きるということになる。たしかに、動物は生活のごみを出さない。捕食した餌の残りも他の動物や植物の栄養になって循環する。自然に循環しないごみを出すのは人間だけなのだ。

「プラスチック製品は分解しないので樹木の肥やしにもならないから、なるべく買わないようにすることが大事です。それでも手元に残った場合には、自分の生活用具として利用し、自然環境に迷惑しないようにすることです。プラスチック製品を野原に埋めたりすると、近くの草花や樹木が『嫌だ嫌だ』と叫ぶ声が聞こえてきます。草花や木々の霊波動から何が自然で、何が不自然かが直ちに分かるようになります。そうなれば、自然との一体ということの真の意味も理解出来るようになるのです」

ミーユ師の説明はよく分かるが、竜一の修業が自然からの霊波動を体験出来るまでに進まないと心から納得出来るとは言えない。

朝餉の後は、周りを片付けてから、作業の時間である。竜一にとって最初の日の作業は、野草の収穫に出掛けることになった。ミーユ師にとっても食べ物の確保は重要であり、夏場の今は草が茂っているので、食べられる野草の芽や若葉を集めて、その日の食事にしたり、干して保存食にしたりするのである。今の時期には週に二回の野草採集をするという。野生の木苺とかイチジクやマンゴーなどの果物も熟れていれば採るのだという。竜一は、何が食べられる草で、何に毒があるかを知ることが第一になる。竜一は、ミーユ師の後をついて歩きながら、ミーユ師が採集する若葉などを見て、小さな手帳に簡単なスケッチをし、採集した場所、その草の特徴、色、大きさ、名前、食べ方、保存の方法、健康への効能などをミーユ師から聞き出して書き込んでいった。ミーユ師が万一寝込むようなことになったら、自分が食べ物を採集しなければならないのだ。一回の経験で覚えなくてはならないと、竜一は必死だった。採集した全ての葉や茎や芽を一つ一つ生でかじって味を覚えるようにした。ほとんどの野生の草にはアクがあり苦く感じたが、中にはほんのり甘いものもある。竜一は、早くも自分が野生動物になった気分であった。野草の採集を昼頃まで続け、蔦で編んだ大きな籠一杯の収穫を持ち帰った。時計があるわけではないので、昼になったかどうかは太陽の位置で判断するのである。この時期は、太陽が天頂に来れば、昼餉にすると決めてあるらしい。竜一は、帰り道で薪にする枯れ枝を集めて運ぶように指示された。作業の時間には、一刻も無駄にせず、必要なことに集中するのである。山中で生き延びるには、晴耕雨読などと言ってはおれないのだ。

「お尋ねしていいですか。どうして小屋の周りを耕して野菜を栽培しないのですか」

竜一の質問にミーユ師は笑って答えた。

「野菜を栽培すれば、その手入れに追われて自分を縛ることになる。それに自然のものでない野菜を植えると、周りからどっと虫が来て虫の餌になってしまう。虫を殺すために消毒すれば自然を傷つけることになる。自然に生えている野草や果物を少しずつ採ってくれば十分だ。不自然なものを持ち込むことはしない。動物たちも自然の食べ物で生きているのであり、自然と一体になる修業をしているうちは、野生動物と同じように生きるのがよいのです。今は野草や果物を採るのだが、秋になれば木の実や芋類などが一度にたくさん採れるので、保存しておいて半年はそれらを食べているのです」

採ってきた野草と山芋のような芋を一緒に煮た質素な昼餉を済まし、

「ではこれから滝に打たれる修業に行きましょう。着替えの下着とタオルとバスタオルを用意しなさい」

と、言ってミーユ師が立ち上がった。

竜一は、ミーユ師の指示で支度し、つる草で編んだ草履を履いて、一緒に修業する滝に向かった。十五分ほど歩いて小川の辺に出た。「ここで時々魚を捕るのです」とミーユ師が説明した。小川に沿って上流に向かって五分ほど歩くと、滝にぶつかった。それほど大きな滝ではないが、それでも高さが十メートルはある。五メートルほどのところに岩が張り出しているので、上から落ちた水はその張り出した岩にあたってしぶきをあげて広がり、五メートルほどの小さな瀑布となって落ちている。滝壺は大きくも深くもないようである。しかし、水音はドドドと森に響いている。

ミーユ師が竜一にやり方を説明した。

「裸で滝に打たれると体温を急速に奪われるので、下着をしっかり着ておきなさい。髪を伝って水が落ちてくると呼吸しにくくなるから、頭はタオルで縛るようにします。滝に打たれている間は、何かお経を唱えてもよいし、瞑想のように黙していてもよろしい。滝に打たれる修業は、水の勢いや音が凄まじいために、意識がそれに向けられ、雑念が払われるメリットがあるのです。比較的容易に心を空にしやすいのです。ただし、慣れないうちは、体が冷えて気を失うことがあります。当分は、私が近くで見ていますが、もう駄目だと感じたら途中でやめてください。一カ月もすれば慣れてきて、三十分の滝業が苦も無く出来るはずです。それまでは、少しずつ慣らすようにしてください。この滝業は、六カ月ほど続けます。もう止めても良いなと思うタイミングは自分で分かります。自分の意識がはっきり変わったことが分かります。理屈で理解しようとせずに、自然の滝に任せるのです」

ミーユ師の説明を受けて、竜一は、下着姿となり、頭にタオルを巻いて浅い滝壺に入った。夏の盛りの真昼なので水に入るのは気持ちが良い。だが、予想していたよりも冷たいと感じた。カンチェンジュンガ峰の雪解け水が流れ下ってくるので、雨水よりもずっと冷たいのである。

竜一は、滝の真下に立ち、流れ落ちる水を頭に受けた。途中の岩にあたって跳ねている水の衝撃は思ったほどではなく、頭が痛いことはない。だが、滝の音は凄まじい。ドドドともゴゴゴとも聞こえる。水が眼に入るので眼を開けていられない。手は法界印に組み、心を静める。ミーユ師が説明したように、滝の音が響いて余計な雑念を浮かべる余裕がない。水と水音の世界に沈んでいく。頭にあたる水をただ感じるだけである。何も考えられない。ただ水と一体になる。意識が心の底深く沈んでいく感覚である。何分経ったか分からない。時間の感覚がなくなっている。そのうち、竜一は、手足の感覚がなくなったことに気付いた。不安になって竜一は、手を動かして腹に触ろうとしたが、手が動かせない。完全に痺れているのである。（これは滝業の正常な反応なのか。それとも意識を失う前の危険な兆候なのか）。（今日のところはここで止めておこう）。足も痺れて動けない。竜一は転び、立とうとしてはまた転び、もがきながら岸にたどり着いた。ミーユ師が竜一の腕を掴んで岸に引き上げる。ミーユ師はバスタオルを草むらに広げて、竜一をその上まで運んでいった。

「最初は水の冷たさに体が慣れていないので、全身が痺れて危険になるのです。しばらく体を陽に当てて温めると回復します。今回は最初でしたが、十五分ほどの時間でした。まずまずです。慣れてくれば、時間の経過が直感的に感じられます。今の調子なら、三十分の滝業は二、三週間すれば出来るようになるでしょう。体の痺れがなくなったら、着替えて大岩瞑想に向かいます」

ミーユ師の言葉に、（随分長く感じられたがあれでやっと十五分だったのか。三十分も滝に打たれ続けることが出来るようになるのだろうか）と竜一はまたまた不安な気持ちで体を起こした。そこから歩いて三十分ほどで次の修業をする大岩に着いた。小屋から見える丘の麓に露出している大きな岩である。幅と奥行きは三十メートルはあると思われる。高さは三メートルほどであり、横に削り取った階段が作られていて上り口になっている。ミーユ師が上る後をついて竜一も大岩の上に上がった。大岩の上部は、多少ごつごつしているが概ね平らになっている。よく見ると、真ん中あたりはきれいな平らに削られている。

「この岩の真ん中で瞑想するのです。ヨガ修業で岩の上での瞑想が取り入れられているのは、大きな岩はたいてい地中深くに根を埋めているので、地中からの地球霊気を吸い上げやすいのです。大自然の霊気を感ずる場所として相応しいのです。それに、大岩はその霊気によって昆虫や動物が寄り付きにくい場所なのです。大岩の上で瞑想すれば、蚊や蝿に悩まされずに済むのです。猛獣に襲われることもありません。各地の僧院の瞑想に岩の上の修業があるのはそういった理由です。さて、真ん中の平らなところに座りましょう。私は、尻当てなしに座りますが、リュウは、慣れないうちはバスタオルをたたんで尻当てにしなさい。これから二時間の瞑想です。出来るだけ何も考えないようにして、意識を心の深くに沈めて、周囲の自然の霊波動を感じるようにするのです。木々の音、虫の声、風の音、草葉の音、動物や鳥の鳴き声、水の音、それらの自然の音をあるがままに体に取り入れるのです。ただし、音に囚われてはいけません。体に流れ込むに任せるのです。自然の音とともに自然の霊波動も流れ込んでくるのです。では始めましょうか」

ミーユ師の説明に頷きながら、分かったふりをして聞いていた竜一は、ミーユ師が座って結跏趺坐を組んだ隣にバスタオルを折りたたんで座り足を組んだ。七月の午後の太陽は焼きつくように暑い。滝に打たれて痺れるように冷え切った体で、今度は焼かれた岩の上に座るのである。バスタオルがわずかに湿気っているのが救いである。眼を半眼に閉じるのが座禅の作法なので、ここでも同じように半眼にしてみたが、どうしても周りの大自然が視界に入ってしまう。禅堂の畳を見ているのとはまったく違う。虎に食われるかもしれないインド奥地の山中で、夏の真っ盛りの午後二時に焼かれた岩の上に座り続けるのは、日本なら医師が許さないだろう。竜一はまさしく命を懸けているのだと思う。雑念を払い、意識を心の底に沈める。孔雀か何か大きな鳥の鳴き声が聞こえてギクッとする。（心を空にして、自然の霊波動が体に流れ込むのに任せるのだ）と自分に言い聞かせる。ところが、自分に言い聞かせること自体が囚われていることになると気付く。その内に尻も足も痛くなってくる。痛くなってくると、痛いということに意識が向かう。（痛いな、いつ終わるのかな、こんなに痛くては自然の霊波動を取り込むどころではないな）と、竜一の心は痛みの意識で満杯になっている。意識が遠のくほどの痛さを我慢して、初日の竜一の二時間の大岩瞑想が終わった。無事に終わったとはとても言えない。死ぬ思いをしたということだけが、記憶に残った。

その後は、一時間かけて森や林の中を小屋に向かって歩くことになった。竜一は、結跏趺坐を解くのにもひどい痛みを感じ、立ち上がることが出来ず、這うようにして岩から下りた。ずり落ちたという方が正しいだろう。大岩を離れて歩くことが直ぐには出来ない。腰を曲げて半歩ずつ、ゆっくりと足を出す。五分かけて三十メートルほどを進み、それからゆっくりと歩けるようになった。ミーユ師は、そういう竜一を黙って見ている。優しい表情をしている。のろのろする竜一を咎めるようなことはない。頑張れとも言わない。誰でも最初はそうなるものだということが分かっているのであろう。

ゆっくりゆっくりと歩き始める。徐々に足の痛みが引いてくる。二十分後、竜一が何とか普通に歩けるようになると、ミーユ師は木々や草花などについて説明を始めた。その特徴や冬になるとどうなるかなどを教えてくれた。だが、今の竜一には、手帳に書き留める気力はなかった。

「ちょっと止まりなさい。あの向こうの大きな茶色い木が見えますか。右のほうに太い枝が伸びているでしょう。その枝をよく見ると、黄色の点々が並んでいますね。見えますか。あれはニシキヘビです。かなり大きいやつです。暑いので木の上で体を冷やしているのです。驚かさないように、回り道をしましょう」

ミーユ師がそう言って左の獣道に曲がった。竜一は、もう一度、樹上のニシキヘビを見分けようと目を凝らしたが、はっきりとは見えなかった。一時間かけてゆっくり小屋に戻った。それから夕餉の支度をし、再び質素な食事をする。六時からの読経に、竜一は、今日は法華経を選んだ。もともと座禅会以外に仏門には縁がなかった竜一には、どの経典でも変わりはない。意味も分からず唱えるだけである。だが、経典を集中して唱える間は、雑念が湧くことはない。文字を追うのが精一杯になるからである。読経は心を空にするのにも有効なのかもしれない。ミーユ師が唱えているお経が何を言っているのかまったく分からないが、その響きとリズムに負けないように、竜一も法華経を何度も繰り返して唱えた。七時から九時まで、再び瞑想が始まる。大岩の上での結跏趺坐に懲りて、今度ばかりは、竜一は、毛皮を厚くたたんで、尻当てにし、半跏趺坐に座った。それでもたちまち足と尻に痛みが蘇る。どうにか一時間が経過した頃には足も尻も痺れて感覚がなくなった。体が宙に浮いているような感覚になる。意識はあるが、無意識のようにボーと浮かんでいるようである。雑念を浮かべる気力もない。時間の感覚も失う。ミーユ師に肩をたたかれるまで竜一は木像になったように意識の底で固まっていた。こうして過酷な一日が終わり、疲れ切った竜一は、ゴリラの巣のような寝床で一度も目覚めることなくぐっすりと眠った。

翌日から、また同じ日課が繰り返される。だが、次の日は魚を捕る作業を行った。昨日行った小川で川魚を釣るのである。針は針金をとがらせて曲げた物を使う。針の返しがないので魚が引いた瞬間にひっかけて跳ね上げるように釣るのである。竜一がテレビで見た鰹釣り漁と同じ要領である。糸はミーユ師の髪を二本捩ってつないだものである。小魚なので切れることはないという。竿は細竹を使う。餌はミミズや朽ち木に巣くう虫や、時には動物の死骸にたかっている蛆もあるという。その場にある物を利用するのである。二時間かけてミーユ師は、三十数匹釣り上げたが、竜一は、苦労して五匹を釣っただけであった。これも慣れる他ないのである。持ち帰った魚は、はらわたを抜いて、竹串に刺し、炉端で燻製にする。これで一カ月の動物性蛋白源だというのである。抜いたはらわたは、木彫りの容器に入れて森の隅に置いておく。それはまた小動物や鳥や虫たちの餌になる。その日の午後に再び厳しい滝業と大岩瞑想を行った。二日目は、慣れるどころか、却ってつらいと感じた。死んだ方がましだと思えるほどの水の冷たさや足の痛みに何とか耐えた。ただ、滝業が終わった時に出来るだけ水を飲んでおくと大岩での瞑想時に熱中症にならないことを学んだ。三日目の作業は、野生のマンゴーとイチジクを収穫するために遠出した。どこに木があるのかはミーユ師の頭の中にあるだけである。竜一は、地図がない中で場所を覚えておくために太陽の位置を頼りに南に約四キロメートル進んだとか、西に二キロメートル歩いたとかを手帳に記録しながら進んだ。自然の果樹はいずれも大木になっている。採るには木に登らなければならない。比較的若い竜一が木登り役である。

「手の届く範囲だけ採ればよい。無理することはありません。枝先に残った実は猿や鳥のものです。欲張って出来る限り採ってしまうというのは、人間の醜い我欲なのです。他の生き物たちと分け合うことも自然と一体に生きることなのです」

ミーユ師の言葉に竜一は救われた。無理してでも枝先まで登ることになれば、危険極まりないと怖かったのである。竜一が十個のマンゴーを採って木から下りた時、途中で見かけた猿の群れの鳴き声が近づいているように聞こえた。今日収獲した果物は、その日に少し食べるだけにし、ほとんどは残して天日に干し、保存食にするのである。自然の恵みを一度に欲張って食べてしまうのも人間ならではの我欲だというのである。自然から与えられたもので命を繋ぐということは、欲望に流されないで生きることなのである。帰路の途中で竜一が小用をしようと立ち止まった。

「小便をするのですか。あの向こうに葉が黄色がかっている若木が見えるでしょ。あの木が欲しいと言っているから、あの木の根元から一メートルのところに放尿するようにしなさい」

ミーユ師には木々の声も聞こえるらしい。大小便すら自然と共生して場所を選んでいるようである。竜一は、この修業で会得しなければならない極みの奥深さをまたもや思い知らされた。

四日目の朝、やっと空が白んだ頃、竜一は体を拭こうと戸を開けてギョッとした。数メートル先に鹿を銜えた牛ほどもある巨大な虎がいるではないか。虎もギョッとしたらしく、動きを止めてランランとした大きな険しい眼で竜一を睨んでいる。地上はまだ少し薄暗い中で、大きな虎の眼は金色に輝いている。竜一は恐ろしさに固まった。少しでも動けば襲われると思ったのである。

「怖がってはならん。こちらが怖がれば、その恐怖心が虎に反射して虎も怖がる。怖がった虎は身を守ろうと攻撃してくるのだ。瞑想の時を思い出して、心を無心にするのだ。心を落ちつかせたなら、ゆっくりゆっくりと虎の頭をなぜている自分を想像しなさい。虎も自分も気持ちよくなごんでいるのを想像しなさい。そうだ。それでいい。今はリュウの表情から恐怖が消えている。虎も落ちついてきている」

　竜一の後から外に出てきたミーユ師の声に従って、竜一は虎を昔飼っていた猫のトラだと思うことにし、その頭を優しくなでたり、喉の下を掻いてやっている様子を心に浮かべた。竜一が優しい気持ちに変わると、虎の眼から険しい鋭さが消えていき、半分眼を閉じて安堵の表情に変わり、そして、後足を曲げてぺたりとしゃがんだ。

「よしよし。良い子だ。ありがとう。ありがとう」

　ミーユ師が虎に呼び掛けると、虎は銜えていた鹿をそっと地面に下ろし、「クゥー」と鳴き声で答えた。ミーユ師は虎の傍までとことこと近づいて、巨大な虎の頭をなで始めたのである。ミーユ師が虎の耳の後ろを掻いてやりだすと、虎は眼を閉じてうっとりと気持ちよさそうにひげを震わせていた。しばらくして満足した虎が立ち上がるとミーユ師も離れた。その時、林の奥から「ウォー」と別の虎の吠える叫びが聞こえた。その声に反応して虎はさっと向きを変え、林に向かって歩き出したが、五メートルほど進んで振り返り、もう一度、「クゥー」とミーユ師に鳴いた。そして、ダッと林の中に駆け込んで消えた。

「あれはこの付近に住んでいる虎一家の主の雄虎です。鹿を食べて残った皮を十日に一度くらい私に持ってきてくれるのです。私が鹿の皮を必要としていることを知っているのです。雌虎と子供の虎二匹が林の中で待っていました。子供の虎が怪我した時には、連れてくることがあります。その時は私が手当てしてやるのです。心無い狩人の罠で雌虎が足に大怪我したこともありました。その時は応急手当をして小屋に寝かせ、薬を求めてガントクまで行きました。歩けるようになるのに二週間も掛かりました。それ以来、私は、虎たちがいる付近の森を霊視していて、密猟ハンターが森に入ったのを感じた時には、虎たちにどちらの方角に逃げればよいかを教えてやるようにしているのです。虎一家と私はギブアンドテイクで生きているのですよ。私は夜の瞑想の時、自分の霊波動をこの付近の森や林まで広く伸ばして動物たちの霊波動と同調させることがあります。それで怪我や病気に苦しんでいる動物がいるかどうかが分かるのです。放っておいても大丈夫な場合と、放ってはおけない非常の場合とがあります。動物たちの霊波動の調子で見分けることが出来ます。放っておけない時には、翌朝救けに行くのです」

ミーユ師の説明には驚かされることばかりだが、竜一は、霊波動を伸ばして動物たちと感応出来るというミーユ師の凄まじい力をまたもや知った。その日の作業は、鹿の皮を剥ぎ、残った肉片や骨などを分別することになった。角は切り取って物々交換の品物とする。首を落とした鹿の頭は、そのまま森に放置するために大きな籠に入れた。足の大きな骨は道具に加工する材料として取っておき、小さな骨と足先は別の籠に入れて森に持っていくのである。残った肉片のうち、大きめのものは取っておいて炉端で燻製にする。それ以外の肉片は、別の小さ目の籠に入れて森に持っていくのである。剥いだ皮を石の刃で擦って薄い肉や油をこそぎ落とす作業に時間がかかった。やっと十二時に作業を終えて、鹿皮を干場の棒に掛けて広げた。

昼餉の後、滝業に行く時に、鹿の頭、骨、足先、肉片の籠を担いで森に入った。それぞれを少し離して獣道の近くに放置した。頭や骨や足先は狐や豹の餌になり、残骸は昆虫や小虫の餌になる。鹿の死骸の全てが自然に消化され循環していくのである。腐肉を好む蝿とか昆虫も寄ってくる。肉片は、鳥や小動物のご馳走である。なるべくあるがままに自然に返すことも修業の一環なのだ。

竜一が燻製にする肉はどうするのか聞くと、

「それは怪我や病気で弱って飢えている動物たちに持っていくためです。草食でない狐や狸の子供たちは飢えやすいのです。そうして助けてやった動物も虎や豹に食われてしまうこともありますが、それは、自然の営みですから仕方ないのです。動物たちは、自分が生きるために必要なだけを狩るのです。人間のように遊びや興味本位で捕食することはありません。あるがままの自然の循環の中で生きているのです」

と、ミーユ師は答えた。ミーユ師は、自分のヨガ修業だけでなく、森全体の平和と安全にも気配りしているのである。

こうして、竜一の修業の一週間が過ぎた。滝業の水は相変わらず気を失うほど冷たく、とても三十分も我慢出来なかったが、少しは慣れたのか、何とか二十分まで滝に打たれ続けられるようになった。大岩の上での瞑想は足と尻の痛みに耐えるのがやっとだったが、終わった後で何とか立ち上がって歩けるようにはなった。まだまだ痛みに耐えるのが精一杯で、心の中は痛いという思いと早く終われという願いで溢れ、無心には程遠いのだが、二時間続けて耐えていた。自然の森の中で生き延びる上でのさまざまな知恵を一週間の作業でいろいろと学んだ。だが、まだ動物の気配を感じることや植物の声を聞くことは出来ない。危険な動物が近くにいることはミーユ師から警告されなければ気が付かない。竜一は、修業の先はまだまだとてつもなく長いと感じた。

四週間が終わる二日前、竜一の検診の日がやってきた。いつものように四時に起き、顔を洗ってから日本から着てきた衣服に着替えをし、靴を履き、ただちにケチュパリ湖に向けて出発である。ところが小屋に来る時にはミーユ師の後をついて歩いてきただけである。道もない森の中をケチュパリ湖までどうやって歩けばよいのかまったく分からない。昨夜ミーユ師に簡単な地図を描いてもらってあるが、標識があるわけでもなく、獣道の見分け方すら分からない。最初は東に向かって十キロメートルほど歩くということは知っている。だが、どこで南に曲がればよいのか分からない。深い森の中で道に迷えば永久に抜け出せないことも有り得るだろう。竜一は、自分の白骨死体が何十年後かに発見される様子を想像してブルッと震えた。その時、東の林に猿の群れが現れてキーキーギャーギャーと鳴き始めた。ミーユ師が小屋から出てきて竜一に声を掛けた。

「ケチュパリ湖の近くまでリュウを案内するように猿たちに頼んでおいた。猿たちの群れを追うように進めば、ケチュパリ湖に近道で行ける。猿たちは獣道を進まないので、木々の中を歩くことになるが危険はないだろう。危険な動物やキングコブラがいれば猿たちが察知して回り道をするので、リュウにはむしろ安全だろう。子猿もいるのでちょうど歩く速さくらいで進むはずだ。今回デリーに着いたら、携帯型のGPS方位計を買ってくるとよいね。四日後の昼頃にケチュパリ湖のこの前の僧院で待っているから、帰りはそこで会うことにしよう」

ミーユ師の気配りに竜一は思わず涙腺が緩んだ。

「草地や下草が深いところを歩く時は、この棒で足先を払いながら進みなさい。蛇や小動物は、気配を察知すると逃げていくので、いきなり踏んづけたりしなくて済みます」

ミーユ師がそう言って小枝の長い棒を竜一に手渡した。それからミーユ師が両手を挙げて猿たちに何か合図を送った。

「さあ、後を追いなさい」

ミーユ師の言葉に竜一は猿の群れを追い始めた。大人の猿は木々の枝を伝いながら進んでいくが、子猿を乗せたり腹に掴まらせている母猿は下草の中を進んでいく。猿たちの後を追うのは思ったより容易である。下りが多いのと、近道をしているのとで、三時間半ほどでケチュパリ湖に通じる大きな道路にぶつかった。そこで猿たちは止まり、ギャーギャーキーキーと大声で鳴きながら竜一が道路を進んでいくのを見送ってくれた。竜一には霊波動で感謝する力がまだないが、「ありがとう。ありがとう」と大きく叫んで、見送っている猿の群れに手を振った。十分ほどでケチュパリ湖畔に着き、九時のガントク行きの乗合ジープに乗ることが出来た。午後二時に到着し、そこからスィリグリー行きの乗合ジープまで少し時間があり、昼食を済ませ、久しぶりの散髪を行った。スィリグリーに着いたのは午後八時で、そこの安いホテルに泊まり、翌朝早くバグドグラ空港に行き、一番の便でデリーに飛んだ。十一時にはインドラプラスタ・アポロ病院に入り、すぐにアガワル医師の診察を受け、必要な検査を受診した。検査の結果は、良好で、再発の心配はないと分かって一安心であった。午後一杯は病院にいて、夕方、以前に予約しておいたエロスホテルにチェックインした。その夜に携帯型GPS方位計を探してまわり、何とか中国製の一台を手に入れた。翌日は、朝一番の便でバグドグラ空港に向かい、スィリグリー経由でガントクに夕方四時に到着した。ルムテク僧院に預けておいた若干の荷物を取りに往復して、ガントクのホテルには午後八時にチェックインした。四日目は、午前中にガントクからケチュパリ湖まで乗合ジープで移動した。竜一が調べてみると、スィリグリーとケチュパリ湖を結んでいる乗合ジープもあるので、次回からは多少時間的に余裕を持って往復出来ると分かった。これから五年も月一回の検診にデリーに行くのであるから、極力要領よく往復しなければならないのである。四日目の昼過ぎにミーユ師と僧院で落ち合い、昼餉を済ましてから小屋に向かった。ケチュパリ湖から小屋までの約二十キロメートルの道は、途中から登山道に変わり、さらに獣道に入るので、竜一は、デリーで買い求めた麻紐を分かれ道や曲がり角の小枝に結んで進んだ。こうしておけば、次回からは猿の群れに案内されなくてもケチュパリ湖まで歩けるだろう。麻紐なら半年くらいは持つはずで、その間には竜一も道を覚えられると思う。夕方山中の小屋に戻った。

　翌日から再び修業の日々が再開した。滝業では一カ月の修業でどうにか三十分の冷水に打たれることに耐えられるようになった。滝の音と水の冷たさだけが意識を満たすので、他のことを思い浮かべる余裕がない。自然に心が空となる。それが滝業の良さなのだと、今では理解出来る。大岩での瞑想も何とか二時間耐えられるようになった。最初は足の痛みに囚われて心の奥に意識を沈めることが出来なかったのが、今では心の奥の魂の核に意識を沈め、無心の状態で時間を忘れて座っていられるようになった。こうして竜一の修業が続いていった。三カ月が過ぎ、昼間はまだ暑いが、標高の高い小屋の辺りでは朝晩に秋の気配が感じられ、過ごしやすい季節が来た。竜一にとってはインド奥地での初めての秋である。この山中でも秋はやはり実りの秋である。竜一は、ミーユ師に教わりながら、木の実や珍しい果実や野生の芋掘りでひと冬を越すための食料を集めて回った。

　竜一の検診は三回目が終わり、肺癌再発の気配はなく、問題なしとして従来の薬を処方されただけである。ただし、体重は五キログラム減り、ウエストは六センチも減って七十八センチとなったので、三回目の検診では他の病の発病を心配したアガワル医師が全体的な検査を指示し、脳のＭＲＩ、心臓機能、肝機能、腎機能、すい臓、大腸、胃などの検査も行った。便検査の結果や血液検査の結果は、二日後に竜一の携帯通信機器に知らせてもらうことになり、帰路でケチュパリ湖に着いた時、その結果が届いたのだが、まったく何の問題もなく、極めて健康体だと伝えられた。三カ月の厳しい修業生活で体が引き締まっただけであった。

朝晩が涼しくなったが、朝四時に起きて戸外に出ると真っ暗で何も見えない闇である。星明りと月明りだけが頼りとなる。その闇の中で、夜行性の動物たちの声が遠くから聞こえたり、時には虎の唸り声が聞こえたりする日もある。朝餉の支度をする頃にはすっかり夜が明けて明るくなり、最近は、近くに虎がいない時には、猿の群れが近くまでやってきて、「キーキー、ギャーギャー」と竜一に挨拶するのである。そうすると、竜一は、森の一員に認められた気分になり、「おーい、おーい」と答えるようにしている。

こうして早くも五カ月が過ぎた十二月の半ば、竜一は滝業の中で無心夢想となり、滝の轟音が遠くに聞こえるような感覚に陥った。しばらくして、遠くで孔雀が「クォーン、キォーン」と高い声で鳴くのが聞こえた。耳に聞こえたというのではない。脳内に響いたというか。無心の魂に響いたというか。とにかく魂で聞いたのである。（何なんだ、これは）と妙な感覚を覚えて意識がそれに囚われると無心夢想の状態が保てなくなり、一気に滝の轟音が戻ってきた。その日は再び無心にはなり切れなかったが、魂に響いた孔雀の声はしっかり意識に残った。

大岩での瞑想を終えて森の中を回り道しながら帰る途中、竜一は、ミーユ師に聞いてみた。

「今日の滝業の中で不思議なことがありました。心を深く深く沈めて無心になり、純粋な魂だけの状態になったと思われた時、それまで響いていた滝の轟音がスーと遠ざかって遠くに小さく聞こえる感じになりました。その状態でどのくらい時間が経ったか分かりませんが、突然、遠くで孔雀が高い声で鳴くのが頭の中に聞こえました。心の中に聞こえたという方が正しいのかもしれません。決して耳で聞いたのではないのです。何なんだと不思議に思った途端に無心ではいられず、その不思議なことに意識が向いてしまって、再び滝の轟音に包まれました。いったい何が起きたのでしょうか」

竜一の質問を聞いてミーユ師は、「そうか、そうか」と嬉しそうに微笑み、不思議な出来事の説明を始めた。

「滝業でも瞑想でも心を無心にして空の状態にすることが重要だということは分かるね。滝業では、滝の轟音と水の冷たさに意識が向くので、余計なことを考えることがなく、比較的早く無心の状態になりやすいのです。さて、心が空になると、その心の中に霊界の霊波動のエネルギーが流れ込んでくるのです。心の中の霊波動エネルギーは、万物の霊波動と共鳴して霊的な知覚を目覚めさせるのです。リュウが無心の状態で、聴覚ではなく、魂で遠くの孔雀の鳴き声を聞いたのは、リュウの心の中に入り込んだ霊波動のエネルギーが孔雀の鳴き声で発せられた霊波動に反応したからです。生き物が動いたり、鳴いたりする時には、この世界での運動エネルギーだけでなく、魂から生ずる霊波動も同時に発している のです。霊波動は、空気を振動させて伝わる音波とは違い、霊次元と結びついている霊波動であり、音波に邪魔されることなく、遠くからでも察知することが出来るのです。滝の轟音の中にあっても、空となった心には、鳥の鳴き声や虫の羽音や獣の唸り声などが知覚出来るのです。今日の滝業で、リュウはまず一歩を踏み出しました。無心となり、心を空にすることを続けていれば、周りの万物の動きや音が心に沁み込んでくるようになります。それらの知覚に囚われず、無心のままに、霊波動エネルギーが流れ込むままに、そして、知覚出来た鳥や動物の鳴き声などを流れていくままにするのです。それは、あたかも滝の水と一体となって自然の中に溶け込んだ状態と言えます。修業の第一歩は、心で霊波動エネルギーを察知出来るようになるということであり、リュウは近づいてきたということです。今日のような滝業を続けていきなさい。おそらく、もう二、三カ月続ければ、滝業を終了出来るレベルに達すると思いますよ。余談だが、心を空にする方法の一つとして、過去に日本で流行ったことのある踊念仏のように無心に踊り狂う時にも心は空になるのだが、意識の一部は体を動かすことに囚われるため霊次元の霊波動を取り込むことは難しいので、修業には適さないのです。その点、滝業や瞑想が大事なのです」

ミーユ師の説明は、竜一にとって驚くようなことだったが、自分の心の中に霊次元の霊波動エネルギーが流れ込んだのだと思うと、わけもなく嬉しくなった。(明日からの滝業が楽しみだ)。竜一は、はっきりとした目標が出来たので、厳しい滝業が待ち遠しいと感じた。

さらに二カ月が過ぎ、真冬の冷水の滝業の中で、竜一は、無心夢想で心を空にし、小鳥の鳴き声や虫の羽音や森の木々が風に揺られる音や、遠くで獣が唸る声や、さまざまな自然の動きを心で知覚し、心の中に流れ込むに任せられるようになった。三月末の検診から戻った竜一に、ミーユ師は、「もう滝業は終了してよい」と伝えた。竜一は初期の段階を乗り越えたのである。

滝業が無くなったので、大岩の上での瞑想を二時間半に伸ばすことになった。滝の水と轟音が周りの気配を消すので、滝業は無心夢想になりやすいのだが、大岩の上では、周囲の動きや風や天気に気を取られてしまうため、容易に無心になれないのである。心を空にすれば、心に霊波動エネルギーが流れ込んでくることは分かったが、外気の中での瞑想ではそれが難しいのである。難しいからこそ、それを乗り越える意味があることは理解出来る。しかし、頭で理解出来ることが、簡単には実現出来ないのである。

厳しい瞑想修業は既に一年半続いた。その間にデリーへの検診は毎月欠かさず通った。肺癌再発の気配はなく、むしろ、木の実や菜食中心の粗食に耐えた体は以前より頑健に引き締まった。一年半が過ぎた頃、大岩の上での瞑想の中でも無心になり心を空にすることが出来るようになってきた。空となった心の中に霊波動のエネルギーが流れ込むままに座っていると、以前の滝業で感じたように、遠くの動物や鳥の声が心の中に聞こえてくる。聞こえるというよりは、魂に感じられるという方が正しい感覚である。一度それを体験すると、次からは要領が分かってきて、短時間で無心夢想に入り、霊次元の霊波動エネルギーが流れ込んでくるに任せられるようになってきた。竜一は、日本で、十年以上の自己流の座禅を経験していたのだが、本当の意味で無心の心境にはなっていなかったのだろうと悟った。座禅の真似ごとをいくら長く続けても、自然と一体となり、霊波動エネルギーを取り入れるまでには至らないということなのだ。竜一は、心を空にするとはどういうことなのかがやっと分かったのである。

竜一の修業の二年が過ぎ、さらに、二年半が過ぎたある日、大岩の上での瞑想を終えて、竜一は、ミーユ師と林を抜けて小屋に戻る途中、歩きながら心を空にすることが出来た。心の中にさまざまな音が知覚される。無心夢想のままに竜一は、前を歩くミーユ師をぼんやりと眺めていた。すると、ミーユ師の体の周りに丸く広がる霊光が感じられる。白く輝くような大きな球体である。ミーユ師の体全体をすっぽり包んでもなお有り余る大きさである。竜一は、ミーユ師の霊光をぼんやりと感じながら、無心夢想の境地を続けて小屋まで戻った。小屋に戻って自我意識を取り戻した時、（ミーユ師のあの霊光は、オーラ光背というものなんだな）と理解した。仏像の多くが頭の後ろに円のように持っているオーラ光背と同じなのだろうと思った。悟りを開いた者には、高貴な御仏の霊体が光り輝くオーラ光背を纏っているのが見えると聞いたことがあるが、先ほど、ミーユ師に見えたのがまさにそのオーラ光背だったのだと思った。心を空にし、心に霊次元の霊波動エネルギーが流れ込むのに任せないと、オーラ光背が見えないのだなと悟った。それにしても、歩きながらでも無心夢想になり、心を空にすることが出来たことは竜一の大きな進歩である。その夜の瞑想でも、竜一は速やかに無心夢想となり、霊波動エネルギーが流れ込むままに時間が経つのを感じなかった。

　翌朝、朝の瞑想を終えて小屋の外に出た竜一は、小屋の向こうの草地にボス猿が座っているのに気付いた。ボス猿が「キー」と挨拶した。竜一は、いつものように「オー」と声を掛ける代わりに、一瞬のうちに無心夢想となり、心に流れ込んだ霊波動を通して、ボス猿のオーラ光背を感じようとした。ボス猿の心臓から腹にかけて薄く黄色がかった光の玉が感じられる。明らかに毛色とは違う。動物もオーラ光背を持っているようである。だが、その色は薄く弱々しいし、大きさも極めて小さい。ミーユ師のオーラ光背とは比べ物にならないサイズである。やはり、動物と人間との霊力の違いが歴然と表われているのだと思った。

　その二日後、竜一が朝起きて小屋を出たところで、小屋の前の空き地に雄虎が鹿を銜えて座っているのに出くわした。今では竜一も虎もお互いに恐怖心を感じない。ペットと飼い主というよりは、なじみの友達のような感覚になっている。虎は竜一に気付くと、鹿を放して眼を細めて竜一を見た。「おはよう」と言っているような表情である。この時、竜一は、虎のオーラ光背を見てみようと思った。まっすぐに立ったままで、竜一は、すぐさま無心夢想となり心を空にした。虎はどうやら竜一が霊波動に包まれ始めていることを悟ったらしく、黙ってじっと待っている。竜一の心に虎のオーラ光背が知覚された。それはボス猿のものより大きく、色はやや濃い赤である。大きいと言っても虎の全身を覆うほどではなく、胸と腹のあたりに丸く広がっている。大きな雄虎の呼吸に合わせて光背も少し伸び縮みしているように脈動しているのが分かる。だが、今の竜一には、オーラ光背の色や大きさが何を意味しているのかは分かっていない。多分霊力の違いだろうとは思うのだが、大きな動物ほど大きいオーラ光背を持っているのかどうかは分からない。ましてや、色の違いが何を意味しているのかは見当もつかない。

その日の午前中の作業の際に、竜一は、ミーユ師のオーラ光背が見えたことや、ボス猿や雄虎のオーラ光背も感じられたことを話した。

「それはよかった。リュウもどうやら覚醒に近づいてきているようだね。オーラ光背が見えるということは、霊体が見えるということなのだよ。霊波動のエネルギーを心に満たせるようにならないと霊体を見ることは出来ない。もちろんそれは、目で見るのではなく、心で見るのであり、心眼が働き始めたということです。歩きながら私のオーラ光背を見たというのは、実に大きな進歩です。体を動かしながら、心を空に保つのはなかなか出来ないことです。その訓練を続けていけば、森や林の中にいる動物たちの気配をいつでも感じるようになるのです。さらにその先には、動物たちや鳥たちとの意識の同調が出来るようになります。声ではなく、心の中の霊波動で気持ちを通じ合えるようになるのです。そこまで行けば、真に自然と一体になったと言えるのです。リュウは二年半でオーラ光背を見るまでになりましたから、あと二年半でどこまで進むか楽しみですな」

ミーユ師の話で、竜一は、自分の修業が順調に進んでいると褒められたようで嬉しかった。

五　純白霊光への修業

　その後の数カ月は、竜一にとって、いつでもたちまちの内に無心夢想になり心を空にして霊波動で周りを感じるという修業が重要であった。竜一の修業が進むにつれて、小さな虫たちにも微細な霊体が宿っていることに気付いたり、木々や草花にもわずかな霊波動が感じられることが分かるまでになった。だが、人や動物のオーラ光背の色が何を意味するのかは分からない。竜一は、検診のためにデリーに出掛ける都度、行く先々や飛行機の中で行き交う人々のオーラ光背を捉えてみた。大きさが少しずつ違う。色は千差万別である。

　ついにある時、竜一は、ミーユ師に尋ねた。

「お師匠様、このところ私にも人や動物、さらには植物を包んでいるオーラ光背の光がぼんやりと感じられるようになりました。もちろん、心を空にして霊波動のエネルギーが流れ込むようになった時だけですが、かなり自然にそういう状態に入れるようになりました。そうやって人々のオーラ光背を知覚してみると、その大きさや色合いが実にさまざまなのです。動物のオーラ光背の色合いは、たいてい赤とかピンクなどですが、人だけは千差万別の色をしており、中には二色になっていたり、異なる色の筋が入っていたりする人もいます。これらは何を意味しているのですか」

竜一の質問に、「そこまで感じられるようになりましたか」とミーユ師が前置きして、話を始めた。

「まず、霊魂のことから話をしましょう。人の魂は、一人一人の魂が個別に独立しているのです。その人の人生の経験や努力の過程によって、どのような霊性を高めたかがオーラ光背の色合いや大きさを決めているのです。その人の霊波動の特性ということです。人間は、この世で死亡すると、その霊魂は霊次元の世界に戻ります。魂の抜けた残った体は物体に過ぎず、腐敗したり動物に食べられたりして自然に帰っていくのです。人がこの世で経験出来る喜怒哀楽や苦難や挑戦には限度があり、一度の人生で到達出来る霊性進化の結果は多くの場合極わずかなのです。このため人は、何度もこの世界に生まれ替わり、さまざまな人生を経験して霊性進化を進めていくのです。人が過去の人生で主にどのような霊的な進化を遂げたかという結果でその人のオーラ光背の色合いが決まってきます。オーラ光背の大きさは、その人の霊性進化の度合いを示しているのです。霊的な悟りの境地に近い者のオーラ光背は巨大に見えます。釈迦如来や大日如来の仏像の光背を大きく彫り上げているのはそのためです。そうなると、人は何回くらい生まれ替わって悟りの境地に達するのかという疑問が湧いてきますが、これこそ千差万別と言えるでしょう。すくなくとも十回や二十回では済まないと言えますが、最低でも何回必要かは、私にも分かりません。さ宗教界に入って厳しい修業を続ければたちまち悟りに至るということではありません。さまざまに生まれて、それぞれの特異な経験から数々の学びを通して霊性進化をしていくのです。王様に生まれて学ぶこともあれば、乞食に生まれて学ぶこともあるし、戦士に生まれて学ぶこともあれば、医師に生まれて学ぶこともあり、楽士や絵師に生まれて学ぶこともあり、農民に生まれて学ぶこともあります。それぞれの人生から色の違った霊性を学ぶのです。最終的に悟りの境地に至り、これ以上生まれ替わって学ぶ必要がないところまで霊性進化した者は、霊界の高次元の世界に留まりますが、その者のオーラ光背はたいてい白く輝いて見えるのです。真に霊性進化した如来のレベルでは、金色のオーラ光背を纏う霊体もいます。どのような霊的特性が何色のオーラ光背になるかは、リュウがもう少し学んだ時に教えましょう。今はどの色かは気にしないことです。どの色にもそれぞれの良さがあるからです。さて、動物たちのオーラ光背が赤やピンクの色合いになっているのは、動物たちの霊魂が完全には独立していないからです。動物たちは、それぞれの動物ごとに存在する群魂と言われる霊体の根に属していて、そこからこの世に霊的エネルギーを受けているのです。樹木の葉が一枚一枚異なっているが、それぞれは一つの根から栄養分を受けているのに似ていると言えます。動物ごとの群魂の色が若干違うので、種ごとにオーラ光背の色合いが違うのですが、まだ人のレベルには至らないので、本能だけに左右された色合いである赤やピンクになるのです。動物はまだ利他や慈悲の心を持たないので、本能に従って生きようとする霊性の色合いになります。人間でも動物のように粗暴で他人を暴力で支配することにしか関心のない者は、そのオーラ光背の色が動物に近い赤系統で、かつ、暗い色になっています。こうしたことは、リュウも修業を続けていれば、おいおいに会得出来るようになります。ここで生まれ替わりについて少し話しておきましょう。人の霊魂には記憶細胞はありませんが、本人にとって過去生の重要な出来事は霊魂の中に記憶されます。しかし、生まれ替わりの際にその記憶は封印されるのです。過去生の記憶を引きずって生きると霊性進化の妨げになることが多いからなのです。ただし、十分に霊性進化を遂げて覚醒者となった者は、その後の生まれ替わりに際して過去生の霊魂記憶を維持したままに生きるのです。その方がさらなる霊性進化に役立つからです。覚醒者は私利私欲の欲望を超越出来ているので、過去生でのうぬぼれや慢心に惑わされることがないのです。もちろん、幼少期に一時的に前生の霊魂記憶を維持している例外は時々見られますね」

ミーユ師の説明は、竜一にとっては驚愕の内容だが、目からうろこの思いもあった。万物の霊体としての成り立ちの真理を知ったのだと思ったのだ。

「ところで、リュウは自分のオーラ光背の色が見えますか」

ミーユ師の質問は意外ではなかったが、竜一は自分のオーラ光背の色と大きさをしっかり知覚してはいなかった。

「じっくり見たことはありませんが、無心夢想の状態で他人のオーラ光背が見える時、自分の手足を包んでいるオーラ光背が青みがかっていることは分かりました。自分では大きさは分かりませんが、たぶん体全体を包むくらいだと思います。この色がどうかしましたか」

「今話したようにオーラ光背の色は各人の過去生での経験を通して霊的にどのように進化したかを示しています。青みがかっているのは、多くの過去生を通じて技術や研究などの探求心を鍛えてきたことを示しているのです。ところが、生まれ替わりの経験を積むだけではなく、一つの人生においても厳しい修業を通して慈悲心や利他意識を高めたり、苦しい修業に耐える胆力を鍛えることで、何回か生まれ替わったと同じ程度の霊性進化を一気に遂げることが可能です。その結果、自分のオーラ光背の色を限りなく白に近づけられることになります。オーラ光背の色は、霊波動の振動に関係しています。同じ色のオーラ光背を持っている霊との霊的な意識疎通は簡単に共振して通じ合えるのです。しかし、オーラ光背の色が大きく異なる霊体との間では、霊波動の共振が難しいので、霊的な交感が十分には出来ないのです。だが、白い色のオーラ光背を持っている霊は、あらゆる色の霊波動を内在させているので、どのような霊体とも交感出来るのです。白い色のオーラ光背は悟りに近い霊体が持っている色ですが、そのレベルの霊はさまざまな人々を理解し、その霊性進化に寄り添う力があるのです。誰とも交感出来るからなのです。リュウのオーラ光背は、まだ青みがかっていますが、私が最初に見た時よりも青味が薄くなり、少し緑がかってきています。これは自然と一体になる力が強くなったからです。自然の実りや自然の美しさを強く感じるようになったからです。リュウが、ここからさらに霊性進化して、白に限りなく近いオーラ光背へと進んでいくには、今の厳しい修業に耐える力を得て、厳しい修業を楽しめるようになることです。そうなった時には、いろいろの人たちの心を理解し、苦悩に寄り添い、その人々の正しい霊性進化を手助け出来るようになります。あと二年少々の期間ですが、そこを目指して進むのです。注意しておくことは、決して獣肉を口にしないことです。デリーに検診に行く時にも、菜食を守るのです。獣肉は霊波動を乱し、霊的に退化させてしまいます。動物たちとの意識の交感も出来なくなります。霊波動のエネルギーを心を空にして受け入れるには、自分の霊波動を純粋なものにしておく必要があるのです。このことは、特に注意しなさい。イスラム教で豚肉を忌避していたり、ヒンズー教では牛を食べないのも根源的には同じ理由なのです。実際は、霊波動を自覚して獣肉を食べないというより、単に教えだから従っている者がほとんどですが、真に修業した教祖には分かっていたのです。特に豚や猪の肉を食べると霊波動の乱れが激しくなり、一時的に霊性進化が退化したようになります。また、他人に対して攻撃的になります。リュウの修業には劇毒です。気を付けなさい。さらに、飲酒はもっと毒になり、霊性進化の妨げとなるので、口にしてはなりません」

（そうなのか。自分のオーラ光背の色が白に近づくように修業するのが正しい修業となるということか。白光は全ての色の光を混ぜた光だから、幾多の生まれ替わりを経て、あらゆる経験を積み、霊性進化を極めた時、オーラ光背が白く輝くということなのか。短期間の修業で完璧な白いオーラ光背にはなれなくとも、近づくように努力するということだな。ここからの二年が本当に重要ということなんだ）。竜一は、ヨガ修業を極めることで、自分の肺癌の再発を防ぎたいという思いから始めた修業だったが、ヨガ修業の行きつく先はまったく違うことを知った。それは、この物質次元と霊次元を含めた大いなる真理を悟り、人類の霊性進化を助けられる存在にまで昇華するということなのだと分かった。竜一は、かつて仏陀が歩んだ道を自分も一歩踏み出そうとしているのだと思うと、気持ちがたかぶった。

三年目の初月の検診にインドラプラスタ病院に出掛け、一通りの検査の後、アガワル医師の診察を受けると、アガワル医師は竜一に次のように告げた。

「川村さん、とても健康です。心配なところは一つもありません。肺癌再発の気配もまったくありません。この調子が続けられるなら、検診は三カ月に一回でもよいと思います。どうしますか」

アガワル医師の言葉は、竜一には、単に検査の結果がよいという以上に、厳しい修業が体を素晴らしく鍛えた結果だと褒められたように感じた。だが、シッキムへの入域許可証は、原則は一カ月の有効期間である。域内で延長手続きをすることは出来るが、それでも二カ月が限度となる。三カ月ごとの検診は好都合とは言えない。入域許可証のことを考えると、一カ月経つ前にガントクまで行って延長し、二カ月経つ前に、シッキムの外に出て、再び入域許可証を取得することになるので、検診も二カ月に一回にする方が、都合がよいのである。

「アガワル先生、シッキムへの入域許可証のことを考慮すると、二カ月に一回の検診の方がよいのですが、それではいけませんか」

竜一の答えに、

「それなら、二カ月に一回の検診にしましょう。二カ月分の薬を処方しておきますから」

と、アガワル医師が同意した。

検診結果については、期待した以上に順調に経過しているので、安心である。しかし、ヨガ修業の当初の狙いは、自分の細胞レベルをもコントロール出来る力を得て、癌の再発を抑えられないかということだった。三年間の修業により、自然との一体感や霊波動の扱いは相当のレベルに到達したと言えるが、自分の細胞レベルや免疫力や自律神経までもコントロールする力には程遠い。竜一はこの点をミーユ師に聞いてみようと思った。

二日後、山中の小屋に戻った竜一は、さっそくこのことをミーユ師に尋ねた。

「ヨガ修業によって高度の自己制御力を会得すると、自己の免疫力を高めたり、細胞レベルでの分泌を制御したり、自律神経の働きをコントロールすることが可能になると聞いたように思います。修業を続けることで、そこまでの力が得られるのでしょうか」

竜一のこの質問に、ミーユ師は声を出して笑って答えた。

「どんなに修業して悟りに至っても、人の運命を変えたり、寿命を大きく伸ばすことは出来ません。人は、この世に生まれた時に定めた目標を達成すれば、この世を去って、来生での次の目標に向かうように定められているのです。だが、自己の体をまったく制御出来ないかというと、そうではありません。人間の体には、頭頂に一つのチャクラがあり、身体各部に六つのチャクラがあります。これらのチャクラを通して人間の体に霊的な気のエネルギーが出入りしているのです。その強さは人によって違いますが、空なる心に霊波動のエネルギーを取り込めるようになった者は、チャクラに出入りする気のエネルギーも強力になっています。チャクラに出入りする気のエネルギーが大きくなれば、身体的に頑健になります。また、七つのチャクラにはそれぞれが結びついている内臓や自律神経と関係があり、個々のチャクラの気のエネルギーレベルをコントロールすることで特定の臓器を丈夫にすることも出来るのです。従って、霊波動を制御出来るなら、内分泌腺や自律神経に関わるチャクラを通じて体の働きをある程度コントロールしたり、健康な状態に保つことが出来ると言えるのです。ただし、それは程度の問題でもあります。癌を治したり、悪くなった臓器を治したりは出来ません。リュウは既に霊波動のエネルギーを取り込めるレベルにありますから、同じように心を空にした時に自分の体のチャクラを出入りしている気の霊的エネルギーが見えるはずです。出入りの弱くなっているチャクラに気のエネルギーを集中させて、それにまつわる臓器を強くすることが出来るでしょう。ここで注意したいのは、自分の体を強くすることに囚われてしまうと、霊性進化が進まなくなるということです。自分のオーラ光背が白く輝くようになるのを目指して修業するのが大事なのです」

竜一は、日本でヨガについての解説書を読んだ時に、チャクラという言葉があることは知っていたが、ミーユ師の説明で、チャクラと霊波動との関係が理解出来た。そして、ヨガ修業の究極は、おのれの為ではなく、自然や万物の正しい霊性進化のために行うのだと、改めて教えられた。

竜一の修業は既に三年も半ばを過ぎていた。今では霊次元の霊波動エネルギーを自分の心に取り込むことは比較的容易にいつでも出来るようになってきた。速やかに無心夢想になるのである。大岩の上での瞑想は、今では霊波動のエネルギーを取り込むための時間となった。瞑想を終えて森や林を抜けて小屋に戻る道々でも、心の中にある程度の霊波動エネルギーを保っていることも出来るようになった。そうなってみると、周囲にいる動物や鳥たちと霊波動での意識の交感が出来るようになった。ミーユ師の力には程遠いが、それでも、近くにいる動物たちの気配をいち早く気付くことも出来た。木々の根元に排尿する際、どの木が養分を欲しがっているかという気配も感じられるようになった。自然との一体感が高まるにつれて、竜一のオーラ光背は水色に近く変わってきた。もともとの青色に対して緑の色が濃くなったのである。だが、白にはまだまだである。白に近づけるには、赤の色を強くしなければならない。竜一は、デリーへ検診に行くたびに街行く人たちのオーラ光背の色を観察しているので、どういう人が赤いオーラ光背を持っているかは知っている。それは、スポーツに秀でた者や成功している実業家に多いのである。その特質は、粘り強さだったり、へこたれない根性だったり、負けず嫌いの強さだったり、一つのことに徹底して拘る持続性だったり、そうした気質から来るように思える。簡単に諦めたり、深く考えないで納得したり、他人を気遣うあまりお人好しになったり、そうした自分の気質を変えていく必要があるのだと竜一は理解しているが、持って生まれている気質は簡単には変わらない。だからこそ、何度も生まれ替わって異なる人生を経験する必要があるのだろうと理屈では理解出来るのだ。

（日本の比叡山には千日行という修業がある。これは苦難に耐える力、諦めない力、意志を貫く根性などを鍛えてその点の霊力を高める修業に違いないだろう。多分、千日行では、赤系統の霊力が高められるのではないか。自分の赤系統の霊力を高めるには、千日行に匹敵するほどの苦行を経験しなければならないのではないか。それはどんな修業なのだろうか）

竜一は苦行についていろいろと思案したうえで、ミーユ師に相談した。

「お師匠様、私のオーラ光背は、水色に近くなってきました。これを白に近くなるように霊力を高めるには赤系統の霊力を高める必要があると思うのです。それにはさらに厳しい苦行に耐える必要があるでしょう。何世もの生まれ替わりを経て取得するのではなく、一年ほどでそれだけの経験を身につけるのに、あの滝業を毎日一時間、一年間続けるのはどうかと考えました。どうでしょうか」

竜一の真剣な表情を見て、ミーユ師はしばらく考え込んだ。

「良いかもしれん。一時間の滝業は、修業を始めた頃にやれば確実に死ぬことになる。それだけ厳しいものだ。体が低体温になって死を招くのだ。だが、今の竜一なら、耐えられるだろうと思う。すぐさま無心夢想となり、空なる心に霊波動エネルギーを満たし、その力で自分の自律神経を制御し、そして体温を維持するように働かせることが出来なければならない。それが出来れば、耐えられるだろう。心配なのは、手足の末梢にダメージが残ることだ。一時間の滝業が終われば、直ちに手足の先だけは加温する措置が必要になるだろう。まあ、そのやり方はいろいろあるから、何とかなると思う。最初に手足の先に獣脂を塗っておけば、多少は軽減されるはずだ。やってみる価値はあると思う。私は、はるか以前の過去生で、一流のスポーツ選手として身体能力の極限まで練習に明け暮れ、勝ち続ける経験を通して強い意志を獲得したことで、赤系統のオーラ光背になったことがある。一生を掛けた闘いだった。それに匹敵する経験を一年間で会得しようとするのだから、死に直面するほどの厳しいものになるだろう。だが、基礎修業が進んでいる今のリュウなら、可能ではないかと思われる。いずれにしても、本当に危ない時には私が手を差し伸べることにする。やってみなさい」

ミーユ師の答えは竜一にとって不安の残るものだったが、竜一は（やってみよう）と決意した。

翌日から竜一の一時間の滝業が始まった。かつての三十分の滝業には慣れただけでなく、自己の霊力が向上したこともあって苦も無く耐えられた。だが、一時間となるとまったく違ってくる。体の芯からの冷え方が違うのである。ただ単に無心夢想になり心を空にして、霊波動エネルギーが流れ込んでくるに任せるだけでは足りないのだ。その霊波動エネルギーを使って自律神経に働きかけ、体温調節機能を高め、体温を維持しなければならない。さらに、心臓にあるチャクラへの気の流れを強くして心臓麻痺が起きないようにもしなければならない。頭頂のチャクラへ入る気の流れも強く保っていなければ気を失う恐れがあるのだ。自分の霊波動を自由自在に働かせる力が求められる。初日は、気を失わないようにすることで精一杯だった。初日の滝業が終わった時、ミーユ師が竜一に心臓マッサージをしなければならなかった。まさに死ぬ間際までの修業である。だが、竜一は諦めるわけにいかなかった。この修業に耐えてこそ、自分のオーラ光背を限りなく純白に近づけることが出来ると確信していたからである。

ぎりぎりの滝業修業を続けて何とか十カ月が過ぎ、竜一は、自分のオーラ光背の色が非常に薄い水色に変化し、確実に白色に近づいてきていることを悟った。

「リュウよ、確実に修業の成果が出ているね。あと二カ月耐えられれば、ほとんど白色と言えるオーラ光背に変わるだろう。そうなれば、どんな色のオーラ光背を持っている人たちともしっかり感応出来るようになる。その時には、リュウの修業の最後の課題を教えてあげられる。私も楽しみだ」

ミーユ師の励ましの言葉に竜一の心が躍った。最後の課題が何かは分からなかったが、おそらく霊波動の感応から生まれる体験ではないかと想像して期待が膨らんだ。

六　新たな弟子

竜一の修業が間もなく四年半となるある朝、ミーユ師が朝の山芋を掘りながら新たな弟子を取ることを話した。

「私もかなり年を取った。リュウの修業も終盤に近づいているが、リュウはいずれ日本に帰らねばならない。そこで、この国の修業僧の中から新たな弟子を取って指導することにした。私の後継者としてヨガの伝統を残してくれる者を養成したいのだ。単に健康法としてのヨガではなく、自然と一体になり、宇宙と霊界の真理に通じる覚醒者を育てていくのだ。長年探してきたのだが、やっと候補者が見つかった。ルムテク僧院で若い修業僧の指導をしているドージェ・ダワというヨギだ。ヨガの基本的な修業は積んでいるが、霊波動を操れるまでには至っていない。ルムテク僧院の環境では、これ以上のレベルに達するのは無理なので、ここにきて修業してもらうことになった。年齢は、四十歳で、私が指導出来なくなるまでには覚醒レベルに間に合うでしょう。ただ、この小屋は三人一緒に暮らすには狭いから、隣にもう一つ小屋を作ることにする。来週はその小屋作りとなります。明日の朝、ケチュパリ湖に向かい、昼過ぎにドージェ・ダワと合流することになる。リュウも一緒に来なさい。弟弟子に会うのですから」

　こうして、翌日の朝、朝餉を終えると二人はケチュパリ湖へ向かった。竜一にとっても既に通い慣れた道である。下りが多いので、小屋からケチュパリ湖までは、近道しなくても四時間ほどで行ける。十二月の朝の冷気で肌寒いが、冷たい程ではない。鹿皮の衣類を纏った二人の姿は、縄文人か、もっと未開の旧石器時代人のようであったが、それを気にする者は誰もいなかった。猿たちも、鹿たちも、孔雀たちも、冬眠前のコブラたちも、道行く二人を見送って、動物らしい本能霊波動を送ってきた。竜一は、この四年半で、よくここまでの霊能力を身につけられたものだと自分ながら改めて感動して歩いた。


　昼前にケチュパリ湖のミーユ師の知り合いの僧院に着いた。そして、昼過ぎに、ドージェ・ダワが到着した。がっしりとした体格の、いかにも健康そうな僧である。髪もひげも伸び放題のミーユ師や竜一と比べて、いかにも洗練されたヨガ導師に見える。

「リュウ、こちらがこれから弟子になるドージェ・ダワだ。ドージェ、既にルムテク僧院で出会っていると思うが、こちらは、これから兄弟子となる川村竜一さんだ。日本から来て、もう四年半も修業しているのだ。私はリュウと呼んでいる。ドージェは、カワムラさん、と呼ぶのが良かろう。ドージェの修業の計画は私が指導するが、実際の修業の場は、リュウに任せることが多くなると思うので、よくやり方を教わりなさい。頼んだよ、リュウ」

　ミーユ師が弟子同士を紹介し、これからのことも少し話した。

「カワムラさんはルムテク僧院に来られた時からよく存じ上げていますが、これからは兄弟子としてよろしくお願いします」

ドージェが竜一に向かって手を合わせて挨拶した。言葉は標準的な英語で問題なかった。

小屋への帰りの道々に、ミーユ師が明日からの予定を二人に説明した。

「明日から一週間は、修業を中断して、二人の小屋作りをする。道具が乏しいし、機械はないので、全てを貧弱な鋸と鉈で作業することになる。大きさは、八メートル四方にして、壁の高さを約二メートルにする。基礎も壁も屋根も森から大小の丸太を切り出して作る。基礎の丸太は、直径三十センチメートルの丸太として、長さ四メートルのものを四本、三メートル七十センチのものを四本、三メートル十センチのものを四本切り出す必要がある。その前には、川から基礎石を運んでこなければならない。基礎丸太の両端の下に基礎石を置くことになるので、基礎石は二十四個必要になる。明日の午前中は、基礎石を運ぶ作業をする。直径が三十センチメートルより大きい石にするので、なかなかの重労働になるよ。基礎石を運んでから小屋の場所を平らにならし、石を置く浅い穴を掘り、石を並べるという作業に明日一日掛かるだろう。基礎丸太や他の木の切り出しは、明後日ということになるな。まあ、今日は、夜の瞑想を終えたら早めに寝ることにしよう」

ミーユ師の説明は、楽しそうである。久々に弟子を増やし、新しい小屋を作るのは、達観しているミーユ師にとっても愉快この上ないのである。

翌日の朝から、小屋作りが始まった。まずは、基礎石を運ぶのである。歩いて三十分の川に行き、河原で適当な大きさの石を探すことから始める。ある程度大きさが揃っていて、柱を乗せられるように頭が平らになっている石が必要なのだ。一時間かけて二十四個の基礎石を集めた。一つ一つが二十キログラムはある。それを小屋作りの場所まで運ぶため、前腕ほどの太さの棒を二本切り、それに鹿皮を巻いて担架のようにし、そこに四個の基礎石を乗せて竜一とドージェがそれぞれの棒の前側を引っ張って橇のようにして運ぶことになった。八十キログラムを超える重さの石を引きずって林や森を抜けるのは一回でも重労働だが、それを六往復するのだ。竜一たちが基礎石を運んでいる間に、ミーユ師が小屋作りの予定場所を平らにならす作業を行った。鍬や鋤があるわけではないので、本格的に掘り起こすことは出来ない。もともと平らな場所を選んだので、わずかな起伏を直すだけで済む。ミーユ師は、鹿の角で作った道具で器用にならしてまわった。基礎石を置く位置は、石が動かないように浅く穴を掘った。基礎石の運搬と基礎面の準備が終わったのは、午後二時であった。基礎石を並べ終わった時、ミーユ師が二人を呼んだ。

「これから暗くなるまでにやってもらいたいことがある。鹿皮を幅広に切って帯のようにつなぎ、五メートルの丈夫な帯を三本作って欲しい。明日は、基礎の丸太を十二本切り出すことになるが、簡単には運べない。そこで、南にいる象に応援を頼んでおいた。もう歩いてこちらに向かっているはずだが、着くのは明日の昼頃になるだろう。三頭やってくると思う。その象に帯を掛けて、丸太を括った蔦の紐に結んでここまで運んでもらうことにする。一度に二本は引くことが出来ると思うので、三頭いれば二往復で運び終えられるだろう。明日の夕方までには、基礎の丸太が揃えられる予定でいる。時間があれば、夕方までに丸太の皮むきも手を付けておこう。明日も重労働が続くが、怪我しないように注意してやって欲しい」

ミーユ師の霊力、遠くにいる象にまで呼び掛けて呼び寄せる霊波動の力、その力に竜一は改めて恐ろしさを感じた。ミーユ師は、自然の中で自然と一体になって生きているレベルをはるかに超越している。自然の力を操るところまでに達しているということなのだ。この四年半の修業で、竜一は、自分もかなりの行者となったと自覚していたが、まだミーユ師のレベルにははるかに遠いと思い知らされた。

翌日は朝六時から、直径三十センチメートルの丸太十二本を切り出す作業にかかった。貧弱な鋸と鉈での作業であるから、一本切り倒すのも容易ではない。若いドージェが鋸を担当し、竜一は、倒した木の枝を払う作業にあたった。ミーユ師は、丸太を運んだり縛ったりする丈夫な蔦を取りに回った。基礎の丸太にする太さの木は、高さがほぼ十五メートル以上に成長している。そこから基礎に使う四メートルほどを切り出した残りは、柱材や梁材に使う。さらに、枝木は壁の外に縛って雨風を防ぐために利用するのである。小屋の場所に運んだ丸太は、皮むきして、その皮を屋根として並べ、さらに、やや細い棒に縛り付けて雨を防ぐのである。壁材にするのは手首ほどの太さの竹の棒にするのだが、その数も半端ではない。壁の四隅と中間には、柱として直径二十センチメートルほどで、長さ二メートルの丸太が八本必要になる。屋根の頂上の横木には、直径十五センチメートルほどで、長さ八メートル前後の丸太が一本必要になる。屋根の構造を作る梁材には、直径十センチメートルほどで長さ四メートルの丸太が八本、そして、屋根の傾斜を作る骨組みに長さ五メートルの丸太が六本必要になる。屋根の上板代わりにする棒は手首ほどの太さのものをたくさん並べることになる。上板の上に剥いだ木の皮を並べ、さらに、バナナの葉やシュロの葉を三層に並べて雨を防ぐことにする。考えただけでも、とてつもない作業である。幸いにして、熱帯雨林に近い気候の森には、成長の早い樹々がびっしりと生えているので、上手に切り出してやれば、間伐作業となるし、動物たちにとっても住みやすくなることが救いである。基礎の丸太の切り倒しが終わったのは、十二時であった。三人が一休みしている時、遠くに「パオーン」と象の鳴き声が聞こえた。しばらくすると、パキパキ、バキバキと雑木の折れる音が聞こえてきた。突然、ぬっと巨大な雄象が現れて、「パオーン」と鳴いた。続いて、やや小さい雌象が二頭現れた。三匹の象たちがミーユ師に向かって鼻を振り挨拶をしているのを見ると、サーカスで飼いならされた象のように見えてしまうが、まったくの野生象なのである。竜一にとっては、近寄ることすら危険に感じてしまう。出来れば、昼餉の前に基礎丸太を運び終えてしまいたい。早速象たちの体に鹿皮の帯を結びつける作業に取り掛かった。象たちは、足を折り曲げて体を低くし、帯を付ける作業がやり易いように気遣ってくれていた。帯が縛られて、体の飾りのようになると、立ち上がった象たちは嬉しそうに「パオーン」と鳴いた。象はとても頭の良い動物で、ミーユ師の頼みが何を意味しているのか理解しているらしく、あちこちに散らばっている基礎丸太を鼻で掴んで集める作業に取り掛かった。竜一とドージェが集まってきた丸太を二本ずつ蔦で縛り、蔦の先を象の体の帯に結び付けていく。三頭の準備が出来たところで、ミーユ師が「ほーい」と声を掛けた。ミーユ師が小屋の方に向かって進む後を三頭の象が丸太を引きながら進んでいく。竜一とドージェは、象の後からついていく。時々、丸太が木の根に突っかかる時があり、二人が丸太の頭を動かして突っかかりを外してやる。象の歩みは見ていると遅いように感じられるが、巨体の足は見た目より長いので、三人が早歩きするのと変わらない。二十分ほどで小屋の建設場所に到着した。直ちに、丸太の縛りを解き、次の運搬に戻る。こうして、二時前には十二本の基礎丸太の搬送が終わった。

「象たちよ、ありがとう。今日はもう仕事はないので、この後は水飲みに行ったり、食事したりしなさい。明日の昼頃にはまた運搬をお願いするよ。よろしく頼むね」

ミーユ師が象たちに語り掛けた。その言葉は、チベット語のようである。竜一には言葉としては理解出来なかったが、ミーユ師から発せられている霊波動のエネルギーから、その言わんとしている意味は理解出来た。象たちは、また「パオーン」とやや小さく鳴いて鹿皮の帯を付けたままで林の中に消えていった。

三日目の早朝に、粘土質の泥を捏ねて基礎石の上に広げてから基礎丸太を並べ、短い杭で動かないように固定した。それに一時間掛かった。それから、その日は、柱と梁の丸太の切り出しを行い、いろいろの長さの十三本の丸太を用意した。それを昼前から象に運んでもらった。今度の丸太は太さがやや細いので、三頭の象が一回運ぶだけで間に合った。午後に柱と梁を組み立てた。柱はグラグラしないように止めなければならないが、器具はないので、まず長い棒を打ち込んで、それに縛って固定した。柱の筋交いにも前腕ほどの太さの棒を七カ所嵌めて変形を防いだ。屋根の天棒も設置し、何とか小屋の形が出来上がった。四日目は、壁や床や屋根材を作成した。床には前腕の太さの四メートルの丸太を百本、壁材には、直径四センチメートルほどの四メートルの竹の棒材を四百本、屋根材には、直径六センチメートルほどの五メートルの棒材を百三十五本作った。象たちは、この日は四往復して運んだ。夕方作業を終えた象たちにミーユ師が乾燥マンゴーをお礼に与え、それを食べると象たちは「パオーン」と鳴いて南の仲間たちのもとへ帰っていった。

五日目は、床材を基礎丸太の上に並べて縛る作業と、竹の壁材を蔦で編んで大きい板のように仕上げ、それを柱に縛る作業や屋根材を傾斜に並べて縛る作業に一日掛かった。高所の作業には梯子が必要だが、ミーユ師が竹で作った梯子が一つあるだけだから、作業手順をよく考えないと効率が悪いのである。梯子の上り下りを頻繁に繰り返さないで済むように、一人は上に上がったままにし、残った二人が準備作業や手渡しを行う。冬のインドは乾季にあたり、滅多に雨が降らないので、作業が予定より早めに進んでいるのはありがたい。六日目には入口となる開口部を作り、ドアの代わりに鹿皮を垂らして風よけにする作業を朝の内に終えた。

六日目の昼前に、遠くから「ギャーギャー」と叫ぶ猿たちの声が聞こえてきた。ミーユ師が「来たか」と呟いた。たちまちの内に猿の群れがワラワラとやってくる。大きな集団である。見ると、大人の猿たちはほとんどがバナナやシュロの大きな葉を運んでいるではないか。

「この近くにいる大きな猿の群れ二つに頼んでおいたのだよ。バナナかシュロの大きな葉の根元を噛み切って運んで欲しいとね。これらを屋根葺きに使うのだ。余ったら、壁にも括り付けて雨除けにする。猿の群れは、いつもなら縄張り争いをして対立しているんだが、私が頼んだ時は、二つとも協力してくれる。私が怪我を治してやったり、山芋を分けてやったりしているから、私が困った時には助けてくれるのだよ。これも自然の中で生きていく上で大事な助け合いということだ。猿は霊長類なので霊波動のエネルギーに共振しやすく、かなり複雑な頼み事も理解してやってくれる。頼りになる友達なんだよ」

ミーユ師は、何でもないことのように説明した。

屋根の棒材を並べた上に丸太を剥いた樹皮を並べていき、その上にバナナやシュロの葉を三重に葺くのである。屋根の上の作業には、体重が一番軽いミーユ師が担当し、梯子の上に乗った竜一が屋根葺きの材料を運び上げ、一番重いドージェは下で材料を竜一に手渡す分担である。屋根葺きが終わると、屋根の頂点の横棒の上に象の荷運び用に鹿皮で作った帯を並べて、頂点の雨漏りを防ぐことにした。少し余ったバナナの葉は、壁の隙間に並べて雨風よけにした。最後に、小屋の中から壁の内側に鹿皮を張って隙間風を防ぐ作業を行った。後は、小屋の真ん中の炉を作れば完成である。小屋の中の基礎丸太は短くしてあり、真ん中に一メートル二十センチの炉穴が開いていた。七日目に、その炉穴に川から運んできた小石や砂利を詰め、四辺を棒材で囲い、その棒材を鹿の骨で固定して炉が完成した。ミーユ師の目論見通り、一週間掛かって小屋作りが終わった。象や猿たちの協力がなければさらに時間が掛かっただろう。竜一は、自分も、このインドの山奥の一匹の動物になったような気分であった。炉に使う鍋は、さすがに鉄製でないといけないので、竜一が次にデリーに行った時に買って運んでくることになった。

こうして小屋作りが終わり、やっと本来の修業の日課に戻った。竜一が四年半前に始めた修業と同じように、ドージェの修業も滝業から始めるのである。今回は、竜一がドージェの修業を指導する立場であり、ドージェの滝業を見守ることになった。三十分の滝業だが、最初は、危険になる前に、出来るところで止める。頑張りすぎると低体温で危ないことになる。特に、今は真冬の乾季であり、水温も下がっているのだ。

「ドージェ、決して無理をするな。初めから無理すると命に関わる。この山中にはＡＥＤもないし、酸素吸入器もないし、暖房は小屋の炉しかない。心臓麻痺になったら、マッサージしか方法がない。私は、最初十五分が限界だった。それでも危なかった。気を失ったら危険だ。頭が痛くなったらすぐに止めるのだよ。私が見ていて、おかしいと思ったら、すぐに飛び込んで助け上げるが、ドージェは重いから、間に合うかが心配になる。自分で限界だと思ったら上がってきて欲しい。滝業は半年以上掛かる予定だから、ゆっくり進めることが肝心なのだよ。頼むよ」

竜一の言葉に、「分かりました」とドージェは答えたが、既にヨギとして長年の経験と自負があるだけに、竜一が十五分だったなら、自分は二十分は楽々だなと甘く考えていた。ドージェの初日の滝業が始まった。竜一はすぐ近くの岸辺で瞑想しながら見守った。ドージェの霊波動を感じながら、異常があれば直ちに救いに行かねばならない。十五分が経過した。まだ異常は感じられない。ドージェは、さすがに長年修業してきたヨギ導師だけのことはある。だが、さらに二分ほど経った時、ドージェから発せられていた霊波動が突然乱れ、弱くなった。消えてしまえば、まさに死を意味する。竜一は一気に滝に飛び込んで倒れているドージェを抱きかかえた。必死にドージェを岸に上げる。ドージェの体は氷のように冷たい。もともと黒い体なのに、それが白く感じられるほど冷たくなっている。竜一は持っているタオルで直ちにマッサージを始めた。呼吸はかすかではあるが続いている。幸いにしてまだ心臓は止まっていない。体温が下がり、血液が冷たくなり、脳内温度が下がり、失神したということのようである。冬だが天気は良いので日差しがあるのが救いである。竜一が必死にマッサージしているうちにドージェの意識が徐々に戻ってきた。「ゲホッ」と水を吐いた。倒れた時に水を飲んだらしい。（もう大丈夫だ。危なかったな）。竜一はほっと安堵し、もうしばらくマッサージを続けることにした。十分も経っただろうか。ドージェの体に血色が戻ってきた。顔にも表情が戻った。

「ドージェ、もう大丈夫だ。危なかったよ。あのまま倒れてしまうと死ぬところだった。気を失う直前には頭が痛くなるはずだから、その時に止めなければ危ない。自分で自分の限界を分かるようにしないと修業にならない。最初から頑張りすぎないようにと言ったでしょ。瞑想はどんなにつらくても命に関わることはないが、滝業は水に打たれ続けるので、動けなくなるまで続けたら本当に死んでしまうのだ。滝業の大事なことは、限界を悟ることでもある。明日からは、倒れる前に止めるようにしなさいよ」

竜一は、声を掛けながらドージェに衣服を手渡して服を着るように促した。

「ありがとうございました。頭が痛くなってきて、我慢していたら滝の音が小さくなって消えていき、次に気付いた時には岸の上でした。その間がどうなったのかまったく覚えていません。気を失っていたんですね。ほんとうに危なかったな。カワムラさんがいなかったら、助からなかったですね。ありがとうございました。日本からやってきて、ヨガの修業経験もほとんどないカワムラさんが最初の滝業で十五分頑張ったと聞いたから、私なら三十分耐えられるのではないかと内心で自負したのが間違いでした。まだまだ修業が足りないことを思い知らされました。どんなに修業を積んでいても常に謙虚に自分の至らなさを自覚していることがいかに大切か分かりました。常々、弟子たちに説法していたことですが、自分が一番分かっていなかったのでしたね」

ドージェは、服を着終わって、きちんと正座してから竜一に手を合わせて頭を下げ、自戒の言葉を話した。（これだけ分かれば、明日からはもう大丈夫だな）と竜一は安心した。

二人はそれから大岩の場所に移動し、先に瞑想に入っていたミーユ師に加わって、大岩の上での瞑想修業に入った。今では、竜一の瞑想修業は、無心夢想の心に流れ込んでくる霊波動エネルギーを思い切り遠くまで伸ばし、自然の中に広げ、近くにいる動物たちと霊波動を共感させ、動物たちの意識を感じたり、時々は、森や林や樹々の霊的エネルギーも感じたり、まさしく、自然と自分を一体にして、自分が巨大な霊体になったような感覚の中で霊的意識を漂わせていくのである。見ている者にはじっと座っているように見えるだろうが、霊波動は大きく広がって動いていたのである。もちろんそれは、ミーユ師も同じで、竜一より遠く大きく霊波動を広げていた。ドージェの瞑想はまだそこまで到達していなかったが、これまでの経験があり、瞑想に入るとすっと心を落ち着かせ、意識を無にすることが出来た。その空となった心に霊次元の霊波動エネルギーが入り込んで来始めていたのだが、ドージェはまだそのことを感じて霊波動エネルギーに任せることが出来ていなかった。ミーユ師の指導があれば、ドージェが自然と一体になる境地に至る日も近いだろうと竜一には思われた。可能性のない者を弟子にするほどミーユ師は甘くないことが分かるからである。

ドージェの修業開始から三日目の朝、竜一が扉代わりの鹿皮をまくって小屋の外に出ると、ミーユ師の小屋の前にいつもの雄虎が鹿を銜えて座っていた。

竜一は直ちに優しい霊波動を送り、「おはよう。ありがとう」と挨拶した。虎も竜一に気付いて目を細めた。竜一に少し遅れてドージェが小屋から出てきた。ドージェが竜一の視線を追って雄虎がいること気付き、「あっ」と声を上げた。恐怖の顔つきになっている。体もわなわなと震えている。それを見た虎の方も目をランランと輝かせて攻撃の構えに入ろうとしている。

「ドージェ、落ち着け。怖がってはならん。この虎はいつも鹿を持ってきてくれる友達なんだ。ドージェが怖がると、その恐怖心が虎に伝わり、相手も怖がって身を守ろうと攻撃してくる。ペットの猫のつもりで怖がらないで、心の中でやさしく頭をなでてやりなさい。この虎に私たちがどれだけ助けられているか知れないのだよ。ありがとうと、頭をなでてやっている気持ちになりなさい」

　竜一は、自分が最初にこの虎に出会った時のことを思い出して、その時にミーユ師から言われたことをドージェに教えた。かなりの修業を積んでいるドージェには、竜一の言ったことが直ぐに理解出来た。ドージェの恐怖心が収まり、落ち着きが戻り、表情が優しくなると、虎の目からも険しさが消え、いつものように目を細めた。こうして何とかドージェと虎との出会いは無事に終わったが、（まだまだ、キングコブラや豹やニシキヘビや大蛇との遭遇があるな。いきなり偶発的に遭遇すると動物は攻撃してくることがある。霊波動を伸ばせるようになるまでは注意していないと事故になる恐れがあるな）。竜一は、帰国までの数カ月でドージェがそこまで到達出来るだろうかと、それも心配であった。

　ドージェの修業は、順調に進んでいった。竜一は森の中での食料の調達や、川から魚を捕るやり方をドージェに教えながら、（五年近くなったこの修業で私も随分と変わったものだ。もう立派に仙人と言えるレベルだな。肺癌のことはまったく気にならなくなった。

再発しようがしまいが、すべてを天に任せることが出来る。この先日本に帰ってからどうしたものかな）と思うようになっていた。

七　ミーユ師の教えⅠ

竜一があと三カ月でビザが切れて帰国することになる頃、ミーユ師に呼ばれた。

「リュウよ。間もなく日本に帰る時が来る。その前に、修業の最後の仕上げをしておきたい。ヨガ修業の最後の奥義と言えることだ。ヨガは、本来宗教でもなく、健康法でもなく、単なる心身の鍛錬法でもない。これから伝授する奥義を極めて、真に悟りに至り、覚醒することこそがヨガの修業の目的なのだ。だが、そのことはほとんど忘れられつつある。近年は、ヨガが観光化してしまったために真の修業を目指す者も絶えつつある。しかし、真の修業は命懸けのものになる。私が弟子をたくさんとらないのもそのせいだ。覚悟の出来ていない弟子をとると却って修業の邪魔になってしまうし、弟子を殺すことにもなりかねないからだ。リュウを弟子にすると決めたのは、リュウのオーラ光背に命を投げ出す覚悟が見て取れたからなのだ。これから話すことをしっかり聞きなさい。最後の修業は、この物質世界での経験ではないのです。物質世界を離れて、別次元の世界で学ぶことになります。それには自己の霊体を自分の体から遊離させることになります。それが出来るのは、霊波動エネルギーを自在に扱えるようになった者だけです。リュウは、この四年半の修業で、霊波動エネルギーを自然の中に広く伸ばして動物や自然と感応させることが出来るまでになりました。今のリュウなら、最後のヨガ修業に進むことが出来ます。まず最初は、簡単な幽体離脱から始めるのです。静かに横になった状態で、無心夢想になり、空となった心に霊波動エネルギーを満たし、その状態で自分の霊体を体から抜き出して周りの空間に漂わせるのです。コツは、霊的意識を小屋の天井辺りに動かして、そこから自分の体を見下ろすことを感じるのです。考えてやるのではなく、霊波動に感応して行うのです。最初はコツが分からずに難しいと感じますから、私が外から霊波動を送ってリュウの霊体を引っ張り出す手伝いをしましょう。一回出来れば、コツが分かります。今夜の瞑想の時間に私の小屋に来なさい。幽体離脱している時に誰かに体を動かされると危険だから、ドージェにはよく注意しておきます。何も心配なことはありませんよ」

ミーユ師の説明は、これまでの修業とは違って、竜一には奇想天外な話に聞こえた。しかし、よく考えてみれば、瞑想している際に心を無心夢想にして霊波動エネルギーを取り入れるのであるから、その霊波動エネルギーのやってくる次元、すなわち霊界は存在するに違いない。この世界とは次元が違うから誰でも簡単に行くことは出来ないが、ミーユ師ほどに霊力を高めた者は次元移動が出来ると聞いても不思議ではない。幽体離脱は、その前準備のようなことなのだろう。竜一はミーユ師にいろいろと聞きたいことがあったが、頭で理解するのではなく、霊的に体験して会得することが本当の理解だということを知る程度には到達していた。

（まずは、今夜の体験から学ぶことだな）と得心し、

「分かりました。今夜の瞑想の時に参ります」

とだけ答えた。

その夜、瞑想の時間に竜一がミーユ師の小屋に行くと、ミーユ師は大きい鹿皮を二枚並べて敷いて待っていた。

「今夜の瞑想は、鹿皮の上に寝て目を閉じて瞑想状態に入るのです。心に霊波動エネルギーを満たして、自分の意識をその霊波動エネルギーの中に沈め、それからゆっくりと自分の霊体を頭頂のチャクラに向かって移動させていくのです。そこから体外に霊体を出すにはコツが要ります。その時には私が外からリュウの霊体を誘導することにします。苦しいとか痛いとかはありません。肝心なのは、瞑想状態、つまり心を無心夢想にして心の中に霊波動エネルギーを満たしたままにしていることです。体を動かしたり、起きようとすれば失敗します。目を開けるのもダメです。いつもの瞑想の時と同じようにしていなさい。幽体離脱をする時間は実際はほんのわずかになります。幽界では時間の観念が失われるので、かなり長く離脱しているように感じても、実際の物質界の時間はほとんど経過していないのです。だから、瞑想状態を維持するのは難しいことではないのです。では、始めましょうか」

ミーユ師の指示は、要するに横になって瞑想を始めろということであり、竜一にとって

は簡単なことだった。

　その夜の瞑想状態での竜一の幽体離脱は、それまでの修業とは比較にならない奇異な体験だった。自分の意識が小屋の天井から床に寝ている自分の体を見ているのである。それも、明かりのない暗い小屋の中で、昼間のようにはっきりと自分の寝ている姿が見えるのである。もちろん目で見ているわけではないので、霊波動で感じるのだが、まるで目で見ているのと変わりないことに竜一は驚いた。さらに、近くに浮かんでいるミーユ師の霊体も感じることが出来る。見るのではなく感応するということである。しばらく浮かんでいたら、「では戻ろうか。自分の体に入ることを念じなさい」と言うミーユ師の声が聞こえた。それも耳で聞いているわけではないから、霊的に感応しているということなのだが、耳で聞いているかのように聞こえるのである。竜一が、体に戻ろうと思った途端、天井から見ているのではなく、自分の体の中にいる意識を感じた。（これが幽体離脱ということか）。竜一はこれが出来ることで何が変わるのか、今はまったく見当もつかなかった。

　瞑想状態から起き上がった竜一は、この奇異な体験について疑問に感じたことをミーユ師に尋ねた。

「確かに小屋の天井から自分の体を見下ろしている意識を感じました。意識には目がないはずなのに見ているように感じました。意識は霊体にあり、霊体が体を離れると自己の意識も体を離れるということが分かりました。しかし、体に戻ろうと思った途端に戻っていました。自己の霊体を自在に体から離したり戻したり出来るのはなぜなのですか。こうしたことは誰にでも出来ることなのですか」

竜一の疑問にミーユ師が丁寧に説明してくれた。

「人の意識、すなわち霊魂は、通常の時には、脳の脳下垂体や記憶中枢の海馬と言われている部分に霊的な形でつながっています。それは物理的にくっついているのではなく、霊波動でつながっているのです。自己の霊波動を自在に操れるだけの霊力を高めた者は、つまり、それだけ霊性進化に至った者は、自分の霊意識を脳下垂体から解き放すことも出来るのです。もちろん、いつでも元に戻れるのです。正確に言うなら、生きている者が自己の霊意識を脳下垂体から解き放った場合には、その霊意識は、霊次元界にある存在としての霊体とは少し違うのです。生きている肉体と霊波動エネルギーでつながっているので、正しくは幽体意識と呼ばなければなりません。だから、幽体離脱と言うのです。亡くなった者から霊意識が離れる時は、まさしく純粋の霊体となって霊次元の世界に帰っていくのですが、幽体は体から切り離されない限り幽体なのです。幽体離脱をしている時に元の肉体を動かされたり、無理に起こそうとされると脳下垂体との霊波動のつながりが切れることがあり、それは肉体に対しては植物人間になることを引き起こします。切り離された幽体は純粋霊体となって霊次元に帰らざるを得ないのです。植物人間となった体は意識を戻すことなくいずれ死亡します。幽体離脱の状態に入る時には、誰も近寄らないように鍵を掛けた部屋でやらないと危険なのです。幽体は、物質界の次元に存在することが出来るが、本質として純粋に物質的なものではありません。正しくは、幽体はエーテル界に存在するエーテル体なのです。物質と霊体との中間的な存在と言うことも出来ます。従って、幽体の状態で霊次元界の世界に移動することも可能になります。幽体となった時には、生きている人間の五感の機能は失われるから、見たり聞いたりは出来ないはずですが、霊波動で感応することによって、まるで目で見たり、耳で聞いたりしているように感じるのです。余談ですが、人間が生まれてくる時、個人として存立するための意識を霊体が運んで胎児の体に入ります。たいていは、六カ月から八カ月くらいの胎児の時に入るのです。しかし、胎児や幼児の霊波動は極めて弱いので脳下垂体との霊波動レベルでのつながりも微弱なのです。子供の中の霊体は霊波動エネルギーをしばらくは元の霊次元から受け取っています。子供の内は、自意識が弱いのはそのためでもあります。乳幼児はかなりの時間を無心で過ごしていますから、霊波動エネルギーが霊次元界から入り込んでくるのです。乳児から幼児になり、児童になるにつれて自分の霊波動が強くなり、同時に自意識が確立していきます。十歳前後で「ものごころ」がつくというのは、霊次元界からの霊波動エネルギーを常に受けなくても、個の存在として生きていくだけの霊的な霊波動エネルギーを持てるようになったということなのです。前にも言ったように、幼児の頃に前生記憶を持って生まれる子がいるのは、霊次元界とのつながりが切れていないからですが、その者の霊波動の中に前生の経験が強く残っている場合なので、多くの場合、時間をおかずに生まれ替わった場合に起きるのです。また、エーテル界では、時空の概念が失われるので、かなりの時間を幽体離脱していると感じても、物質界での時間はわずかしか経っていないのです。さらに言えば、時空の制約がないので、過去や未来への移動も出来るのです。リュウもしばらくすれば慣れてくるから、幽体として時空を超えて移動することを経験出来るでしょう。霊魂が物質脳とのつながりを失っていても、エーテル体の中にあるうちなら、生き返ることが出来るのですが、一旦霊次元の世界に戻ってしまうと一般的には死となるのです。そうなった肉体を無理に人工的に生かしても生き返ることはありません。それは完全な脳死なのです。よく言われる臨死体験は、霊魂がまだエーテル体に留まっている場合なのです。しかし、これから行う幽体離脱は、霊魂とエーテル体、そして霊次元の霊波動エネルギーとのつながりを維持したままでエーテル界や霊界に移動することを意味するので、特別に修業を重ねた者だけに可能な業なのですよ」

ミーユ師の説明は丁寧ではあったが、だからと言って竜一に理解出来たとは言えない。却ってますます疑問が深くなったように思った。

竜一の幽体離脱の最初の体験は三日続けて行われた。その間、ミーユ師に離脱を助けてもらって何とか体から抜け出すことが出来た。四日目の夜の瞑想を始めようとした時、「今日は自分の力で幽体離脱をしてみなさい」とミーユ師に命じられた。三日間の体験で、どういう風に抜け出すのかは何となく分かった。自分の霊体、つまり霊魂意識の中ではっきりと自信を持って念じることが必要なのである。曖昧な気持ちでは抜け出せない。もちろん、不安が一抹でもあれば成功しない。三日間の経験で、幽体離脱をしても何も危険がないことは理解した。後は強く念じることである。離脱するのだという意志を強く持つことが大事だと分かった。四日目、ミーユ師の小屋の中で真上を向いて寝そべり、瞑想を始め、心を空にして霊波動エネルギーを満たし、自己の意識を体から抜け出させるように強く念じた。その瞬間に竜一の意識は小屋の天井から自分の体を見下ろしていた。たしかにコツがある。出来ないかもしれないと不安があるうちは出来ないのだ。出来るという自信と強く念じる意識が必要なのだ。自分には出来ると分かってしまえば、出来るということなのだ。竜一の隣に現れたミーユ師の幽体が「やれたね。もう大丈夫だ。では、これから隣の小屋に移って、天井からドージェが瞑想している様子を見に行くことにしましょう。そうしたいと思えばよいのです」

ミーユ師の幽体は、そういう感応を残して隣からふっと消えた。竜一には、ミーユ師の幽体が隣の小屋に移動したことが霊波動エネルギーの変化から分かった。竜一も自分の小屋の中へ移動した。そうしたいと思った途端に移動していた。幽体の移動は、物質の制約がないので、思うだけで実現出来る。自分の小屋の中の天井からドージェが結跏趺坐で瞑想しているのを見下ろした。ドージェの体はいつも見慣れている薄い黄色のオーラ光背に包まれ、その中に普段は見えない霊魂が体を突き抜けて光っているのが感応して見えた。ドージェの霊魂はサッカーボールを一回り大きくしたほどの大きさで、オーラ光背を若干濃くしたような色である。こうして竜一の幽体離脱の最初の修業の始まりは無事に終わった。

幽体離脱

一　エーテル界への幽体離脱

竜一の幽体離脱の修業は、五日目から新たな段階に入った。小屋の天井から下にいる自分の体やドージェの体を眺める段階から、幽体として、まず、外の世界に移動することを始めた。やはり危険が伴うので、ミーユ師の幽体が傍に付き添っていた。最初は、ルムテク僧院に行き、本堂の中に入った。単に念じるだけで移動出来るのだ。この時間にはまだ修業僧たちが読経を上げていたが、二人に気付く者は誰もいなかった。それからデリーのインドラプラスタ・アポロ病院のロビーに移動した。既に電気が落ちて暗くなっているはずだが、竜一の幽体には昼間のように明るく感じられた。床や天井や机やさまざまな装置などにも個体特有の微弱な霊波動が存在するらしく、幽体の感応はそれらを知覚しているらしい。最後に二人は、竜一の日本の自宅に移動した。インドと日本には三時間三十分の時差があるので、今の日本は夜十一時を回っていて、妻の千代は既に就寝していた。元気そうな妻の寝顔を見て竜一は安心すると同時に、自分のことを忘れているんではないかという一抹の寂しさも感じた。こうした今の時制の各地の場所を訪れる修業を数日行い、意識を念ずることで自由に移動する力を体得した後、「いよいよエーテル界に移動してみよう」とミーユ師が提案した。

「エーテル界は物質次元と重なっている世界だが、霊波動の精妙なエネルギーだけが違っている。幽体の本質もエーテル体なのだよ。幽体として遠くに移動した時、この小屋から目的地に移る瞬間に短い時間だが、景色がぼやけ、まるで霧の中を動いたように感じたはずだ。あの霧の中がエーテル界になる。物質次元の物体は消えるのではなく、半透明のようになって見える。ところが、エーテル界だけに存在しているものもいる。物質次元に強く執着する理由があって死しても霊体に純化出来ず、霊界に戻れない幽体もエーテル界に留まっている。世に言う幽霊がそれである。純粋にエーテル界の存在もいる。エーテル次元に移ってから注意してみていれば、地上に近いところに大小さまざまな妖精が見えるだろう。最初はぼんやりした光の玉にしか見えないが、霊波動を調和させると人間に似た妖精の姿が見えてくるはずだ。妖精以外にも、数は少ないが、妖怪と言われるような姿のものもいる。これらは人間に干渉することはほとんどないが、自然の霊波動に影響を及ぼすことがある。例えば、花の開花などに作用していると思われる。では始めてみようか」

ミーユ師はそう言うと、すっと半透明な幽体となった。

竜一もミーユ師の霊波動の変化を追ってエーテル次元に入った。二人は、近くの森の上に移動し、薄い霧のような空間を通して、半透明になっている樹々の間や雑草の中を眺めていた。しばらくすると、右の方からぼんやりと光る球が二つ流れるように動いてきた。

ラグビーボールほどの大きさで楕円球であるところも似ている。竜一が集中して見ていると、その球が徐々に西洋人形のような姿に見えてきた。背中には小さな羽のようなものが付いている。それでゆっくり飛んでいるようである。二人というか、二匹というか、どちらもよく似ている。

「あれは花の周りに群がる妖精の一種だ。どうやら花と霊波動を共振させているらしい。どういう働きをしているのかは分からない。こちらから霊波動エネルギーを送っても話をすることは出来ない。それに、妖精は周りのエーテルエネルギーを集めて存在しているようで、人間のように生殖で増えるわけではなく、雌雄がないように見える。寿命は分からないが、ある程度時間が経てばエーテルエネルギーに分解して消失するらしい。極めて霊性進化した高次元の霊体には異次元の存在である妖精の役割が分かるのだろうが、私はまだそこまで理解出来るに至っていない。まあ、可愛らしい妖精たちを見て楽しんでいればよいだろう」

ミーユ師の解説に竜一は頷いてにっこりとした。小さな妖精が飛んでいるのを見ると確かに可愛いのである。

幽体離脱の修業が始まってから十日経った時、ミーユ師から次の体験を言い渡された。

「幽体離脱の修業の仕上げは、時空を遡って過去のどこかに移動することだ。これは、一度エーテル次元に移動してから、ゆっくりと念じる必要がある。移動する目的地が明確であれば、その時空での具体的な物を意識して念じるのです。目的地がない時は、エーテル次元の中で物質界から聞こえてくる音や目にした光などを目印にして移動してもよい。移動は意識で念じるのは同じです。最初はどこに移動したのか分からなくなると思うが、気にしなくてもよいのです」

このミーユ師の説明も竜一には実践してみないことには分からないことである。

ミーユ師から「過去のどこかに行ってみたいですか」と聞かれた竜一は、高崎市に合併する前の豊岡村小学校に入学した頃の学校を見に行きたいと答えた。

「過去のどこかに移動するには、具体的な心象が必要になります。自分の記憶でもよいし、過去の写真とか絵とか、あるいは具体的な遺物でもよいけれど、過去の瞬間を特定出来るものがないと意識を集中出来ないのです。小学一年生の時の記憶に残っていることがありますか。それが具体的な日時と結びついていれば、その心象に意識を合わせて念じて移動出来るのです」

ミーユ師の指摘に竜一は、何か覚えていることはないかと記憶を探ってみた。

「一つ思い出しました。校庭の隅に大きな銀杏の木があったのですが、秋に一年生全員で長い竹の棒を持って銀杏の実を叩いて落としたのを覚えています。落ちた実を拾い集めたので、翌日、手がひどくかぶれたために記憶に残りました。銀杏の木を叩いている瞬間なら意識を集中することが出来るでしょう。日時は覚えていませんが、あの時の光景ははっきり思い出せます」

竜一が答えると、

「では、そこへ移動することにしましょうか。意識を銀杏の木を叩いている心象風景に合わせて、そこに移動したいと念ずるのです。私はリュウの後を追いかけます」

と、ミーユ師が竜一に促した。

竜一は、自分が一年生として長い竹の棒を持って銀杏の実を叩いて落としている心象の時空に意識を念じて、移動を始めた。これまでより少し長くエーテル次元を通過していたと感じたが、それでもあっという間であった。今ではもう忘れてしまった同級生たちも一生懸命に銀杏の実を落としていた。日時は分からないが、陽の加減から朝の時間のようである。秋も深まっているが、よく晴れた朝のようだ。竜一とミーユ師の幽体が二人並んで近くに浮かんで見ていたが、誰も気付く者はいなかった。しばらく見ていると、小さな自分が落ちた銀杏の実を拾い集め始めた。（それをすると手がかぶれるよ）と思ったが、竜一が子供の自分に伝える術はなかった。

「もう戻りましょう」

ミーユ師の呼び掛けで、二人は小屋の中のそれぞれの体に戻った。昔の時空に三十分はいたように感じたが、小屋に戻ってみると、経過した時間は五分ほどであった。

「これで時間を超えて移動することも会得したことになります。明日からは、自分のやりたいように試してみなさい。ただし、幽体離脱している時にドージェがリュウの体に触らないように、よくよく注意しておきなさい」

ミーユ師は、その点を強く念押しして、改めて瞑想に入った。

二　奇跡を生き延びた成功者

　話は変わるが、日本のＡＢＣ民放テレビ局の二〇〇三年春の新番組として、大災害や災難を奇跡的に助かりその後に大成功した著名人のインタビュー番組「奇跡を生き抜いた者たち」が始まった。第一回目の放送は、日本経済界の重鎮と言われている丸菱物産の創業者で名誉会長の寺坂春雄のインタビューだった。

　ベテランの女性アナウンサー山本美奈がインタビューアとして解説を始めた。

「皆さん、こんばんは。今日から、奇跡を生き抜いた者たち、というタイトルで、大災害や災難を奇跡的に助かり、生き延び、そしてその後の人生で大きな成功をおさめられた方々のインタビューが始まります。今日のインタビューは私、山本美奈が担当いたします。初回にお呼びしたのは、丸菱物産名誉会長の寺坂春雄様です。日本人なら知らない人がいない程の著名な方ですが、寺坂様は、一九二三年九月一日の、あの関東大震災を奇跡的に助かったことでも有名です。では、寺坂様に登場していただきます。寺坂様、よろしくお願いいたします」

　インタビューアのアナウンサーの呼び掛けに寺坂老人が杖を突きながら登場して、崩れるようにして椅子に座った。

「眼鏡をしたままで失礼するよ。最近目を悪くしてしまってね。スタジオのライトがまぶしいと目が痛いので、医師に相談して薄いサングラスを作ってもらったのですわ。やくざの親分のようでみっともないのだが、勘弁してください」

寺坂老人の声には張りがあり、既に八十五歳になっているとは思えなかったが、その年になれば誰でもどこかは悪くなるもので、仕方ないのである。

「眼鏡は気になさらないでください。テレビ映りをよくするためにライトを強くしているので、こちらこそ申しわけございません。寺坂様の実業界でのご活躍は既に誰でも存じ上げていますが、今日は、関東大震災で奇跡的に助かった話を主にお聞きしたいと思います。よろしくお願いいたします」

インタビューアの説明に頷いていた寺坂老人が、ぽつりぽつりと話を始めた。

「あの時の不思議な出来事は今でもはっきりと覚えています。忘れようにも忘れられないのです。あの時東京の下町に住んでいました。ちょうど昼前で、母が台所で食事を作っており、私は隣の居間で一人で遊んでいました。あの時五歳でした。何をして遊んでいたのかは覚えていません。父は朝早くから仕事に出掛けていて、家には私と母の二人でした。最初、ドンと飛び上がるような揺れがあり、台所と居間の間の柱がバキッと折れて曲がりました。ものすごく怖かったので、柱が折れたり倒れたりしたのはよく覚えています。すぐにグラグラと横に大きく揺れました。家がミシミシ、ギシギシ鳴り、母が這って居間に入ってこようとしました。その時、家の壁が大きく崩れると同時に、何本かの柱が根元の方でベキッと折れて、ドンと天井が落ちてきました。折れた柱と天井が母の上に重なって落ちるのが見えました。母が何か叫んだけれど、周りの騒音がひどくて何を言ったか聞こえませんでした。折れた柱が重なって、落ちた天井を支える形になり、私はわずかな隙間に閉じ込められ、柱や天井の下敷きにはなりませんでした。非常に恐ろしく、私は大声で泣き叫びました。母の声はまったく聞こえなくなりました。外は昼間なのに閉じ込められた空間は真っ暗でした。揺れが収まってしばらくして立ち上がろうとしたら、すぐに頭が板にぶつかりました。柱か天井が厚く覆いかぶさっていたのです。ますます怖くなって、「ワーワー」と泣き叫んでいました。その時、白っぽく輝き、わずかに水色のような光の球がすぐ傍に浮かんだのです。その球の中に透き通った人間のような姿が見て取れました。優しいおじさんのような顔でしたが、髪がかなり長く、髭も伸びていました。『待っていなさい。すぐ助けますからね』と頭の中に声が聞こえました。周りはものすごい騒音で「ゴーゴー」とか「ドンドン」とかうるさかったのですが、その光の人の声は、はっきりと頭の中に響いたのです。私は泣き止んで不思議な光の球を見つめていました。すると、もう一つ光の球が現れたのです。こちらは完全に白い光に包まれていました。その中に長い白い髪をして、髭も長く伸びたお爺さんがぼんやり見えました。私は、最初、そのお爺さんは母の実家に連れていかれた時に見た母の父、つまり私の母方の祖父かなと思いました。どちらも髭が伸びていたからです。でも、よく見ると顔が少し黒く見えるし、体も光って見えていたので、違うことに気付きました。最初の光の球の中の人が後から来た人に何か話しかけているようでしたが、私には何も聞こえませんでした。また頭の中に『頑張るんだよ。待っていなさい』という声が聞こえました。すると、最初の球がふっと消えました。その直後、どこからか煙の臭いがしてきたのです。母が食事の用意をしていたので、七輪の炭火から火が出始めたのだろうと今なら分かりますが、その時は分かりませんでした。煙が濃くなってきて咳が出てきました。私が咳き始めた時、「ワンワン、ワンワン」と何匹もの犬の声が近づいてきました。犬たちは、あっという間に崩れた家の上にやってきました。私の頭の上で「ワンワン、ワンワン」と吠えているのです。何だろうと子供心にも不思議に感じたのを覚えています。『オイ、ここらしいぞ。早くしないと火が回るぞ。とりあえず屋根をどけろ。もうちょっとだ。よし、天井板が見えてきた。破って穴を開けろ』。そう言う大人の声が聞こえてきました。「ベリッ」と天井板が剥がされて大きな穴が開き、パーと明るくなりました。その瞬間、私より大きな犬が穴から飛び込んできて、「ワンワン」と吠えました。私の顔に鏡に反射した陽の光が当たり、『いたぞ』と叫ぶ声が上がりました。私はすぐに引き出されて助かったのです。記憶が曖昧ですが、犬がワンワンと吠えてきた時には二つの光の球はどこかに消えていたように思います。私が助け出されてからすぐに倒壊した家は火に包まれました。間一髪でした。あの二つの光る球はこの世のものとは思えないのです。神仏が助けてくれたとしか思えません。助かった当時は五歳でしたから何も分からなかったのですが、親戚に預けられて成長してから、あの時助けられた命は大事にしなければならないし、世のため人のためになりなさいと助けられたに違いないと思うようになりました。その後の人生はいろいろと多難でしたが、怖いとか苦しいとか思ったことはありません。大火の中で母は結局焼け死んだのです。父も行方不明で見つかりませんでした。だが、その悲しみよりも不思議な光の球の印象が強くて、自分は何か特別なんだと思えたのです」

　寺坂老人は、そこまで話してから、遠くを見るように顔を上げてスタジオの天井の隅を見つめた。まるでそこに光の球が浮かんでいるかのように。

「そうでしたか。何とも不思議な話ですね。そういう光の球をその後の人生でも見ることはあったのですか」

　インタビューアの女性が興味津々で質問した。

「その後の人生では見ることはありませんでした。ですが、苦学して学校を出て、若い時に創業しましたから、何度も何度も倒産の危機がありました。私は、その都度、神仏に助けられた命だから、簡単に諦めたり、投げ出したりしてはいけないと自分に言い聞かせてきました。苦しい時には二つの光の球をはっきりと思い出すのです。私が辛抱して耐えていると、どういうわけか事態が好転して倒産することは避けられました。会長になってから、一度、京都の有名なお寺の貫主様と話をしたことがあります。その貫主様が言われるには、修業を重ねた高僧には、人のオーラ光背が見えるようになるらしいのです。その段階に到達した高僧は亡くなった人が成仏出来なくてこの世に留まっている場合には、その幽体が光の球として見えるというのです。当時の私は五歳の子供ですから、修業を積んだ高僧とは違いますが、なんとなくそういう幽体を見たのかなと思います。もちろん、亡くなった迷い人ではなくて、あの世から私を助けにやってきた高貴な霊体に違いないと思うのです。私にとっては、五歳の時に救われた体験が人生の宝物になりました」

「そうでしたか。本当に奇妙な体験でしたね。そうやって救われた寺坂少年が日本の産業界を指導する役割を果たされたことを考えますと、信じられないことですが、まさに神仏に救われたということなのでしょうね。本日は本当にありがとうございました。ますますご壮健にお過ごしください」

インタビューアの山本美奈が深々と頭を下げて一礼した。


第二回目の「奇跡を生き抜いた者たち」の放送は、パリ支局の駐在員の大村千尋がインタビューアとなった。相手は、世界的に有名なフランスの女優ブリジット・シモンである。

「こちらはABC放送パリ支局のスタジオです。第二回目の『奇跡を生き抜いた者たち』のインタビューは、有名な女優のブリジット・シモンさんです。私は今日のインタビューを担当するパリ支局特派員の大村千尋です。どうぞよろしくお願いいたします。それではブリジット・シモンさんにご登場していただきます」

インタビューアの大村千尋の呼びかけで、ブリジット・シモンが洗練された落ち着いた中年女性のファッションでスタジオに入ってきて、千尋の斜め向かいの椅子に優雅に座った。

「本日はおいでいただいてありがとうございます。ブリジット・シモン様の女優としてのご活躍は誰でも知っていますが、今日はお仕事の話ではなく、ご両親が以前に語られていた、幼い時に災難にあい、奇跡的に助かったというお話をお聞きしたいと思います。日本の皆様には同時通訳でお届けいたします。よろしくお願いいたします」

千尋インタビューアがそう言ってブリジット・シモンに軽く合図をした。ブリジット・シモンの話と同時通訳が始まった。

「皆さん、こんにちは。今日は私の三歳の時に起きた不思議な出来事について話をして欲しいというご依頼でした。ですが、まだ小さかったので自分では状況が分かりませんでした。全体の話は成長してから両親から聞かされたことです。今日のインタビューの前にもう一度母から災難の状況を確認してきました。ただ、三歳だった私自身がはっきりと記憶していることもあります。そのことはとても不思議なことなのですが、それをお話ししなければ奇跡を生き抜いたことにならないので、その不思議な体験をお話しすることにします。あの時は、両親と兄と私の四人で地方の森にキャンプに出掛けていました。ちょうどお昼時で、母がテントの中で食事の準備をしていました。父と兄は野原でサッカーボールを蹴っていました。私はまだボールを蹴る力がなく、父や兄たちと離れて森のはずれに野草の花を摘みに向かいました。花がたくさん咲いている薮が見えて、そちらの方に歩いて行きました。その薮の手前にはつる草が茂って盛り上がるように密生しているところがありましたが、三歳児の私の足でも踏み越えて行けそうに見えたのです。私は、その茂ったつる草の中に踏み込みました。二、三歩踏み入れた途端、私は、古井戸を覆っていた腐った板を踏み抜いて、古井戸に落ちてしまいました。このことは後で知ったことです。その時は、『アッ』と思ったら、バシャッと水の中に落ちたのを覚えているだけです。水は私の胸くらいありましたが、溺れるほどではなくて、落ちた衝撃を支える程度には深かったことが幸いしました。私は水の中から立ち上がり、周りを見回しました。横はコンクリートの丸い壁で、上は私が落ちた穴をつる草が覆っていて暗かったのですが、つる草の隙間がわずかにあり、その間から星のように光が差し込んでいたのです。三歳の私にとって、古井戸の天井はとてつもなく高く感じられました。その時になって急に怖くなり、私は「ワー」と泣き叫びました。でも、後で母から聞いたのですが、私の泣き声はまったく外には聞こえなかったというのでした。大声で泣きながら、水をバシャバシャと打ち続けていました。このまま誰も助けてくれないという恐怖は凄まじくて、私は水の中でブルブル震えながら泣き続けていました。その時、不思議なことに、古井戸の壁を通して明るく光る大きな球が現れました。白い光でかすかに水色に光っていて、その球の中に若いお爺さんが見えました。髭づらで透けて見える優しそうなお爺さんでした。お爺さんがにっこり笑い、私の頭の中に『大丈夫だよ。すぐに助けてあげるからね。少し待っていてね』という声が聞こえました。まだ怖かったのですが、その光の球を見ているととても温かい気持ちになって、助かったのだと感じて、私は泣き止みました。ところが、その球がフッと消えて、また暗くなり、私はまた泣き出してしまいました。しばらく泣き続けていたら、上の方で猫のバムちゃんが大きな声で『ミャーミャー』と鳴き出したのが聞こえてきました。私は、『バム、バム』と大声で叫びました。いつもは大人しい猫ですが、この時は、大きな声で鳴き続けていました。すると、がさごそと音がして、古井戸の蓋が外されたらしく、ぱっと光が差し込んできました。上を見上げると古井戸の入口が小さく丸く開いて、そこから空が見えました。その穴に父の顔が覗いて、『いたぞー』と父が叫びました。母の顔も穴に覗きました。『ブリジット、大丈夫か。ちょっと待ってろ。すぐロープを取ってくるから』と父が言い、母は『もう大丈夫よ。しっかりしてね。頑張ってね』と言いました。間もなく、ロープが垂らされて、父がそれを伝って下りてきて、私を背中に括り付けて、ロープを伝って上に上がりました。後で知ったことですが、その古井戸は深さが約五メートルもあり、落ちれば怪我するのが普通ですが、私はどこもまったく怪我せず、五十センチメートルほどの水の中に上手に落ちたのです。『よかった。よかった』と言って母は私を抱きしめながら泣いていました。私は、もう泣きませんでした。助かったという思いと、あの光る球のお爺さんが助けてくれたんだという思いと、あれは神様だったのかなという思いが錯綜しました。だが、私はあの光る球のことは誰にも話しませんでした。子供心にも、話しても信じてもらえないだろうと思ったのです。それ以来、私は日曜日に両親が教会に行く時には必ずついて行きました。そして、祈りの時には、『ありがとうございました』と必ず唱えるようにしています。この話は、今まで自分からは誰にも話しませんでしたが、今回、奇跡を生き抜いた者たちという番組に出演依頼を受けた時、今こそ話をする時が来たんだと思いました。私には、神様は必ずいらっしゃるんだと信じられるのです」

　ブリジット・シモンの話を聞いたインタビューアの大村千尋は感動で泣き出しそうになった。

「何という素晴らしいお話なんでしょうか。その救いがあったからこそ、今こうして世界中がブリジット・シモンさんの演技や歌を楽しめているのですね。神様、本当に本当にありがとうございました。ところで、そのことがあって以来、同じ光る球を見たことはないのですか」

　大村千尋は少し冷静になって質問した。

「そうですね。それが不思議なんですが、その後も何度か目にしているのです。ただ、いつも夢の中なのです。私が小学校の音楽祭で歌っている夢を見ていた時、目の前の観客席に光る球に包まれたお爺さんがやってきて、笑って見ていたり、私が映画に最初に出た時のことを夢に見た時も近くに光る球のお爺さんが現れたり、カンヌの主演女優賞を受賞した後の夢の中にも出てきて、嬉しそうに頷いたりしたのです。どれも夢の中なのですが、目覚めても記憶に残っているのです。決して忘れないのですよ。まるで目覚めている時の出来事のようなのです。大きくなると直接神様を見ることは出来なくなるが、夢の中にちゃんと出てきてくださるのかなと思うのです。そういう夢を見た後は、しばらく体の調子が良くて冴えた演技が出来るのです。不思議ですが、ありがたいことです。若い時には、こんな話をすれば気がふれたのかとか、狂ったのかとか思われそうで話せませんでしたが、やっとこの歳になり、不思議な出来事も素直に語れるようになりました」

ブリジット・シモンの話は、ますますもって不思議で、大村千尋は唖然として次の質問が出てこなかった。

「その球はシモンさんの守護霊なんでしょうね。今日は不思議なお話をありがとうございました」と言うのが精一杯だった。日本式に頭を下げながら、大村千尋は、(私にも素敵な守護霊がいればよいのに)と考えていた。

三　夢業一

自由に幽体離脱が出来るようになり、エーテル界への移動も、エーテル次元での時空移動も出来るようになった竜一は、一人で幽体離脱してエーテル界へ移動しても良いことになった。その日、竜一は、幽体意識のままにエーテル次元で半透明に見える地上の景色をぼんやりと見ていた。その時、「ワーワー」と泣き叫ぶ少年の声が幽体意識に聞こえてきた。切羽詰まったすさまじい叫びで助けを求めているようだ。エーテル界にまで大きく叫びを轟かせられるのはそれだけ霊的に進化しているということである。子供であっても、それまでの幾多の生で霊的に修業を積んでいる人物なのである。竜一は、すかさず意識をその叫び声に合わせた。竜一の幽体は、たちまちエーテル界を移動し、すぐさま大災害の瞬間に出現した。地表は大地震の後らしく、いたるところで家が倒壊し、あちらこちらで火の手が上がり始めており、人々が大声で呼び合ったり、泣き叫んだりしていた。だが、竜一の幽体意識に届いた少年の叫び声はまだ続いており、それはどこか倒壊した家の中から聞こえる。竜一は、さらに意識を集中させて、その叫びに感応させ、近くに移動した。たしかに、柱が折れて倒れ、その上に屋根が落ちて潰れた家の一番下の隙間に少年が丸まって叫んでいるではないか。少年の頭の上には折れた柱や梁があり、立つことも出来ない。逃げ出す隙間もない。少年から少し離れたところに、柱や天井に押しつぶされて横たわっている母親らしき姿もエーテル意識の中で見える。おそらく亡くなっているのだろう。何とかして少年を助けてやりたいが、エーテル体の竜一には物体を動かす力はない。ただ意識を飛ばして力づけるのが精一杯である。「待っていなさい。すぐ助けますからね」と励ましながら、竜一はどうすれば良いのか思案していた。薄く煙が立ち上り始めている。早くしないと火が回る恐れがある。その瞬間、竜一の隣にミーユ師の幽体が現れた。

「この少年の叫び声は私にも聞こえたので駆けつけてきたよ。これだけの霊力を持っているなら、いずれこの世に大きな功徳をもたらす人物になるに違いないね。助ける方法は、動物の力を使うのだ。近くに犬がいるはずだから、犬に頼んで、誰か大人の人を道案内して、この少年のところまで連れてきて、この上で吠えて場所を教えるように、犬を感応させてみなさい。とにかく犬の霊波動に意識を集中して感応させるのです。やってみなさい。

私がこの少年を見守っているから、救助を連れてきなさい」

　ミーユ師の意識に感応した竜一は、瞬時に消えて、地上をうろついている犬を探した。幸いにも三匹の犬が付近の倒壊した家の周りを恐々とうろついているではないか。竜一は、霊波動を飛ばした。動物を動かす時に重要なのは、すぐさま命令してはならないということである。動物の心に安心感をもたらす霊波動を流し、動物がこちらに興味を向けるようにし、それから、この人間の言うようにすれば自分は安全なのだという意識を動物に与える霊波動を流すのである。焦って手順を間違えると動物は逃げてしまう。二度三度と働きかけていると、やっと一匹が竜一の言う意味を理解して、向こうに見える大人の人に向かって駆け出した。すると、もう二匹も、こちらは少年がいる潰れた家の方に向かって「ワンワン」と吠えながら走り出した。最初の犬は、大人の人のズボンの裾を銜えて引っ張り出している。少し引っ張っては、「ワンワン」と鳴いてしっぽを振っている。また、ズボンの裾を銜えて引っ張り出す。向こうの方で、二匹目の犬が鳴いている。大人の人も（これは尋常ではないぞ）と気付いたようだ。

「おーい。犬が何か訴えているらしい。どうやら助けを求めているようだ。飼い主でも埋まっているのかもしれん。ちょっと手を貸してくれ」

　大人の人が近くにいる数人の男たちに声を掛けて、「こっちだ」と手を振った。最初の犬が「ワンワン」と鳴きながら駆けていく。少し駆けては止まって、「ワンワン」と催促する。大人たち数人が小走りで犬の後を追っていく。向こうでは、二匹の犬が潰れた家の屋根の上で吠えているのが見える。大人たちが到着した。

「どうやらここらしいぞ。この下に誰か埋まっているということだろう。とにかく屋根をどかしてみよう」

「オイ、ここらしいぞ。早くしないと火が回るぞ。とりあえず屋根をどけろ。もうちょっとだ。よし、天井板が見えてきた。破って穴を開けろ」

数人の男たちが声を交わしながら、潰れた屋根や柱や梁を動かし、天井板に穴を開けた。すると、一匹の犬が穴から中に飛び込んで、穴の中から「ワンワン」と鳴いた。大人たちが鏡で穴の中を照らし、少年を発見した。

「もう大丈夫だ。後はこの人たちに任せよう」

ミーユ師が竜一に呼び掛け、二人は幽体を肉体に戻して目覚めた。

「お師匠様、あの少年が埋まっていたのは大地震の後のようでした。私はゆっくり見て回ることが出来ませんでしたが、あれはいつどこで起きた地震だったのでしょうか」

竜一の質問に、

「一九二三年九月に起きた関東大震災だろう。あれは東京の下町だった。歴史では、あの後、辺り一帯が火に包まれて大火になったはずだ。ただ、幸いにもあの少年は助かった。あの少年の凄まじい霊力の叫び声はあれ以来聞いていないからね」

ミーユ師の答えを聞いて、（あの少年があの霊力を使って日本のために大きく成功していて欲しいな）と思った。

四　夢業二

　その二日後、竜一は、再び幽体離脱してエーテル次元で意識を漂わせていた。その時、竜一の幽体に感応して「キャー」と泣き叫ぶ少女の声が響いた。助けを求めている悲痛な叫びで、エーテル界にとどろく強烈な霊波動である。竜一は、直ちに叫び声のする場所へと意識を集中し、時空移動を行った。そこは暗い穴の中であった。丸いコンクリートの深い穴で、底には五十センチメートルほど水が溜まり、水の中で保育園児ほどの少女が泣き叫びながら水面を手で叩いていた。穴の天井はつる草で覆われているらしく、つる草の隙間から筋のように光が漏れていた。どうやら少女は古井戸に落ちたようである。これだけ深いと泣き叫んでも外へは聞こえないだろう。少女は落ちた時に怪我はしていないようだが、このまま助け出されなければいずれ死んでしまう。冷たい水は急速に体温を奪う。竜一は、先日の体験から、動物を使って外の大人に知らせるのがよいと判断した。だが、その前にこの少女を安心させてやる必要がある。泣き叫び続けることは体力を早く消耗する。気を失えば、水死してしまう。

「大丈夫だよ。すぐに助けてあげるからね。少し待っていてね」

　竜一は、少女に優しく霊波動を送った。ミーユ師が言うように、幼子は意識の一部がまだ霊界に残っていて、霊波動に感応しやすいのである。竜一の霊声が聞こえたのか、少女は泣き止んだ。竜一はただちに地上に移動して使える動物を探した。ここは森のはずれだが、野生の動物は見当たらない。犬がいれば良いのだが、犬も見当たらない。竜一の霊眼に野原にある小さなテントが見えた。テントの中を気配で探ると、猫がいるではないか。テントの中に移動してみると、猫が敷物の上にうずくまっている。現れた竜一を見て猫が顔を上げて「ギョッ」と驚いた様子である。犬は人間に奉仕する意識が高いので感応させやすいが、猫は勝手気ままなところがあり、人間の意識に感応しても、言う通りにはなかなかならない。竜一が強い霊波動を送ってもこの猫は動こうとはしない。だが、無関心ということではない。竜一の幽体を睨んで低く「ウー」と唸り続けている。この猫は少女の家の飼い猫に間違いないはずである。少女と猫とは仲良しだろう。少女が呼べばこの猫は反応して寄っていくに違いない。竜一は、古井戸に落ちて助けを求めている少女の姿を霊波動で猫に伝え続けた。どこへ行けば古井戸の上に辿り着けるかも伝え続けた。竜一の霊力が試される場面である。何分経ったか、エーテル次元の竜一には分からない。「ニャー」と鳴いて猫がゆっくり起き上がった。(よし。そうだ。動け。古井戸のある森のはずれに向かって走れ。少女のところに走れ)。竜一は岩をも動かすほどの強烈な霊波動を送り続けた。ゆっくりと猫がテントの外に出た。左右を見回して空気を嗅いでいる。(走れ。走れ)。竜一が呼び掛ける。猫は、竜一の幽体を見上げて竜一の意識に感応するかのように跳ねた。そして、森の方に顔を向けるや、ダッと駆け出した。遠くの方で「ブリジット、ブリジット」と叫ぶいくつもの声が聞こえる。どうやら父母と兄の少年が探し回っているようである。一人は森の中に入っているらしく遠くから叫んでいる。竜一は、猫の後から追い立てるように古井戸めがけて進んでいく。猫が必死に走る時は予想外に早い。あっという間に、古井戸の上に茂ったつる草のところまでたどり着いた。そこからがまた難儀である。少女を探し回っている親か兄が気付いてくれないと困る。猫がつる草の上に乗っているだけでは気付いてもらえない。猫に必死で鳴き叫んでもらう必要がある。離れている親に聞こえるように高い鳴き声で訴えなければならない。竜一の意識に感応して猫が必死に鳴き始めるが誰も気付かない。（五、六歳に見える兄の少年なら、まだ私の幽体が見えるかもしれない。あの少年に訴えて猫に気付いてもらうしかないな）。竜一はそう思い、野原を走り回って妹を探している兄の少年の前に瞬時に移動した。念のために、自分のエーテル体の周りに可能な限りの物質原子を集めて、肉眼でも気付くように細工した。突然現れた竜一の光る幽体を見て、少年はギョッと驚いて尻もちをついた。だが、泣き出しはしなかった。少年は驚いた顔でじっと竜一を見つめている。遠くからかすかに猫の鳴き声が聞こえている。竜一は、猫のいる方向を指し示して注意を促した。少年は、竜一が指し示した方向を向き、猫が鳴き叫んでいるのに気付いた。竜一は、少年に後をついてくるように促す霊波動を送り、猫の方に向かって移動し始めた。少年が飛び起きて竜一を追ってくる。竜一は移動の速度を上げて、少年に全力で走れと念じた。少年が駆け出す。走りながら、大声で「パパ」と少年が叫ぶ。「パパ、バムが呼んでいるよ。早く来て」と少年が森に向かって叫ぶ。少年が古井戸の傍まで来た時、森の中から父親が走り出てきた。母親も野原の反対側から走ってくる。もう大丈夫だなと思った竜一は、少年から離れて見守ることにした。父親が猫のところまでやってきて、つる草に覆われているが、腐った蓋の板が割れて小さな穴が見える古井戸に気付いた。必死につる草をかきわける。「いたぞー」と父親が叫ぶ。母親も傍まで来て穴を覗き込んでいる。

「ブリジット、大丈夫か。ちょっと待ってろ。すぐロープを取ってくるから」

父親が励ます声に応えるブリジットのかすかな声が地下から聞こえる。

竜一は、気付かれないところまで移動して見守っていたが、父親がロープを取りに車に戻り、車を古井戸の近くまで動かして来るのが見えた。その間に母親が、「しっかりして、ブリジット」と何度も声を掛けていた。父親は、ロープを車の牽引具に括り付けると、反対の端を古井戸の中にゆっくりと垂らしていく。ロープ全体が古井戸に下ろされたところで、父親はロープを伝って古井戸の中に降りて行った。しばらく竜一が見守っていると、背中に少女を縛り付けた父親が古井戸から上がってきた。

(もう大丈夫だな)。竜一はそう思って、そろそろ引き上げようかとした時、

「パパ、キリスト様がやってきて助けてくれたのよ」

と少女が大きく叫ぶのが聞こえた。

「僕にも見えたよ。僕をバムのところへ案内してくれたんだよ」

と兄の少年も声を上げた。

（大人に気付かれないうちに消えたほうが良さそうだ）。竜一は、エーテル次元を進んで自分の小屋に戻った。

翌週、竜一は定期検診のためにデリーの病院に出向いた。その待合ロビーで、何カ月か前の週刊誌が目に留まった。カンヌ映画祭の主演女優賞にブリジット・シモンが選ばれたという記事のタイトルと、その雑誌の表紙の顔に注意を惹かれた。ブリジット・シモンという女優の美しい顔が載っている。だが、竜一は、その写真の女優の目に見覚えがあると感じた。（そうだ。先日、幽体離脱で助けた少女の目だ。たしか、ブリジットと呼ばれていた。あの少女が成長して有名な女優になったということなのか）。竜一は、雑誌をぱらぱらとめくってブリジット・シモンへのインタビュー記事に目を通した。その記事の中で、女優は、「幼い頃にリヨン郊外のキャンプ地でキャンプしていて、森のはずれで草に覆われた古井戸に落ちて危なかったの。その時、泣き叫んでいたら、神様かキリスト様のような光る姿が現れて助けてもらったのよ。危なく命を落とすところだったわ」と語っていた。

竜一は、ブリジット・シモンの経歴を調べてみようと思った。女優として成功するまでのキャリアの節目をどんなふうに成長していったのか見てみたいなと思った。

五　ミーユ師の教えⅡ

幽体離脱が自由に出来るようになり、エーテル界で時空を超えて移動する体験を何度か繰り返した竜一にミーユ師が呼び掛けた。

「リュウよ。エーテル体としての役目に気付いたと思う。我々の物質としての体にエーテル体が浸透して広がっている。見えているオーラ光背はほとんどがエーテル体なのだ。自分のエーテル体を自由自在に動かすことが出来るようになるには、霊波動エネルギーを取り入れる力が十分にあり、自然や動物たちとの感応が出来るまでに霊的に修業しなければならないのだ。リュウは、この五年近くの修業でその域に到達したということだ。その域に到達した者の責務として、既にリュウがやったように、助けるべき人を霊波動を使って助けることが役目でもある。その経験がさらに自分の霊的な進化を促すことになる。いずれ、仏陀や大師様のように、正しい道を人々に示すことが出来るようになる。人の体には、エーテル体の他にも、さらに高次元の霊波動エネルギーを纏ったアストラル体、メンタル体、コーザル体などが浸透している。しかし、霊的に進化していない者は、これらの高次元の霊波動エネルギーが微弱で働きが悪い。そのために低次元の欲望に強く左右されてしまう。修業を続ける意義は、高次元の霊波動エネルギーを使う霊体を発達させ、正直、親切、高尚、善良、利他、慈悲、献身、高潔、美徳、高徳、謙虚、真摯、誠実、協調、調和、共感、温厚、柔和、冷静、沈着、我慢、辛抱、忍耐、強靭、快活、進取、希求、挑戦、創造、清貧、清潔、清廉、礼節、友愛、寛容、功徳、審美、優雅、叡智、洞察、直感、精妙、仏性などの正しい精神性を高めるように魂を霊性進化させるということだ。今のリュウの霊力なら、エーテル体からさらに進んでアストラル体を肉体から遊離し、アストラル次元で真の霊界を体験することが出来ると思う。今夜にもアストラル体として浮遊する修業を始めよう」

ミーユ師の説明は、竜一には一段と難しいものだったが、何事もミーユ師に従うのが正しいと信じられる今では、不安は何もない。

「お師匠様、アストラル体を肉体から抜き出すには何かコツがあるのですか」

竜一の質問に、ミーユ師が答えた。

「幽体離脱をする時は、瞑想の際と同じく心を無心無想にして、空となった心に霊波動エネルギーを取り込み、その霊波動エネルギーに自己の幽体を乗せるようにして離脱した。アストラル体を肉体から分離する時も基本的には同じだが、アストラル体は、純粋の霊体である。肉体と霊体との中間的なエーテル体とは違う。その違いは、霊波動のエネルギーがさらに精妙になることだ。肉体的な性質はまったく失われる。人は死亡すると、その霊魂は基本的にアストラル界に移動する。肉体の生の力を失うと、つまり人は死ぬと、霊魂は純粋の霊体であるアストラル体に戻るということだ。そして、特に霊的に高度に進化した霊魂以外は、アストラル界に留まる。肉体は死ぬと腐敗して土に帰り、エーテル体は肉体が腐敗する時に肉体から離れてエーテル界に霧散すると言われている。しかし、肉体の生を保ったままでアストラル体を肉体から離し、アストラル界に移動するには、空となった心に取り込んだ霊次元の霊波動エネルギーの中でも精妙で高次元のものに焦点を合わせ、その中に自己の霊魂を移すことを念じるのだ。リュウの修業の結果である今の霊力なら、それが出来ると思う。ただし、アストラル界は安全な次元ではない。そこは霊波動の霊性進化に応じて多層化した次元になっており、アストラル界の低次の階層には悪意に満ちた霊体たちが集まっている。今のリュウは、決して一人でアストラル界に入り込んではならない。リュウの霊力をもってすれば、一対一で悪意のある霊体に負けることはないが、そういう霊体が複数で向かってくれば肉体に戻れなくなる恐れがある。必ず、私と一緒にアストラル界に移動するように。もちろん、さらに修業を積んで、強い霊力へと高めていけば、いずれは一人でアストラル界に移動しても安全となる日が来るだろう。アストラル界に移動して、多層化された霊界を観察するには、階層の高いアストラル界へも入る力が必要になる。それには、修業を続け、オーラ光背が限りなく白く大きく輝くようになることが求められる。リュウの今の霊波動エネルギーの力では、最高の階層に長く留まるのは難しいが、覗くだけなら出来るだろう。とうぜん、下位の階層に移動することは容易だ。それから、霊力を高めるには、瞑想の時以外の普段の生活の時にも、エーテル体に開いている七つのチャクラに霊波動エネルギーを目一杯取り込むことを心掛けるのがよい。霊次元

郵便はがき

1 6 0-8 7 9 1

1 4 1

東京都新宿区新宿1－10－1

(株)文芸社

愛読者カード係 行

ふりがな お名前		明治 大正 昭和 平成 年生 歳
ふりがな ご住所	□□□-□□□□	性別 男・女
お電話 番　号	(書籍ご注文の際に必要です)	ご職業
E-mail		
ご購読雑誌(複数可)		ご購読新聞 新聞

最近読んでおもしろかった本や今後、とりあげてほしいテーマをお教えください。

ご自分の研究成果や経験、お考え等を出版してみたいというお気持ちはありますか。

ある　　ない　　内容・テーマ(　　　　　　　　　　)

現在完成した作品をお持ちですか。

ある　　ない　　ジャンル・原稿量(　　　　　　　　　　)

書　名				
お買上 書　店	都道 府県	市区 郡	書店名	書店
			ご購入日	年　月　日

本書をどこでお知りになりましたか?

1.書店店頭　2.知人にすすめられて　3.インターネット(サイト名　　　　　　)

4.DMハガキ　5.広告、記事を見て(新聞、雑誌名　　　　　　)

上の質問に関連して、ご購入の決め手となったのは?

1.タイトル　2.著者　3.内容　4.カバーデザイン　5.帯

その他ご自由にお書きください。

(　　　　　　)

本書についてのご意見、ご感想をお聞かせください。

①内容について

②カバー、タイトル、帯について

弊社Webサイトからもご意見、ご感想をお寄せいただけます。

ご協力ありがとうございました。

※お寄せいただいたご意見、ご感想は新聞広告等で匿名にて使わせていただくことがあります。

※お客様の個人情報は、小社からの連絡のみに使用します。社外に提供することは一切ありません。

■書籍のご注文は、お近くの書店または、ブックサービス(0120-29-9625)、セブンネットショッピング(http://7net.omni7.jp/)にお申し込み下さい。

からの霊波動エネルギーだけでなく、太陽から降り注いでいる霊波動エネルギーも意識して取り込むようにするのだ。そうすれば、アストラル体や、さらに高次元のメンタル体の霊波動エネルギーが体に浸透し、精妙な霊力を高めることになる。まったく修業していない一般の者には無理な話だが、リュウの霊力なら日々の一刻一刻に高次元の霊波動エネルギーを取り込むことが出来るはずだ。それを続けることで、オーラ光背は純白に輝く巨大なものへと霊性進化し発達してくる。そうやって、瞑想によるだけでなく普段の生活の中でも霊性進化が進むのだよ」

ミーユ師の説明は、竜一にも理解出来た。竜一が早朝の太陽の光を浴びた時、自分のオーラ光背が広がることを感じていたからである。

竜一の修業も間もなく五年を迎えようとしており、日本への帰国の日を数えなければならなくなっていた。その前に、修業の最終段階の霊界訪問へ進もうとしていた。

アストラル霊界への旅

一　アストラル界への移動

翌日の夜の瞑想の時間に、竜一はミーユ師の小屋に出向き、アストラル体を遊離する修業に入った。瞑想の時の結跏趺坐で霊魂が体を離れると体が倒れてしまう心配がある。霊魂を肉体から遊離する時には、いつものように上向きに寝て、その姿勢で寝入ることなく、心を意識の底に深く沈め、心を空にして霊波動エネルギーを取り込むのであるが、今回は、取り込む霊波動エネルギーの中でも精妙な高次元のものをより多く取り込まなくてはならない。その上で、自己の霊魂に一切の低級な欲望が現れないようにして、霊魂を高次元の霊波動エネルギーに感応させ、自己の肉体に浸透しているアストラル体とともに肉体から遊離するのである。最初はエーテル幽体が遊離して、アストラル体が肉体に浸透したまま残ってしまった。どうしても、高次元の霊波動エネルギーだけに感応することが難しいのだ。自己の霊魂意識を精妙なものにすることが大事だとミーユ師が指導した。それには、大きな慈悲を施しているつもりになるとよいというのである。竜一は、時々鹿を銜えて現れる雄虎の毛並みを無心に梳いてやっている時の心境を思い出した。心は無心であるが、意識はやさしさや愛おしさに包まれている境地である。その瞬間、竜一の霊魂はまだ発達途上のアストラル体とともに肉体から遊離し、アストラル次元に移動していた。

アストラル界は、薄暮のような静けさに包まれた世界である。エーテル界と違って、物質次元の景色は見当たらない。だが、自分の体がオーラ光背に包まれて光っていることが分かる。オーラ光背は、ほとんど白と言ってもよい色である。ほとんど透けている体を包んで、さらに一メートルほども広がった大きな球となって光っている。この五年近くの修業によって竜一のオーラ光背は、青系統の色から霊性進化し、ほとんど白に近くなり、霊力の高まりとともに大きさも大きくなっていた。

竜一の隣にミーユ師のアストラル体のオーラ光背が現れた。竜一より一層白く輝く球体である。大きさも竜一のオーラ光背の倍はある。その球体の中にミーユ師の体が透けて見える。物質を纏っているわけではないが、アストラル次元の霊視には体の形がかすかに感じられるのである。霊魂の想念意識によってアストラル体の中に自分の姿を投影しているからである。

ミーユ師の声が竜一の霊聴に響いてくる。

「リュウよ。ここがアストラル界で、アストラル階層の中の中間にあたる霊界になる。七層の階層があり、最上位層の第一階層にはメンタル界に移動する直前まで霊性進化した霊体が集まっている。最下位層の第七階層には、人間としては最も霊性進化が遅れている卑しい精神の者や凶悪な性質の者が集まっている。それぞれの階層にいくつかの村と呼べる集まりがある。同じような霊力があり、過去生の経験を通して特に発達させてきた精神性が似通った者たちが集まっている霊波動エネルギーのゾーンである。村の中には、複数の階層を貫いているところもある。霊魂の特性が似通っているためにオーラ光背の色が同じように見えるが、霊力や霊性進化の程度が異なるためにオーラ光背の大きさがまったく違う場合がある。その場合には、同じ色のオーラ光背の集まりである村の中に、上位階層を主としている霊体と下位階層を主としている霊体とが階層間を貫いて集まっているのである。アストラル次元にある階層は、厳格に区切られているのではなく、上位階層を主たる居場所にしている霊体は、下位階層に自由に降りることが出来る。逆に、下位階層に属する霊体でも自己の霊波動を高次の次元に合わせる意識を持てば上位階層に一時的に移動することが出来る。霊性進化の遅れている下位階層の霊体も上位階層を覗いて霊性進化の意味を理解出来るようになっているのだ。上位階層の霊性進化した霊体から精妙な霊波動エネルギーを浴びることによって自分の中の未熟な霊波動を活性化する刺激となるということもある。物質世界においては、人生の喜怒哀楽や生活経験を通して霊性進化を進めることが基本となるが、時には修業僧のように集中的な瞑想や感応修業で一気に霊性進化を加速する場合もある。しかし、このアストラル界においては、物質界と同じような苦行修業をすることが出来ない。その代わり、上位霊体の霊波動エネルギーに接して正しい霊性進化への刺激を受けることで霊魂の成長を進める。これから訪れるアストラル界の村には、いかにも物質的な景色とか建物とかに見える物があるが、それらは全てその村にいる霊体たちが想念によって作り出しているのである。中には魔物のような姿をしていたり、鬼に見える者がいたりするが、それらも、たいていは、霊体の想念が生み出している場合と、本人が意識して自分の姿を変えている場合とである。一見すると恐ろしく感じるが、基本的には弱い霊力で強がってみせる為にやっていることだから、恐れることは何もない。では、実際の村々に出掛けてみることにしよう。それには、自分のオーラ光背の色を訪問する村のオーラ光背の色に同調させる必要がある。私のオーラ光背の色が変化するのに合わせて同調させせなさい。訪問する前にオーラ光背の基本的な色について説明しておこう。これは私の主観的な感じ方だから、他の修業者の説明とは違うかもしれないが、青色が強いオーラ光背の者は、知力、創造力、好奇心、探求力、洞察力、予見能力などが優れている者に多く、前生での学者や技術者に見られる。緑色が強いオーラ光背の者は、普遍的愛、音楽感覚、美的感覚、芸術性、自然を愛する心などが優れている者に多く、前生での音楽家や画家や芸能人に多く見られる。赤色が強いオーラ光背の者は、活力、胆力、競争心、闘争心、忍耐力、負けん気、根性などが発達している者に多く、前生でのスポーツ選手や商売人や優れた政治家などに多く見られる。ただし、色合いだけでなく、彩度が高く、鮮やかで、明るい色をしており、やわらかい形に見える者は、やさしさ、慈悲、思いやりに優れて霊性進化しているようだ。オーラ光背の形が丸くきれいで、波やギザギザがない者は、正直で真面目な性質を示しているように感じられる。霊力自体は、オーラ光背の大きさに現れる。霊性進化が進んで霊力が強くなった者ほどオーラ光背は巨大になっていくのだ。こうしたことを知っておけば参考になるだろう。最初に訪問するのは、リュウのもとのオーラ光背に近い青色の知者の村にしてみよう。では行こうか。私に同調させなさい」

ミーユ師はそう言うとオーラ光背から青色の霊波動を放射した。

二　知者の村

ミーユ師のオーラ光背からの霊波動色の変化に合わせて竜一も自分の霊波動を調和させ、後を追った。アストラル界には時空の制約がないが、遠くに見える霊体のオーラ光背の色が青色に変化したことに気付いた。

「リュウよ、ここがアストラル階層の一部で、知者の村と呼ばれる辺りになる。よく見れば気付くと思うが、ほとんどのオーラ光背は青い色をしている。しかし、中には、青色の球体の中に緑がかった帯が入っていたり、ピンク系の帯が走っていたりする者もいる。それは、過去生の経験によってどういう霊性進化を遂げてきたかという結果を示している。緑の帯が入っている者は、以前の人生で音楽関係か芸術関係の体験をし、その感覚を研ぎ澄ましてきた者に多い。ピンク系の帯が入っている者は、過去生で忍耐力とか根性とかを鍛えぬく機会を経験して霊力を高めてきた者に多い。知者の村にいるということは、一番深く経験して会得している霊性進化の内容が、知的な探索による知力だったことを示しているのだ。向こうにいる霊体に少し近づいてみよう」

　ミーユ師は、そう言うと、すーと移動して複雑な研究室の中のように見えるところへ移った。

「お師匠様、ここは何なのですか。何か化学実験室のように見えます。物質世界ではないのに、どうして実験室が見えているのですか」

　竜一の質問に、ミーユ師は、この質問を予期していたように答えた。

「アストラル界は、アストラル体となった霊体が浮遊している世界だが、アストラル霊体はまだ物質世界にいた時の欲望や欲求を引きずっている存在なのだ。だが、物質界ではないので、想念だけで、自分の願望や欲望に従った物質世界に似た世界を作り出してしまうのだ。この実験室の霊体は、おそらく化学研究者だったのだろう。いまだに研究成果の追及を続けたいという思いが強く、自分の想念で作り出した実験室にいると落ち着くのだろう。この霊体は、化学研究でノーベル賞でも狙っていたのかもしれない。今もそれに縛られているように見える」

　ミーユ師と竜一がさらに近づくと、実験室の奥にある椅子に座っていた姿勢の霊体が浮かび上がって寄ってきた。ミーユ師と竜一のアストラル霊体を見ると、嬉しそうである。オーラ光背の霊波動を震わせて話しかけてきた。感応霊波動を送ってきたということである。

「おやおや、お二人とも非常に珍しい方々ですね。お二人は、まだ物質世界に肉体を残したままでこの世界に来られたのですね。それが出来るというのは極めて進んだ霊力をお持ちだ。そういう方は滅多に見かけません。お力のある方々の霊波動に感応するのはとてもうれしいことです。よくおいでくださいました」

この霊体は、そういう波動を送ってきて、再びオーラ光背を震わせた。

「どうして化学実験室のような雰囲気のところに一人で籠っているのですか」

竜一の問いかけに、この霊体が素直に答えた。

「私は、地球での直前の人生で倉橋俊樹という名前の研究者でした。大きな国立研究センターに自分の研究室を持って化学反応の触媒の研究をしていました。何人もの研究生を指導しながら日夜研究に没頭していました。妻と長男、長女の四人家族でしたが、研究室に泊まり込むことも多く、家族と顔を合わせるのは月に数回という研究中毒でした。妻は若い頃に生け花の師範をして生徒に教えたり、自宅の庭にいろいろの花を育てたりしていましたが、私はまったく関心を持ちませんでした。その妻が五十歳前に乳癌にかかったのです。妻はひどく苦しんでいましたが、私は優しい声を掛けることもなく、慰めたり励ましたりもしませんでした。ちょうどその頃、別の大学の教授になっていた大学で同期だった男が新しい画期的な触媒の研究成果を発表し、ノーベル賞級だと騒がれたのです。私は非常に焦りました。妻の病気どころではなかったのです。妻の病状が進み、いよいよ入院することになった時、一度だけ病院に見舞いに行きました。それきりでした。ほとんど研究室に泊まっていました。妻の臨終にも間に合いませんでした。私の対応に腹を立てて、長男も長女も家を出て寄りつかなくなりました。それでも私は、ノーベル賞級の発明が出来ないかと、そればかり考えていました。年をとるにつれて早く成果を上げなくてはと焦るあまり、優秀な研究生でも短期間に成果が出ない者をどんどん切り捨てていきました。定年後は一人暮らしとなり、寂しさをまぎらすために酒におぼれるようになりました。同期生が本当にノーベル賞を受賞した夜には居酒屋でやけ酒を飲み過ぎて警察に保護されたこともあります。最後は認知症になり、特別養護老人ホームで死を迎えました。その時も長男、長女は訪ねてきませんでした。今こうして実験室の中にいると自分が一番集中していた頃に戻れたような気分で苦しさを忘れられるのです。今でも何か大きな発明をしたいという思いが強いのです」

前生に倉橋俊樹といった霊体は、そこまで告白して安心したように傍に見える机のような形の上に腰掛ける姿勢を取った。

「このアストラル界のどこかに前生に妻だった方もいるはずですが、お会いになりましたか」

竜一の質問に倉橋霊体が答えた。

「遠くから見るだけには行きました。前生では花を愛したり、自然を愛していた妻は、農民の村と呼ばれている辺りにいます。妻のオーラ光背は、薄黄緑でした。妻のオーラ光背は私のものより大きく、霊力も強く見えました。早くも次の生まれ替わりに備え始めているようです。たとえ会っても私のことはすっかり忘れているんではないかと恐ろしくて会えませんでした。それ以来、農民の村には近寄っていません。私がアストラル界に戻ってからやっと気付いた真実があります。それは、物質世界のどんな名誉や財産よりも人の命が一番大事だということです。病の妻に寄り添ってやらなかったことに今になって後悔しています。それは私が次の生で代償を払うことになるカルマだと思います。時々、高次元霊界から降り注いでくる霊波動エネルギーを浴びながら、次の生はどんな人生にするべきかを思案しています」

倉橋霊体の答えは、霊界に移動すれば肉体の苦しみや悩みから解放されるのではないかと思っていた竜一にとって、意外だった。霊界は想念の世界だけに、逆に悩みがストレートに意識を苦しめることになると分かったからである。

倉橋霊体から離れた時、ミーユ師が竜一に話しかけた。

「先ほどの霊体のオーラ光背が暗い青色だったことに気付いたと思う。明るく鮮やかな青色でなかったのは、優しさや慈悲が不足しているからなのです。形も少し変形し、縁がギザギザになっていましたね。あれは我欲が強いからです。自分だけ良ければよいという思いがまだ強いのです。同期研究者に対する嫉妬心も克服出来ていないのです。彼は、病気の妻に優しい言葉を掛けるでもなく、同期との発明競争に焦り、最後は酒に溺れてみじめな人生を終えたことのカルマを来生、来々生を通して解消していくことになるのです。カルマを解消しながら、霊性進化を学んでいくことになります」

結局、アストラル界は、想念の世界であるから、自分の本性と真正面から対峙することになる世界であり、竜一は恐ろしいと感じた。

次に知者の村の中でもう一つ別の霊体に会ってみることになった。出来れば、もっと霊力の高い進化した霊体に会ってみたい。ミーユ師が霊波動をやや精妙に変えてゆき、竜一はそれに合わせて感応させ、ついて行った。突然目の前にかなり大きなオーラ光背の球体が現れた。青色が薄く、明るく鮮やかに輝いている。竜一のオーラ光背とほぼ同じ大きさである。球体の中ほどに緑色の帯が走っている。黄色の筋も見える。オーラ光背の中に、若いヨーロッパ系の女性が透けて見えている。優しそうな表情から霊力が高く霊性進化が進んでいるように感じられる。

ミーユ師がアストラル霊波動で語り掛けた。

「突然現れて失礼しました。私たちは、インドで修業している者です。肉体から離脱してアストラル界を訪ねてきました。霊次元の真理をより深く理解するためです。隣にいるのは弟子のリュウです。リュウは元々青系のオーラ光背を持っていた技術者でした。この知者の村に適応した霊波動を持っていました。それで、最初に訪ねてみることにしたのです。あなたは知的能力を高める経験を相当積んでおられるように見えますね。さらに、自然を愛する力にも優れた感覚があり、また、粘り強く物事を深く追求する力にも秀でていると見えます。物質界での前生では、どういう経験をされたのですか」

ミーユ師の質問にこの霊体がはっきりとした霊波動で答えた。

「前生では、私は、イザベラ・ロビンソンという名前のイギリスの考古学者でした。学会ではかなり知られた存在でした。エジプトやイラクなどでいくつもの遺跡発掘に携わりました。次々と遺跡を発見して発掘することに喜びを感じていました。遺跡の中から掘り出される物を分析したり、文化の水準を調べたりするのが仕事でした。過去の文明の跡を明らかにすることはとても楽しいことでした。太古から中世まで、考古学者として学ぶことは無数にありました。知的な刺激を受ける毎日でした。高齢になってからは、イギリス考古学学会の委員長として充実した一生を送りました。こうした知的な活動経験を通して知者の村の中にいると居心地が良いのだと思います。しかし、アストラル界に戻ってから、高次元の霊波動エネルギーを浴びる機会があり、それによって、考古学的な知識の向上だけに目を向け過ぎていたことに気付きました。遺跡の中で過去に暮らしていた人々の感情や喜怒哀楽や生きざまにもっと関心を持つべきだったなと思うようになりました。つまり、遺跡という物体ではなく、そこに生きた人々に焦点を当てるべきだったのです。再び考古学者としての来生を送ることになれば、過去の人々の宗教観や生き方を学びたいと思っています」

前生でイザベラと呼ばれた考古学者の霊体は、前生の経験を語ると、笑うようにオーラ光背を震わせた。

「確かに透き通るような明るく青いオーラ光背から、前生の知的進化が十分に窺われますが、緑色や黄色の帯が走っているのは、どういう霊性進化を示しているのですか」

竜一が色の異なるそのオーラ光背の帯に興味を示して質問した。

「アストラル体のオーラ光背の色が何を示しているのか、私も完全には分かっておりませんが、前々生やさらに過去生の経験から会得した能力が色の異なる帯として波動を作っているのだと思います。過去生のどこかで、私は、山奥の村で暮らしていたことがありました。非常に高い山脈の中腹にある森に住んでいました。そこでは家族を養うために狩りをしていました。高山地帯なので自然に採れる果物や木の実類だけでは暮らしていけなかったのです。そこでは何度も動物たちの抵抗にあって大怪我をしました。ある時、山の奥で三日間粘って待機し、獲物を待ちました。空腹で気が遠くなる寸前に大きな熊が見えました。私は後先考えず、この熊を狩りました。久々の獲物に喜んで運ぼうとしたところに、三匹の子熊が駆け寄ってきました。子供を守ろうと母熊が出てきたところを私が矢を射たらしいのです。まだ生まれて間もない子熊で、母熊が死んだことも理解出来ないようでした。私は、母熊を後で運びに来ることにし、三匹の子熊を縛って担いで家に戻りました。見殺しには出来なかったのです。母熊を狩ったのは自分の家族を養うために必要なことでした。遊びや趣味で狩ったのではないのです。しかし、子熊を見ると猛烈に後悔しました。生きていくことの厳しさと苦しさを感じました。いつもであれば、狩った動物をさばいて肉や皮を取った後の頭とか骨は森の中に返して小動物の餌にするのですが、この時の母熊の頭と骨は家の傍に塚を作って埋め、丁寧に弔ってやりました。三匹の子熊は成長するまで家畜として育てたのです。私の子供たちは子熊と仲良くなり、成獣になって森に帰す際には大泣きしましたが、仕方ありませんでした。いつの日か、この熊たちにまた会って、知らずに狩ることになるかもしれませんが、それも止むを得ないことです。自分のこうした運命を呪いたくなる気分でした。だが、自然とともに生きていくためには仕方ないのです。このことがあってから、私は自分の気持ちを癒すために家の壁に山や森や草花の絵を描くようになりました。いろいろな色の泥や炭を使って何度も何度も描き重ねました。自然の美しさから生きる力をもらいたかったのです。私のオーラ光背の中の緑色の帯は、自然を愛して描いたことで培われた霊力でしょう。黄色の帯の方は、狩りをする時に、死ぬ思いをしながらも粘り強く立ち向かったことから学んだのでしょう。あるいは、他の過去生で戦士だったこともあり、そこでの闘争経験から培われたものが黄色の帯になっているのかもしれません。時空の制約がないとはいえ、私は、アストラル界に戻ってからかなり経ちました。そろそろ次の生まれ替わりの機会を待っているのです。来生では、人に関わる経験をしたいと思います。人を愛したり、慈しむような仕事が出来ないかと思うのです。アストラル界では、欲望や願望や我欲を眼前に現わすことが出来ますが、生まれ替わりだけは、高次元の神仏霊の働きによって定められるらしく、待っている他ないのです」

　イザベラだった霊体の過去生のさまざまな経験を通して霊性進化してきた霊力に竜一は深い賞賛と感動を覚えた。この霊体は、語るべきことは十分語ったと思ったらしく、二人から離れて浮遊していった。

「次は修業僧の村に行ってみようかね」

　ミーユ師がそう言ってオーラ光背の霊波動の色を青緑色に変化させ、竜一はそれに感応して追いかけた。

三　修業僧の村

「この辺りが修業僧の村になる。アストラル階層の中では上から三番目の霊波動レベルになっている。文字通りに修業中の僧侶の多くが集まっているところです。いろいろの宗教や宗派を超えて、まだ宇宙自然の真理を悟るまでに至らない修業途中の者たちが集まっています。この者たちは、霊力や霊性進化の視点では、来生以降でまだまだ数々の経験を積まなければ高次の霊次元には進めないのですが、霊性を高めることに一定の関心を持って取り組んでいることから、霊力はかなり高い者の集まりになっているのです。アストラル界の村の中では、霊性進化の方向が似通っている者が集まって、お互いに刺激し合うことで、アストラル界の中でも霊力を高めたり、霊波動のエネルギーを高位の階層に合わせたりして霊性進化しているのです。宗教は違っても、最終的に目指すところは同じだということをこの村で理解するのです。修業僧のオーラ光背の色が青緑色なのは、知的レベルの青色の霊力がかなり高く霊性進化しており、さらに、美的感覚や自然を愛でる緑色の霊波動の意識が発達しているので、全体として青緑色に見えるのです。その中でも闘争心や忍耐力を過去生で鍛えている者は赤色のオーラ光背も発達させているので、少し青黄緑色に見えます。向こうから誰か浮遊してきますね」

ミーユ師の説明が終わったところに竜一のオーラ光背より一回り大きいオーラ光背の球体が近づいてきた。きれいな丸いオーラ光背で、明るく澄んだ青緑色をしており、しっかり修業を積んでいることが窺える。その人物は、二人の近くまでやってくると、深々と頭を垂れた。半透明なアストラル体のその姿は、どこか中世の修道院の僧のように見える。

「良くおいでくださいました。お二人が特別な修業中の高僧であることは見て分かりました。私は、直前の前生でサルヴァドール・マルティネスと呼ばれていたスペインの修道僧でした。その前の過去生にも何度か修道院で働いておりました。修道院ですからお祈りや瞑想の他に聖書を学んだり、賛美歌を歌ったりしますが、多くの時間は、野菜を作ったり山羊の世話をしたりしていました。中世の修道院の多くは自給自足をしていましたので、農民と変わらなかったのです。もっとも、自然相手の野菜栽培ですから、自然に対する感謝や畏怖の念は十分培ったと思います。しかし、霊次元を含む大宇宙の真理を悟るにはまだ程遠い段階にあります。このアストラル界に戻って高次元の霊波動エネルギーに接する機会が多くなり、自分の霊性進化を早めなければと感じています。だが、普通の生まれ替わりを通じて、生活しながら霊性進化していくのはとても時間が掛かります。お見かけしたところ、お二人は肉体を物質界に残したままでこの世界を訪問されています。今まさに修業中だと見えます。それなのに、お二人のオーラ光背は美しく白く輝いています。アストラル界の最高階層にある聖者の村におられる霊体方は同じように美しい白に輝くオーラ光背を纏っていらっしゃいます。お二人は聖者のレベルにまで修業され、今も続けておられる。私が来生でどういう修業を行えば、お二人のように霊性進化を進めることが出来るのでしょうか」

前生でサルヴァドールと呼ばれていた霊体は期待するかのように十字を切った。この霊体のオーラ光背の大きさからして、既にかなりの霊力があるのだが、霊波動としてはまだ高次元の波動が弱いと感じられる。長年修道僧だったらしく知的進化や自然観の進化は進んでいるが、強靭な精神や粘り強さが足りていないのだろう。

ミーユ師はしばらく考えていたが、それからゆっくり静かに霊波動を震わせて語りだした。

「高次元の霊性への進化を焦る必要はありません。幾多の生まれ替わりを経て、さまざまな経験を通して学んでいけばそれでよいのです。しかし、速やかに霊性進化を進めたいと思うことは悪いことではありません。霊性進化は、我欲を克服して高徳な利他の精神に満ち満ちた霊体となることです。それにはアストラル界よりさらに上位の高次元霊界から降り注ぐ精妙な霊波動を十分に取り込むことが必要なのです。アストラル体が発する霊波動は、多くが欲望や我欲の実現を求める霊波動です。自分の霊魂の霊波動の中に、アストラル界より上位の次元からの高尚で神聖な霊波動を常に取り込むことで霊性進化は早められます。それには、瞑想中に単に無心になるだけでは不十分なのです。無心夢想となった心の中に霊界からの霊波動エネルギーを取り込むのです。瞑想を続けているうちに徐々にそれが出来るようになります。次の段階では、霊波動の中でも高次元の霊界から降り注いでいる霊波動を取り込むように意識します。自分の霊魂を高次元の精妙な霊波動で満たすようにするのです。それによって我欲や欲望を克服していくのです。ただ、瞑想だけでは霊性進化としては足りないところがあります。それは、強い意志やたぎるような熱意や苦難に耐える忍耐力を養うのには瞑想以外の経験が望ましいからです。我々は、その苦行として滝に打たれる滝業を取り入れました。命を懸けての厳しい修業ですが、精神力を鍛えるのに効果があるのです。また、自己の霊波動を自由自在に操れるようにするにも滝業は効果的です。隣にいるのは私の弟子のリュウです。当初は知的な霊力だけが優れている研究者でしたが、この五年の修業でアストラル体を離脱させられるまでになりました。大自然と感応する力を養い、死ぬ思いの中で滝に打たれ続けた結果、かなり白に近いオーラ光背を身につけるまでにバランスよく霊力を高めました。もちろん、これで十分ということではありませんが、高次元の霊波動エネルギーをしっかり取り込めるようになったのです。それは霊性進化して高次元霊界に移行するために必要なことです。あなたは修道院で十分に修業されたことが霊力の強さから分かります。それだけの霊力があれば、何がまだ足りないかに気付いておられるでしょう。来生では、同じような修道院で似たような修業を続けるより、むしろ、足りない霊力を習得できる環境に身を置く方がバランスの良い霊性進化へと進むでしょう。そのことは、生まれ替わりを差配されている高次元霊界の神仏霊がご承知です。一番良い機会がもたらされることでしょう。待つことも修業です」

ミーユ師の励ましの言葉に、前生でサルヴァドールだった霊体は感激してオーラ光背を脈動させた。

この霊体が遠ざかっていった時、竜一はミーユ師に尋ねた。

「今の霊体のように、霊性進化をしたい、効率的にバランスの取れた霊性進化をしたいというのも欲望あるいは願望となります。アストラル体の霊魂が求めている我欲と言えるでしょう。その我欲を追求していくことで、霊性進化し、我欲を克服することになるというのは矛盾にならないのですか。自己の欲望を追求することは悪いことなのか、それとも必要なことなのか。その点がはっきり理解しにくいのです」

竜一の質問にミーユ師のアストラル体は頷いた。

「良い質問だね。我欲とか欲望とか願望とかを追求することは悪なのかというと、そうではない。人としての霊性進化の段階は非常に長い年月をかけて進んでいくものだ。霊性進化の初期では、他人に勝ちたい、他人を出し抜きたい、自分が褒められたい、自分が多くのものを手に入れたい、他人から崇められたい、他人を服従させたい、などの我欲や願望があるからこそ、人は必死に何かをやり遂げようとするのだ。それは我欲でもあるが、意欲でもある。そういう意欲がない者は、苦難に耐えることが出来ないし、無気力の世界に沈んでしまい、何の霊性進化もしなくなるのだ。我欲であっても、その欲望を達成して手に入れた者は、達成した者の境地から次の世界を見ることが出来る。そして、次の欲望に挑戦する。そうやって人は初期の霊魂の霊力を高めていくのだ。我欲や闘争心、競争心は純粋の悪ではなく、自己の初期の霊性進化に必要なものなのだ。そうやって何度か欲望を達成していくうちに、他人に対してその他人が喜ぶことを行った時に喜びや満足感を覚えるようになる。最初は家族に対して、それから友人に対して、さらに見知らぬ他人に対しても利他の喜びを感じられるようになっていく。それを続けていくうちに徐々に我欲が薄れていく。そうなってから、もっと利他を追求しようとすれば、一層自己の力を高めていかねばならない。利他のために自己の力を高めたいという願望は正しい霊性進化の上に乗った願望であり、我欲とは違うのだ。高次元霊、例えば観音菩薩様や釈迦如来様が地上の人々の幸せや争いのない世界を望んで正しい霊波動を送ってくださることは、その方々の我欲を追求していることにはならないのと同じなのだ。利他の精神を高めるために自己の霊力を霊性進化させようとするのは我欲ではなく、高尚な意志なのだよ。我欲とは、霊魂が持つ意志の中で、他人に悲哀や害をもたらしたり、自己の肉体に害をもたらすことを実行しようとすることを言うのだ。他人を蹴落とそうとする出世欲や体に悪いと知っていて飲酒に溺れる悪癖などが我欲ということになる。そうした我欲でさえ、霊性進化が進んでいない者には時として必要な場合もある。悲惨な思いを経験することで次によりよい経験を積むことが出来るということでもある。大いなるカルマの真理は、そういう無限の規模で回っているのだよ。このアストラル界でも中ほどの階層より上にいる霊体は、正しい霊性進化に早く向かいたいと思っている。後で見るように、下層の階層にいる霊体ほど霊性進化から外れた途中をさまよっていることが分かる。このサルヴァドールだった霊体は既に正しい霊性進化の道を進んでいる。まったく心配はいらない」

いつものようにミーユ師の説明は難しいが、既に修業を重ねている竜一には予想外ではなかった。

「もう一人、別の霊体に会ってみるとしよう。まだそれほど霊性進化が進んでいない修業僧がよかろう」

ミーユ師がそう言って霊波動を揺らした。しばらくすると、すぐ傍に小さな青緑色のオーラ光背が現れた。オーラ光背の下半分が赤色の太い帯となっている。ミーユ師が竜一に「この霊体は、修業僧の村にいるが、まだ霊性進化はそれほど進んでおらず、霊力も弱く、アストラル階層の中間より下のレベルに属しているのだよ」とささやいた。このオーラ光背の青緑色は精彩がなく、少し濁っているように感じられる。オーラ光背と重なるように半透明の霊体が浮遊している。その姿は、東南アジアの仏教僧のようである。印象かららすると、多分タイの僧侶ではないかと竜一は思った。

「あなたは修業僧の村の中でも下層のところに留まっていますが、どういう経緯でここに待機されているのですか」

ミーユ師が霊波動を震わせて率直に質問した。

「皆様のような高僧の方にお会い出来てうれしいことです。高度に霊性進化した霊体からの霊波動エネルギーに接すると非常に癒されます。私は、直前の前生でバークリック・シリラックと呼ばれていた僧侶で、タイ王国の僧院に暮らしていました。親は貧しい農家だったので、七歳の時に近くの僧院に出されました。十歳になると年上の僧侶と一緒に近くの村々を回って托鉢することも仕事の一つになりました。十五歳になると、時々は一人で托鉢に回るようになりました。十七歳の時、一人でかなり離れた村まで托鉢に出掛けました。貧しい農村地帯で道は整備されておらず、雑草に覆われた細い道を進んでいました。その時、うっかり隠れていた毒蛇のしっぽを踏んづけてしまったのです。ぱっと起き上がった毒蛇にふくらはぎを噛まれてしまいました。傷口からすぐに毒を吸い出そうとしましたが、上手に吸い出せませんでした。足を引きずりながら、やっとの思いで目指していた村に着いた時には瀕死の状態で、村人を目にした途端気を失ってしまったのです。その日は、幸運にも、その村に医師が回診に来ていました。私は直ちに医師の手当てを受けられたらしいのですが、気を取り戻した時には、粗末なベッドの上に寝かされており、右足は膝から下を失っていました。切断された傷口が猛烈に痛み、痛みで何度も気を失うことを繰り返しました。一カ月して傷が癒えると荷車で僧院まで運ばれて戻ったのです。それ以来、松葉杖を突きながら雑用をしたり、近くの村への托鉢も続けました。タイの僧院は国の加護もあり、市民からの喜捨も盛んなので、僧侶は生活に困ることはありません。しかし、障害者となった体には読経や瞑想の修業が何倍もつらいものでした。経典を読み、意味を学び、解釈する知的修業は楽な姿勢が取れるので一番気に入っていました。こんな体になったにもかかわらず、僧侶だったために食うに困らなかったことを御仏に感謝しなければならなかったのですが、私は、毒蛇に噛まれたことを不運として運命を呪う気持ちを克服出来なかったのです。障害者としての劣等感から逃げ出したくて、二十代の半ばから、仏画を描くようになりました。釈迦如来像や観音菩薩像を熱心に描きました。仏画を描いている時は、劣等感を忘れることが出来たのです。自分が描いた仏画の中から、高貴な大師方の精妙な霊波動が流れてくるように感じたこともありました。こうして高齢になるまで同じ僧院におりましたが、思ったような修業は出来ず、いまだに貧弱な霊力しか身についておりません。肉体を離れてアストラル界に戻ってから、肉体の障害者からは解放されたのですが、いまだに卑屈な思いは消えません。この修業僧の村の低層にいて、自分のオーラ光背の粗雑な霊波動の未熟さに思い知らされています。この村の多くの霊体は、かなり修業が進んだ者たちで、私と違って立派なオーラ光背に包まれています。見ればお二人は、肉体をまだ物質界に残したままでアストラル界に来られています。そんなことが出来るのは、極めて霊力の高い霊性進化した修業者だけだということは知っています。この私が、お二人のように大きく白く輝くオーラ光背を纏うようになるには、どういう修業を来生で行えば良いのでしょうか」

前生でタイ王国の僧侶でバークリックと呼ばれていたこの霊体の悩みは竜一にはよく理解出来る。数年前まで同じ悩みを抱えていたからである。だが、自暴自棄にならずに霊性進化に向かおうとしている意志は賞賛される。竜一はミーユ師が答えるのを待った。

「あなたはタイの僧院で一生を修業に捧げてこられました。瞑想し、経典を読み、読経し、仏画を描き、不自由な足で托鉢もしました。だからこそ、あなたのオーラ光背は、知的な青と芸術的な緑に染まっているのです。修業僧の特徴である青緑色のオーラ光背なのです。あなたのオーラ光背の下部に赤色の広い帯が走っているのは、片足の障害がありながら、托鉢したり、瞑想したりと苦難に耐えたからなのです。忍耐力が大いに養われたからなのです。ただし、オーラ光背が大きく広がっていないのは、それ以前の過去生での霊性進化が進んでいないからです。過去生でどんな人生を過ごしていたかを覚えていますか」

ミーユ師の質問に、このバークリックだった霊体が頷いて答えた。

「たしかに前生からさらに前の過去生での経験はあまり覚えておりません。心に響くような経験をしていなかったと思います。一度は農奴だったことがあるようです。奴隷の戦士として戦った時もあるように思います。何か人のためになるような仕事に就いていた記憶はないのです。前生のタイの僧院での経験が全てのように思えます。遠い過去生では動物のような暮らしをしていたのかもしれません」

「それで良く分かりました。霊性進化を進め、霊力を十分に高めるには、何度も何度も生まれ替わりが必要になるのです。それも正しい霊性進化に向かって人生を全うしなければ霊的には進化しないのです。あなたの霊力が高まるように正しく霊性進化していくのはこれからです。焦る必要はありません。今のあなたのように正しい道に踏み出したいと思っていれば、必ずよりよい生まれ替わりが用意されるのです。生まれ替わりは、自分の思うようになることはありませんが、高次元の神仏霊たちが一番よいと思う来生を用意してくださるのです。おそらく、あなたには三つの可能性があると思います。一つは、厳しい僧院で再び僧侶として修業を続ける来生が考えられます。それは五体満足で、高次元の霊波動を取り入れ、自分の霊波動を自由自在に操れるようになるまで修業する道です。二つ目は、画家か音楽家になって芸術性を高める来生です。前生での仏画の追及で芸術性の能力が目覚め始めています。それをさらに伸ばすことで精妙な高次元の霊波動に近づくのです。三つめは、可能性は低いのだが、何かのスポーツ界で活躍する人生です。スポーツ界で活躍するには、単に肉体の頑健なことだけでは不十分です。強い精神力、闘争心、自分の心に打ち勝つ克己心、厳しい練習に耐える忍耐力、さらには競争相手を讃える度量までもが必要になります。それによって赤いオーラ光背が強くなります。オーラ光背全体に赤色の霊力が広がり浸透し、全体が白に近い鮮やかなものに変わっていくでしょう。どういう来生が用意されるか分かりませんが、いずれであっても望ましい霊性進化が期待されるのです。修業僧の村の上位階層にいる霊体たちは、皆が、これまで幾生も掛けてコツコツと霊性進化してきているのです。どんな職業に就くことになっても、その人生を必死に真摯に正直に全うすることが正しい霊性進化の道になります。あなたにはきっと素晴らしい来生が用意されると思いますよ」

ミーユ師の言葉に、この霊体は半透明の手を合わせて合掌し、軽く頭を下げて感謝の意を示し、嬉しそうな顔で去っていった。

「今の霊体を見ても分かりますが、霊力の強弱は違っても、この修業僧の村に属している者は、正しく霊性進化し、高次元の霊界に上っていきたいという純真な意識を持っています。こういう者は、来生がどんな人生となり、どんな職業に就くことになっても、その中で真剣に努力し、霊性進化の道を歩むことは間違いないでしょう。利他や慈悲、周囲や社会への献身、高徳な理念などを身につけることでしょう。この点では、一度は一生をかけて修業者の経験をすることは極めて有効なのです。しかし、その場合には指導者が正しい道を教えられる導師でなければなりません。物質世界で宗教者と自称する実際の指導者には自ら修業して宇宙大自然の真理を会得している者は極めて少ないのです。先人の導師の教えについて、その理屈だけ自分のものにしたように思い込み、真理を悟るに至らないのに他人を惑わす指導をしている者が多いのです。高次元の神仏霊が定めた望ましい来生での人生を歪めて指導しているので、霊性進化の上では、極めて悪質な行為なのです。霊性進化は、本人が望んで進まなければ達成出来ません。霊的には未熟なレベルの者を無理やり引き込んで間違った教えを吹き込むことは、霊的な詐欺にあたります。我々は、真に覚醒するまでは弟子や信者を持つべきではないのです。もちろん、修業の道に入ろうとすること自体は悪いことではありませんが、その準備が出来ていない者が修業の道に入っても却って害になる場合が多いのです。霊性進化の上で、修業の道に入る準備を整えるには、物質世界の幾多の人生のいろいろの仕事の喜怒哀楽を通して、辛抱する力や悲哀を克服するすべや、苦難を超えて何かを達成する喜びや人の為に尽くすことの楽しさを悟ることが必要なのです。今の人生の苦難から逃げようとして宗教界に入っても決して救われたりしないのです。また、そういう者を救済と称して信者にする宗教は実際には霊性進化を妨げているのです。ましてや、近年のカルト宗教のように信者から金品を集めようとする宗教団体は、宗教の名をかたる詐欺集団だと言えるのです。この大宇宙の真理を教えるということは本当に難しいことであり、準備が出来ていない者に教えようとすると、たいていは害になるのです」

ミーユ師の言葉に、竜一は、正しい修業の道を進むということは、今の人生において与えられた機会や職業を真剣に全力で全うすることなのだと改めて確信した。竜一は、この修業者の村の霊体たちが、生まれ替わりを待ち望んでいるのは何故かと思った。

「お師匠様、この村の霊体たちは、次の生まれ替わりの人生を待ち望んでいるように思われますが、このアストラル界から苦難の多い物質界に戻りたいと思うのはなぜなのですか」

竜一の質問にミーユ師が答えた。

「これもなかなか良い質問だよ。物質界での人生を終えて、つまり、亡くなってアストラル界に移行すると、物質的な苦難から解放され想念で実現出来ることを楽しむ。しかし、しばらくアストラル界に留まっていると、それは非常に物足りなく感じるようになる。肉体上の体験は、霊次元での霊波動に感応する修業に比べて、深く濃い修業になるので、苦難は多いとしても逆にそれを渇望するようになるのだ。つまり、物質界での苦難の多い体験が霊性進化を強力に促すことになるのです。それは霊性進化の自然なプロセスとして未知なる力によって構築されていることなのです。特に、修業僧のように霊性進化を求めている霊体は、再び物質界で苦難を体験したい、早くその日が来ないものかと思うのですよ」

ミーユ師の答えは、竜一にとって、霊性進化の宇宙のプロセスの不思議を一層感じさせた。

「地上の人々は、たいてい、苦労の少ない人生でありますようにと祈ったり、苦労が続くと耐えられないと感じたりします。それでも、物質界での人生の苦労は望ましいものなのですか。親鸞のように『我に艱難辛苦を与えたまえ』という境地にあるのは既に霊性進化が進んでいる一握りの人だけだと思われます。それでも、誰に対しても、苦難の多い人生はその意義があると言えるのでしょうか」

竜一の再度の質問にミーユ師が頷きながら答えた。

「アストラル界に留まっていた時には、苦難が多くても物質界に戻って激しい体験をしたいと思うのだが、霊性進化途上のほとんどの人たちは、地上に生まれ替わった途端、アストラル界での問題意識を失ってしまい、安穏な人生を望むことになる。だが、それでは霊性進化の歩みは遅々としたものになる。苦難に耐えて乗り越えることが霊性進化を一歩進めるのだ。例えば、親の遺産で何の苦労もない放蕩な人生を送れば、その者は来生で再びゼロから霊性進化に挑戦することになるので、解脱に至るまでに遠回りするだけとなる。親の遺産が多いなら、貧しい人々や障害のある人たちや病人に対して救いの手を差し伸べることに使えば、それが利他の心を育てるので、霊性進化を促すことになる。物質界での人生の苦労を受け止める力や他人を思いやる慈悲心を育てることが地上界に生まれ替わる意味なのだ。もっとも、それに気付いている者は既に相当に霊性進化が進んでいると言えよう」

ミーユ師の説明は、竜一にとって、表面的には分かりやすいが、根本のところで難しいと感じる。

「さて、次は教師の村に行ってみようか。この村もある程度霊性進化が進んでいる者たちが集まっているから、安全だし、良い話が聞けるでしょう」

ミーユ師が教師の村に向かって霊波動を調整し、竜一がその後に続いた。

四　教師の村

「教師の村は、アストラル階層の中の上から二番目から四番目までの階層を貫いて広がっている霊域です。教師の村の霊体は、やや緑色が強い緑青色のオーラ光背を纏っている。

子供たちを慈しむ気持ちが発達していくので、愛情深くなり緑色の霊波動が強くなるからだろう。もちろん、教師として人に何かを教えるには自分の知力も鍛えなければならないので、青色のオーラ光背も強くなる。子供に教えることは利他に他ならないし、子供の成長を願う心は慈悲や美徳に通じるので、この村の霊体のオーラ光背はほとんどが極めて大きく発達している。例外もあるが、それは後で見てみることにしよう。最初に第二階層にまで進化している霊体を呼び寄せてみよう」

ミーユ師はそう言うと、緑青色の霊波動を強く放射した。

ミーユ師の霊波動に感応して明るく鮮やかな緑青色のオーラ光背の球体が現れた。ミーユ師のオーラ光背とほとんど同じ大きさである。緑青色だが、その色合いは薄く、白色に近づいているように見える。霊性進化も霊力も相当な水準にあると思われる。この大きなオーラ光背の中に几帳面に背広を着て真面目そうな中年の霊体が浮かんでいる。東洋系の顔立ちだが、前生がどこの国だったのかは分からない。

この霊体は、近くまで来ると、にっこりと笑って挨拶し、自分で話を始めた。

「よくこのアストラル界を訪問されました。肉体を離脱して生者がアストラル界を訪れるのにお会いするのは初めてです。肉体を持っていた時に私にはとてもこんなことが出来る霊力はありませんでした。厳しい修業を続けている途中であることが窺えます。お二人のような方にお会いして、私も力づけられます。私は、直前の前生を韓国の教師として過ごしました。その時の名前は、キム・ユジュンと呼ばれていました。私はその前の過去生にもエジプトで教師をしていました。子供たちが好きですし、子供たちに教えることが好きなのです。それなのに、前生の韓国での教師生活は悔やまれることがありました。このアストラル界に戻って、どうして以前に子供たちに自然の愛を持って接することが出来なかったのかと悔やまれてなりません。前生当時の韓国は、猛烈な進学競争の世界でした。有名な大学に入ることが人生の成功の切符だと思われていました。私は中学校の教師だったのですが、中学校の頃から選抜意識が始まりました。生徒は、同級生に負けまいと頑張ります。同級生の成績が落ちると喜ぶ者も出てきます。教師は、有名高校に何人合格させられるかを競います。それもクラスごとの競争で教師の評価が決まるのです。私は、本当は、子供たちに人を愛する心やみんなと力を合わせて成し遂げる喜びを教えなければならなかったのに、有名校に合格する数を増やすことばかりに追われました。私が五十歳を過ぎてベテラン教師として一目置かれるようになった時です。私が教えたそれまでの教え子に比べても一番優秀に思える生徒を担任しました。その子を学年で一番の成績にしようと考えたのです。他の子供たちを少しなおざりにし、その子の指導や宿題や特別カリキュラムまで用意しました。その子も自分が特別なんだという意識を持つようになり、両親の期待も大きくなり、成績も抜群に伸びていきました。その結果、少し離れた地域にある超有名高校に合格したのです。私は、後は、その子がさらに頑張って超一流大学に入るものと期待しました。十分にそれが可能な成績でした。私もそれほどの教え子を担任出来たことを誇りに思っていました。ところが、この生徒は、いずれも成績優秀者ばかりを集めた有名高校の中で少しずつ成績が伸びなくなりました。それでも極端に悪くなったというのではないのです。クラスで一桁くらいの成績だったらしいのです。だが、中学時代に圧倒的に学年一番だった子にとっては、悪夢の始まりのようだったのでしょう。この子は、超一流有名大学を受験しました。そして、合格発表の日、自分の名前を見つけられなかったことで、その夜に自殺したのです。そんなことで自殺するなんてと思うでしょう。浪人しても良かったのです。ですが、誰にも負けるはずがないと思い込むように教えたのは私なのです。その子の葬式には中学の同級生が一人も現れませんでした。勉強ばかりしていて友達も出来なかったのです。そういう風に追いやったのは私なのです。一流有名大学に入れなくても世の中で一生懸命に生き、世間に献身する道は無数にあります。私もそのことは十分に分かっているつもりでした。それなのに、実際の教育の場で、なぜ生きるということの本当の意義を教えられなかったのか。教師として受験競争に勝つことが自分の力量だと勘違いした結果が若者の輝かしい未来を壊してしまいました。私には、その子をもっと愛情を持って温かく優しく見守ることが出来たのです。その子にたくさんの友達が集まるように指導することが出来たのです。それが出来なかったのは、あるいは、それをしなかったのは、私のエゴであり、我欲であり、歪んだ欲望だったのです。私は、教師として定年になるまでも定年となってからも、このことを後悔しました。アストラル界に戻って、教師の村に留まるようになると、そのことばかりが自分を焼き尽くすような思いなのです。子供たちを愛したり、子供たちの成功を願ったり、子供たちの笑顔を見ることが大好きだったはずなのに、どうして純粋な気持ちの教師として全う出来なかったのか。これこそは、私が来生で乗り越えなければならないカルマなのだと思います。子供たちを、そして、人を愛することは、ある意味では簡単なのです。正しく愛することが難しいのだと感じるのです。お二人の白く輝くオーラ光背を見て、何かご指導いただけないかと愚痴のような話をしてしまいました」

　このキム・ユジュンだった霊体の話は、人の霊性進化という観点で大きな壁を感じさせた。正しい霊性進化とは何かを問われるのである。利他と言っても、我欲の思いが隠された利他は真の利他にならないことがあると教えてくれた。自分では必死に生きているつもりでも、かならず失敗や後悔を重ねることもあるのだ。それを何度も学び、学び直し、カルマを克服してから霊性進化の高次元に至るということなのだと知って竜一は恐ろしいことだと思った。一度や二度の人生で悟りに至ることはあり得ないと教えてくれたのである。

　ミーユ師が、考え考えしながら、この霊体の話に応えた。ミーユ師にとっても自分に近いほどに霊性進化した霊体への指導は注意深くしなければならないのである。この相当に霊性進化した霊体に対して、ミーユ師は丁寧に語りだした。

「あなたは前生の経験から大切なことを学びました。家族のことを思ったり、周りの人のことを思ったり、子供たちのことを思ったり、そうして相手に良かれと思うことを行うのは、善意であり、慈悲であり、利他であります。ここで難しいのは、良かれと思うことが正しいものかどうかということです。虎は我が子が生き抜くだけの力を身につけるように、わざと我が子を谷底に突き落とすという故事があります。良かれということは、安穏な生活に陥るようにすることではありません。病気や災害で人々が苦しんでいる時、高次元の神仏霊は簡単に救いの手を差し伸べることはありません。他人から安易に助けられると、苦難を乗り越えて霊的に成長する機会を奪われるのです。物質界では特に強烈な艱難辛苦に直面します。霊界では、自分の意志で欲望に沿った姿を眼前に現わすことが出来ますが、物質界では意志だけではなく、行動を伴って時間をかけて実現させることになります。艱難辛苦の克服も行動によって時間をかけて乗り越えていくことになります。一生かかるということもあります。それでこそ、霊性進化がしっかり進んでいくのです。自分で、自分の意志で、行動してこそ、霊性進化が進むのです。我々は、自分の利他の行動が安易な余計な世話なのか、真に相手の霊性進化を手助けすることなのかを正しく判断出来る霊力を身につけた時、初めて真の利他の境地へ至るのです。しかし、未熟であっても、利他のつもりで他を助ける行為は悪ではありません。何度か後悔したり、良い結果につながらない経験を通して、我々自身も正しい利他を学ぶのです。あなたは、前生の経験から貴重なことを学んだのです。それはあなたの霊力を高めた結果となっています。前生でやってきたことに誇りを持って進んでください。あなたの霊力は高次元の霊界に進めるほどに強くなっていますが、辛抱する力や諦めない力、あるいは胆力とかが少し弱いように思われます。来生では、子供たちに望ましい教育制度を作り出す政治家として胆力を鍛えられると白く輝くオーラ光背へと霊性進化出来るのではないかと感じます。神仏霊のお力が、あなたに一番ふさわしい来生をご用意してくださるはずです。今は、高次元から降り注いでいる霊波動をしっかり取り込んで来生に備えるようにしてください。良い来生をお祈りします」

ミーユ師の励ましの言葉に、前生でキム・ユジュンと呼ばれていた霊体は、オーラ光背を一瞬輝かせて喜びを表した。竜一は、利他の概念は思っているより難しいものだと思った。貧しい者たちにお金を恵むのは、慈悲であり利他であると思っていたが、場合によっては、その者が貧しさを自分で解決することを妨げていることもあるのだ。正しい霊性進化の道へと人を向かわせることは本当に難しいことで、未熟な者が安易にばらまく利他は、実は霊性進化にとって害になるかもしれない。ミーユ師がやっているように、それぞれの霊体のオーラ光背をじっくり観察し、その者の進むべき道を理解した上での利他でなければならないのだと竜一はまたまた学んだ。

「今度は、教師の村で上から四番目の階層にいる霊体を呼んでみようか。いくらか粗雑な霊波動の霊域に降りていくことになる」

ミーユ師は自分のオーラ光背を一度暗い緑青色に変化させ、その霊域で浮遊している霊体を引き寄せた。竜一のオーラ光背の半分ほどの大きさで、暗い緑青色のオーラ光背を纏った霊体が近寄ってきた。オーラ光背の球体は少し歪んでおり、頭の周りの周辺にはギザギザの割れ目まで入っている。教師の前生経験はあるとしても霊性進化をそれほど進めるには至らなかったようである。

「初めまして。どうぞよろしく」とその霊体は霊波動を送ってきた。一応の礼儀作法は心得ているようである。

「こんにちは。我々は修業のため肉体を残してアストラル界にやってきたのです。あなたのオーラ光背を見ると、前生で教師をしていたことが分かりますが、決して楽しいものではなかったように感じられます。何か苦しいことがありましたか」

ミーユ師の問いかけに、この霊体は、話し相手が出来てうれしい様子で語り始めた。

「よく聞いてくださいました。私は、直前の前生ではアメリカ合衆国のシカゴ郊外にある小学校で美術や工作の教師をしていたジェーン・トンプソンでした。その前の過去生のことはよく思い出せないのですが、たぶん漁師か農場奴隷だったように思います。働いていた小学校は、白人の子供と黒人の子供が半々くらいの平均的な学校でした。担任するクラスと専門の科目とを教えていました。その学校で、私は、どういうわけか、黒人の子供を好きになれませんでした。どうしても、白人の子供たちには優しく、黒人の子供たちには厳しく当たってしまいました。宿題を忘れてきた子への罰も、白人の子と黒人の子とで差別をしてしまうのです。子供たちは実に敏感ですから、私が黒人を嫌っていることに気付いていました。アジア系の子供やメキシコ人の子供に対しては差別することはなかったのですが、黒人の子供に対してだけ厳しく当たるようになりました。中年のベテラン教師となった頃、黒人の子供で極めて成績の良い男の子を担任することになりました。ほとんどの白人の子供たちより成績が良いのです。スポーツも非常に得意でした。優等生だったのです。それでも私は、彼を嫌っていました。黒人の優等生は劣等生よりもっと受け入れられなかったのです。私が彼に厳しく当たるので、白人の子供たちも私の真似をして彼を無視したり、罵ったりするようになりました。翌週にスポーツ大会があるという時、私はクラス対抗のリレー選手から彼を外したのです。本当は一番足が速かったのですが、バトンの渡し方が下手だとか嫌味を言って除け者にしたのです。翌日、その子は、父親の拳銃を持って登校してきました。朝の一時間目の始業直前に教室に現れた彼は、いきなり私に向けて発砲しました。私は即死しました。アストラル界に来てから分かったのですが、彼に意地悪していた白人の子の内の五人も殺害され、三人が重症を負いました。彼は、その場で、自分の頭を撃って自殺しました。今では彼はアストラル体となってアストラル界の下層にいますが、会いに行く勇気はありません。このアストラル界に戻ってから、私は教師でありながら、なぜ、黒人の子供たちをあれほど嫌っていたのだろうと自問しています。この教師の村には、前生で教師だった霊体がほとんどですが、私よりはるかに優れた教師だった人たちばかりで、霊力も強く、霊的にも大きく霊性進化されています。私には何が問題だったのか。どうすれば良かったのか。来生ではどうすれば良いのか。そればかり気になっています」

　ジェーンという教師だった霊体の話は、子供の発砲事件として大きなニュースになったような出来事だが、本人は、その原因を自分が作ったと後悔しているのである。こういうカルマはどのように解消されていくのであろうか。竜一は、ミーユ師のコメントに期待して師に顔を向けた。ミーユ師は、この霊体のオーラ光背をじっと透視するように眺めてから、話を切り出した。

「そうでしたか。凄まじい体験でしたね。あなたの霊波動から感じられることをお話ししましょう。過去生のどこかで、おそらく前々生だろうと思いますが、あなたは大きな農場の黒人奴隷の一人でした。体の大きな頑健な男性でしたが、少し動きがのろいところがあり、たびたび農場主から鞭打たれていました。他の奴隷に比べても格段に厳しい仕打ちを受けていました。二十代の半ばになったある日、主人が作業の監督にやってきて、暑い日だったので、上着のスーツを脱いで近くの木の枝に掛けました。しばらくして十五歳になった主人の娘がこっそり近づいて主人のスーツから財布を取り出してお金を盗んでいきました。小遣いが欲しかったのでしょう。あなたはたまたまそれを目撃しましたが、黙っていました。夜になって、お金が足りないことに気付いた主人はあなたが盗ったと思い込みました。スーツの近くで作業していたのはあなただったからです。だが、あなたは娘の仕業だとは言いませんでした。その夜のあなたへの折檻は死ぬ寸前の厳しいものになりました。起き上がれるようになるまでに二日間もあなたは臥せっていました。起き上がれるようになった夜、あなたは娘の寝室に忍び込んで、娘を暴行し、殺害してから、逃亡しました。猟犬に追われ、あなたは三日後に捕まえられました。そして、直ちに縛り首にされました。逃げている三日の間、あなたは娘を殺したことに非常に苦しみました。赤ちゃんの頃から目にしていて、世話することもあった子供だったのです。どうして主人ではなく、娘を襲ったのか、自分でも分からなくなりました。自分が本当に嫌になったのです。黒人でいることが嫌になったのです。どうして自分は黒人に生まれてしまったのか。逃げる途中で死ぬことも何度も考えましたが、死ねなかったのです。縛り首になる時は、むしろほっとしていました。前生で白人の教師となり、黒人の児童と対峙しなければならなかったのは、カルマの清算をする機会を与えられたのです。黒人の児童に銃殺されたことで、カルマの一部は解消されましたが、黒人が嫌だという思いは清算されていません。来生以降で清算すべきカルマとなっています。どのような来生になるかは、上位の神仏霊が選んでくれることになりますが、あなたはどんな来生を望んでいますか」

ミーユ師の質問に、前生でジェーンだった霊体は、即座に答えました。

「出来ることなら、もう一度、アメリカ合衆国の黒人教師として生まれ替わり、黒人の多い学校で正面から生徒にぶつかって教えてみたいと思います。黒人の生徒も白人の生徒も区別なく、分け隔てなく、愛情一杯で教えられる教師になりたいと思います。そうして黒人だった過去の忌まわしいカルマを克服したいと思います。出来るでしょうか」

「望んでいる通りに生まれ替われるとは限りません。しかし、ものごとは、そうしたいと思った時には既に半分を達成していると言われます。思わないことや願わないことは達成出来ません。思いを達成したいという意志を持った時には、達成するための道の半分まで来ているのです。必ず、あなたが望んでいるような人生を迎える時が来るでしょう。そして、過去のカルマを克服して、次の霊性進化の段階へと進んでいくことが出来るでしょう」

ミーユ師の言葉に励まされて、この霊体のオーラ光背は跳ぶように弾んだ。

竜一は、ミーユ師の説明を聞きながら脅威に感じていた。このジェーンだったオーラ光背をいくらつぶさに見つめても、竜一には、ミーユ師が説明したような過去生の出来事を感応することは出来なかったからである。自分がもっと霊性進化すれば、そういうことが出来るようになるのか、それとも、密教の教本が教えるように、高次元の霊界に存在すると言われる過去の全ての記録を残しているアカシックレコードと言われる霊的媒体を見る力を持つまでにミーユ師は進化しているのだろうか。もし、それほどまでにミーユ師が霊性進化しているなら、自分が仕えている師は、神仏霊に近いほどの力があるということになる。そんな思いの中で、竜一は、ブルッと震えた。


ジェーンだった霊体が嬉しそうに去っていくのを見ながら、ミーユ師が次の訪問先を説明した。

「この教師の村はこれで終わりとしよう。このアストラル界の霊体には、大なり小なり、欲望と悔恨の情念が満ちている。だが、正しい霊性進化の方向に向かって意識を働かせているかどうかを見極めることが大事になる。次に訪問するのは、医者の村にしよう」

ミーユ師はそう言って、オーラ光背の青みを強くするように霊波動を調整した。竜一はすぐさま霊波動を感応させてミーユ師の後を追った。

五　医者の村

医者の村は、アストラル界の階層の上から二番目から四番目までを貫いている霊階層であることは、教師の村と同じである。しかし、霊波動の感応はわずかに異なっている。医者の村の方が、知者の村に近く、オーラ光背の色は、青緑だが、正確に言えば、浅葱色である。葱の葉の色を少し薄くしたような青緑である。二人が霊波動を調整して医者の村にやってくると、いくつもの霊体が浮遊しているのが目に付いた。お互いに激しく意見交換しているようである。近づいてみると、想念で出現させた手術室の中に五体か六体の霊体が集まっている。どうやら手術の方針か何かで激論しているらしい。死んでも医者としての意識とプライドを捨てていないのである。手術台の上には、病気の体の患者が横たわっている。ただし、これも想念で作り出している患者である。術式で意見が対立しているらしい。アストラル界での議論は、我欲の色合いが強くなる。患者を救いたいという慈悲心もあるにはあるが、手術の成功によって自己の名声を上げたいという欲望が強く出るのである。議論は白熱しているが、簡単にケリが尽きそうではない。少し離れたところからミーユ師と竜一が見ていると、一番大きなオーラ光背を纏っている霊体が近づいてきた。明るく輝くような浅葱色のオーラ光背である。その大きなオーラ光背から、ミーユ師にも負けないほどに霊性進化した霊力を持っていることが分かる。

「これは、これは。珍しいお客様がお見えですね。生者の肉体を離脱してアストラル界まで来られた方々を見るのは久しぶりです。二度目か三度目か、忘れてしまいました。肉体を離脱するのは極めて危険なので、医師としては決して勧めませんが、お二方のオーラ光背を見る限り危険に対処出来る力をお持ちなのでしょう。今、我々は、すい臓癌の末期患者の術式で揉めているのです。多分助からないだろうという患者に対して、かすかな可能性でもあれば手術をするべきだという考え方と、むしろ最後の時を家族と一緒に過ごして悔いなく旅立つ方がよいという考え方で対立しています。医術というより、宗教的あるいは哲学的選択になっているのです。申し遅れましたが、私はこの前の前生でドイツの医師のエウゲン・シュナイダーでした。自分で言うのもなんだが、脳腫瘍や脳動脈瘤などの脳内手術の専門医としてヨーロッパでは知られていました。ドイツだけでなく、ベルギー、オランダ、オーストリア、スイス、フランス、イタリア、ギリシャ、スペインまで手術に出掛けていました。脳腫瘍は腫瘍の出来た場所によって非常に難しい手術になることがあり、そういう時に遠くからでも依頼がやってきたのです。八千人を超える脳腫瘍患者の命を救いました。それでも、救えなかった命もあります。私が全力を尽くしても救えない場合は、神に召されたのだと諦めることが出来ます。しかし、救えたはずなのに救えなかったことが何度かありました。ほとんどは費用の問題でした。私が勤務していた病院は、私を海外手術に派遣する場合には、高額の費用を請求していました。海外患者の中にはその費用が払えない者がいました。その国の医療制度の問題もありました。私にはどうすることも出来ず、見放したことが何度もあります。命を救うことに格差をつけたのです。医術の進歩や高度の医療機器によってそれまで救えなかった命が救えるようになったのですが、それには高額な費用を用意しなければならなくなったのです。あくまで、それは人間が作った仕組みとか政治とかによって生まれているのです。私は、成功した手術のことはほとんど忘れましたが、費用のために助けてやれなかった患者のことは忘れられません。再び生まれ替わって医師となることがあれば、どんな場合でも決して見捨てない医師になりたいものです。病んでいる者を救いたいと思う普遍的な愛を全う出来ないほど医師にとってつらいことはありません。もし自らが病院を経営すれば費用が払えない患者を救えるのであれば、それも方法です。それとも、政治家となって全ての患者を救えるような制度を作るべきか。このアストラル界に戻って、あまたの霊体を観察し、次こそは、思い存分に献身したいと思うようになりました。私自身の霊性進化を進めたいという欲望よりも、人々を助ける役目に没頭したいと思うのです。この願いは、高次元の神仏霊に届くでしょうか」

ミーユ師も竜一も、かつて医師だったこの霊体の高尚で高潔な精神に打たれた。

「あなたほど霊的に進化が進んでいれば、高次元霊界からの霊波動エネルギーを十分に取り込まれているはずです。それらのエネルギーは一部が逆流して高次元霊界の神仏霊に届くのです。あなたの願いは、高潔な慈悲心からくる純真な利他愛ですから、おそらく叶えられるでしょう。しかし、霊性進化が進んだ霊体の場合、来生への生まれ替わりの適切な機会が来るまでに時間が掛かると言われています。辛抱強く待つことになるでしょう。ところで、医者の村にいて、前生で医師だった多くの霊体と交流して得ることはありましたか」

逆にミーユ師が質問した。この質問に、エウゲン・シュナイダーだったこの霊体は、半透明のアストラル体の中で嬉しそうに微笑んだ。

「ありがたいことにこのアストラル界には国境も人種の壁も時空の制約もありません。先ほどまで、かなり昔の中国の漢方医だった霊体と意見を交わしていました。西洋の医術は、肉体の異変や病原にのみ着目します。しかし、漢方医の思想の根底には、霊魂、つまり心が肉体に及ぼす影響にもしっかり目配りすることが含まれます。アストラル界に戻って初めて、漢方医の考え方が正しいと思うようになりました。ヨガの行者だったことがあり、前生でネパールの医師だった霊体からも有意義な教えを聞くことが出来ました。生まれ替わりの際に忘れないようにしなければなりませんね。霊波動の中に吸収するだけで記憶に留められるものかどうか、心配はありますが。それに、極めて高次元の霊界におられる霊性進化した霊体の中にも、かつて医師だった者がたくさんおられるようで、医術に対する先進的な考え方の霊波動エネルギーを受け取ることがあります。薬師如来様からの霊波動エネルギーも受け取っています。早く生まれ替わって、もう一度腕をふるいたいと切望しています」

この霊体のように霊性進化が進んでいる者は、次の生まれ替わりの目標を明確に持っていて、アストラル界にいる間も絶えまなく霊性進化の努力を続けているということに竜一は圧倒され、感動すると同時に、自分のさらなる霊性進化の目標を考えなければと思った。肺癌の再発を防ぐという目標などはいかにちっぽけで利己的な思いだったかと恥じた。

エウゲン・シュナイダーだった霊体に別れを告げて、次は、少し下の階層の霊体に会ってみることにした。アストラル界の階層の上から四番目の医者の村に霊波動を合わせた。しばらく呼び掛けていると、浅葱色だが緑がやや強く、少し暗く見える小さなオーラ光背の霊体が現れた。怖がるようにおずおずと近寄ってくる。

「こちらにおいでなさい。少し話を聞かせてください」

ミーユ師の呼び掛けにこの霊体が傍にやってきた。

「ごめんなさい。お二人の霊光は私にはちょっとまぶしく感じられるのです。私は上の階層の霊体に会う時も苦しくて長くは留まれません。自分が医者の村にいることは分かっていますが、その資格があるのかどうかと不安なのです。失礼しました。私は、直前の前生でケニヤの小児科の女医で、リーマと呼ばれていた者です。医師とは言ってもまだまだ未熟で、その上、十分な医療機器も薬剤もない中で貧しい子供たちに寄り添うだけの医師でした。助けてあげられなかった幼い子供たちの遺体の上で何度泣いたことか分かりません。神様はどうしてこんなに残酷なのかと、神を呪ったことが何度あったことでしょう。それでも子供たちは私を信じて遠くから助けを求めてやってきました。私には助けられないと分かるたびに、私は泣きながら、子供たちの体をさするだけのこともありました。毎日毎日、どうすれば助けられるか、どうやって助ければよいか、そればかり考えて生きていました。私には治せないと分かると、村に帰って祈祷師に頼る者もいましたが、結局は亡くなりました。もっと力が欲しい。もっと薬剤や器具が欲しい。検査機器も欲しい。清潔な病室も欲しい。国にも陳情を続けました。神にも祈りました。私の医師としての人生は意味があったのでしょうか」

リーマだったこの霊体は、今にも泣き崩れるような仕草を見せた。先ほどのドイツの医師だった霊体の悩みとは違うが、この霊体の悩みも純粋の愛に満ち満ちた悩みである。竜一は、医師という職業がいかに厳しいか、だからこそ、格段に霊性進化を遂げることになるのだろうと思った。

「物質界での人生は、たいてい苦しく厳しいものになります。自分の思うようにはならないからです。物質界では、思いを想念するだけで眼前に実現する霊界とは違い、思いは、行動して初めて実現します。行動しなければ望みが実現しないので、物質界では実現させるのに苦労します。だからこそ、それが霊魂の霊性進化に格段に寄与するのです。夢や希望や欲望を実現するためには、その為の行動を続けなければなりません。望みが大きければ大きいほど、粘り強く行動を続けなければ実現しません。それは、忍耐力を鍛え、苦難に耐える力を与えてくれます。物質地球上で苦難を乗り越えることは霊魂の霊性進化を大きく促してくれるのです。だからこそ、霊性進化の初期の霊体は、頻繁に生まれ替わりを繰り返して、霊性進化を早めるように神仏霊によって采配されているのです。しかし、一度の人生だけでは行動しても実現しないほどの大きな思いもあります。何度かの生まれ替わりを経て実現していく思いもあるのです。多くの病んだ子供たちを救いたいというあなたの純粋の愛の思いは、薬剤や器具が十分にあればそれだけで実現出来ることではありません。次から次へと難問が出てくることでしょう。しかし、純粋の愛を持ち続けて、幾多の人生をかけて立ち向かっていけば、いつかは必ず実現します。ただし、手術の腕が上がるとか、薬が十分に手に入るとかではありません。その程度の願望は、来生でも実現出来ると思います。大きく広い意味で、真に子供たちを助けるということが何度かの人生を経て出来るようになります。正しい道を進んでいけば、あなたの霊性は大きく進化し、子供たちへ無限の愛を注ぐ存在へと進んでいくのです。前生で体験したことから学んだ純粋の愛を強く持ち続けて来生を迎えてください。純粋の愛に目覚めた医師としての前生は、あなたにとって宝物になりました。あなたの気持ちは、高次元の神仏霊にも届いているはずです。一層意味のある来生が待ち構えているはずです。今のあなたは、医者の村にいて、霊性進化が進んでいる医師だった他の霊体からさまざまな学びが出来ます。このアストラル界もあなたにとっては貴重な経験の場なのです。霊波動を輝かせて、霊性進化した霊体からの霊波動エネルギーをドンドン吸収してください。間違いなくあなたの来生は輝きます」

ミーユ師は自信を持って言い切った。まだ、霊性進化のレベルでは未熟だが、この女医だった霊体のように利他と慈悲に邁進し、我欲に溺れることなく、愛情深く進んでいく者は、間違いなく人類の未来を支える一人へと霊性進化していくだろうと確信出来る。ミーユ師の励ましの言葉に感激してこの霊体は深々とお辞儀し、嬉しそうに去っていった。竜一は、清々しい思いで、このリーマだった霊体を見送った。

ミーユ師が竜一に向かって霊波動で話しかけてきた。

「医者の村にいる霊体は、基本的に、患者を治すことに使命感を持って立ち向かってきた者たちです。そこには、名誉心や昇進欲望なども含まれていますが、それ以上に人を愛する気持ちが特に強い方たちなのです。前生で医者であっても、金欲に溺れて患者のことに心を向けてこなかった者はこの医者の村ではなく、別の低階層の村に属しています。その者の本性に合った村にいるのです」

六　作家の村

次に二人が訪れたのは、アストラル界の第二階層から第四階層を貫いている作家の村である。

「この村にいるのは、前生で作家だった霊体が中心になる。それ以前の過去生の経験よりも作家としての前生経験が強く霊性進化に影響している者が存在している。過去生で一度や二度作家だったという者はたいてい翌生では別の道を進むことが多い。芸術家や音楽家や、政治家などになる。それは、作家としての経験は、主として構想や思想を中心とする経験で、そればかりでは行動経験が深まらないからだ。ただし、逆に、過去生で俳優だったり、画家だったり、政治家だったりした者が、深く思索することで霊性進化を進めたいと、直前の前生に作家になる者もいる。作家が、自分の思想を言葉に表して広く世界に投影することは、物質界においては、霊界の霊波動エネルギーに等しい影響をもたらすことになる。それは、どのような内容のものであっても、読み手の霊性進化の程度に応じて、何らかの良い影響をもたらすことになる。まがまがしい読み物であっても、読み手が正しい者なら、反面教師となる。どんなに高潔な読み物であっても、読み手が悪に染まっていれば嫉妬、羨望、反感の道具になる。作家が作品を書き上げる時、自分の心の中を深く覗いてみる作業が伴う。それは瞑想とは異なるが、自分の心の中に何らかの霊的なエネルギーを取り込んでいるのだ。この作家の村の霊体のオーラ光背は、医者の村と知者の村の中間くらいの色で、緑青色と言ってよいだろう。銅の錆びの色、明るく深みのある青緑色である。では、誰か呼び掛けてみようかね」

ミーユ師は、緑青色の霊波動を放射して感応が来るのを待った。

ミーユ師の霊波動に感応して一人の霊体が現れた。第三階層にいる霊体だが、かなり霊性進化が進んでいるらしく、そのオーラ光背は竜一のものと同じ程度の大きさで、明るい緑青色である。二人のオーラ光背に近づくと挨拶してきた。

「こんにちは。強いエネルギーを出されましたね。これは驚きました。お二人とも生きている肉体から離脱してアストラル界に来ているのですね。霊波動エネルギーが強力なのも頷けます。よほど霊性進化した高次元霊でいらっしゃいますね」

「いえいえ。我々はまだ物質界で修業中の身です。霊界を訪ねることは、霊次元を含む大宇宙の真理に接することになり、正しく覚醒出来るので、弟子のリュウを連れてあちこち見て回っているのです。ところで、あなたはどういういきさつで、この作家の村にいらっしゃるのですか」

ミーユ師の質問にこの霊体がそのいきさつを詳しく話し出した。

「私は、亡くなってアストラル界に戻る前の生では、李清姫という中国の女流作家でした。私の作品は、歴史の中で活躍した貴人、豪傑、領主、将軍、英雄などを取り上げた歴史小説でした。かなり若い時からいくつかの賞をもらい、三十代で早くも中堅作家として評価されていました。私の生家はかなり貧しい上に、私は女性としての魅力に乏しかったので、男性運には恵まれませんでした。同じ年頃の美しい女性たちが結婚し、子供を産むのを心の中では羨ましく思っていました。しかし、表には決して出しませんでした。男性には見向きもしないし、関心もない女性を演じていました。そのために、恋愛小説や青少年の青春小説を嫌悪し、軽蔑していました。若い作家の恋愛小説に対しては手厳しい批評をしていました。浮わついた男女の仲の話は聞きたくなかったのです。私は、高齢になって大文豪と言われるようになっても恋愛小説には抵抗感がありました。それでいて、心の底では、自分なりの美貌の王子様を期待していたのです。だが、どうしても素直になれませんでした。私の小説の主人公は、ますます豪快で暴力的な活躍をするようになりました。色恋から目を背け続けていたからです。ただし、歴史を舞台にして書く以上、歴史書はじっくり読んで研究しなければなりません。歴史の中で人物がどのように生きたのか、何を考えて生きたのか、何を求めて生きたのか、そういうことはしっかり研究しました。主人公に何を語らせるのか、何を実行させるのか、何を実現させるのか。それはすなわち自分が求めている世界を示すことなのです。私は、八十五歳で前生を閉じました。歴史小説の大家という評価を受けてアストラル界に戻りました。アストラル界では、自分の欲望や期待がそのまま表れる世界です。私は、かつて心の奥底で憧れていた絶世の美女の姿を纏っています。心の底では、ワクワクするような美しい恋をしてみたいと思っていたことを表に出しています。アストラル界では、本当の自分に戻っています。素直になっています。今なら、恋物語や青春小説も書くことが出来るでしょう。もしもう一度作家としての生を送れるなら、今度は素直に感じたままを書く作家になりたいと思います。今は、高次元からの霊波動エネルギーを浴びて、さまざまな年代の読者に対して、さまざまなスタイルの作品を書く自信があります。前生の内にこういう境地に至らなかったのは残念ですが、正しく霊性進化を進めたいと思うのです」

前生で李清姫だった作家の告白はある意味でとても人間らしいと竜一には感じられた。霊性進化途中のたいていの人間なら、心の奥底に秘めていることをそっくり表に出せないものだ。隠したい秘密や恥ずかしい秘密や自覚している欠点や、嫉妬感情や狂暴意識など、努めて抑えている本心がある。作家だけでなく、どんな職業の中でも、本音と建前があるように、心の奥底と表に現わしている言葉とは違うのが当たり前なのである。そのことを自覚して、自分の心の奥底をじっくり分析出来るのは霊性進化が進んでいる証しである。

ミーユ師が李清姫だった作家の赤裸々な告白に喜んで感応した。霊体の素直な心を感じることはうれしいものである。

「作家は自分の心の中にある感情や価値観、あるいは葛藤、嫉妬、憧れ、不安などを言葉に紡いで読者に届けることに生き甲斐を見出しています。小説の舞台を過去の時代にしようが、現代にしようが、未来にしようが本質は変わらないのです。言葉は、物質界においては、霊界の霊波動と同じ役割をしています。作家の言葉が人々の意識に働きかけるのです。人々の意識は、神性の一部を表しているのですが、神性の局面は無数にあるから、一人一人の人が表わしている局面は神性のほんの一面だけなのです。無数の人々が神性のさまざまな局面を表して全体の神性が覆われるのです。それが多様性です。多様性がなければ、神性の全体を表すことが出来ないのです。小説においても、さまざまなジャンルがあり、いろいろの視点があり、無数の価値観があってこそ、神性に対応した多様性を表現することが出来るのです。どういうジャンルが優れており、どういうジャンルが劣っているということはないのです。多様性が神性の全局面を表しているのは物質界だけでなく、霊界においても同じですが、特に物質界を見てみると、植物、細菌、バクテリア、昆虫、生物、動物が、実に多種多様に存在しています。ただ存在しているだけではなく、相互に依存したり、作用し合ったり、助け合ったりして、無限の神性を表しているのです。人間も、男女はもちろん、人種、民族、部族、宗教、歴史、文化、言語、職業、才能、特技、体格、思想、趣味、嗜好に至るまで、さまざまな多様な人間が関わり合って生きていることで正しい霊性進化がもたらされるのです。それによって神性の全ての局面を輝かせることになるのです。あなたはアストラル界に戻って多様性の重要性に気付いたようですね。来生で再び作家の道に進むことになるなら、作品の舞台が何であっても、人間の多様な価値観を大切にして、魂を揺さぶるような言葉を紡ぎだして欲しいと期待いたしますよ」

ミーユ師は、そこまで話して、この霊体を激励するように、大きく何度も頷いた。

「ありがとうございます。良く分かりました。時々に高次元の霊界から下りてくる霊波動エネルギーを取り込む時がありますが、それらの霊波動も実にさまざまな特性を持っていると感じます。神仏霊の世界であっても、多様性は存在しているということなのでしょう。来生を楽しみにして待っていることにします」

李清姫だった霊体は、喜々として弾むように去っていった。

「アストラル界の上位の階層にいる霊体は、それぞれに霊性進化が進んでいる者なので、皆前向きな姿勢で来生を迎えようとしているな。もう一人、作家の村で霊性進化が進んでいる霊体に話を聞いてみることにしよう」

ミーユ師はそう言うと、緑青色だが、かなり明るく白に近く輝いている霊波動を放った。それに感応して、突如目の前に大きな書斎が現れた。想念によってアストラル資質を材料にした幻影なのだが、実物のような存在感がある。書斎の両側の壁一面に膨大な書物が並んでいる。書斎の奥にある重厚な文机の向こうから、大きく発達したオーラ光背を纏った霊体が立ち上がった。アストラル界の第二階層に属する霊体のようである。アストラル界より上の霊界へ進めるほどの霊性進化を遂げているように感じられた。その霊体は、するすると二人に近づいてきた。

「強烈な霊波動を送ってきましたね。上位の霊体が降りてきたのかと思いましたよ。物質界からの訪問者とは驚きました。どうされましたか」

この霊体は、早速二人に話しかけてきた。

「我々は修業の途中にいる者です。アストラル界の霊意識を体現したいと思ってやってきました。先ほどは、第三階層の霊体からアストラル界での霊性進化の様子を話してもらいました。あなたは霊性進化が進んでいて、上位霊界への上昇が近いように見えますが、どのようなお方ですか」

ミーユ師も、第二階層にまで霊性進化している霊体から経験談を聞くのが楽しみなのである。

「そうでしたか。私は、直前の前生では、アメリカ合衆国でトム・カーランドと名乗っていた作家でした。高校生の時から作家になろうと決めていました。大学二年生で書いたミステリーが新人賞を受賞し、その後の作品も次々といろいろな賞をもらい、若くして人気作家の仲間入りをしました。当時はミステリーを専門に手掛けていました。ミステリーは謎解きが面白いわけですが、それには巧妙な殺人の仕掛けが必要になります。簡単に捕まらない犯人でなければストーリーになりません。次々と手の込んだトリックを考えていました。ミステリー作家としての評価が固まった頃でしたが、警察に呼ばれました。私の作品の殺人トリックをそっくり真似た殺人事件が起きたというのです。そして、事件の解明に力を貸して欲しいというのでした。その殺人事件は、連続殺人へと進んでいったのです。私が作品の中で手掛かりとして残しておいたヒントは、実際の事件では見つかりませんでした。その犯人は、落としていった髪の毛一本のＤＮＡを手掛かりに大掛かりな血縁者調査を行い、二年後に逮捕に至りました。ところが、その後で、また別の殺人事件が起きたのです。私の別の作品をヒントにしたことは明らかでした。私は、意表を突く仕掛けやトリックで読者を喜ばせようとしたのですが、それが殺人者にとっては手本となるトリックになったのです。私は作品を通して殺人者教育をした結果になってしまったのです。私の作品から三人目の殺人者が出た後、私はミステリーを書くことが出来なくなりました。怖くてたまらなくなったのです。カーランド模倣殺人事件としてマスコミが騒ぎ立てたため、私の作品は爆発的に売れましたが、私は喜ぶことが出来なかったのです。私が新しいミステリーを考えようとすると、頭の中で『悪魔の手先』という声が聞こえるのです。三年間、まったく書くことが出来なくなりました。ベストセラー作家だった頃にはほとんど顔を出したことのなかった教会に通うようにしました。私のことを心配した母親が熱心に勧めてくれたのです。ある時、牧師さんから面白い話を聞かされました。その牧師は、毎晩寝る時に枕元にノートを用意しておいて、どんな夢でも覚めた途端に書き留めるというのです。眠りが浅い明け方に見る夢は誰でも多少は覚えているものですが、真夜中の深い眠りで見た夢から一瞬覚めた時には書き留めておかないと朝起きた時には記憶が無くなっているそうです。ところが、真夜中に見る夢は、何かしら、神のお告げのような、あるいは、キリストからの教えのような内容になることが多いのだそうでした。私も興味をひかれ、その夜から枕元にノートを置くことにしたのです。しばらくは、とりとめもない夢を書き留めるだけでした。たいていは、明け方に見る夢を書くだけでした。そうしたことが十カ月も続いた頃から、熟睡している時に見た夢を真夜中にふと目覚めて書くことが始まったのです。そういう夢は、何かしら感動するような出来事の一部でした。兄である私が弟を救う場面だったり、傷ついた犬を手当てしている時だったり、大きな丘一杯に花を植えている場面だったり、川に落ちた女の子を飛び込んで助けているところだったり、いろいろの場面を見るのです。だが、必ず私が人助けしている場面なのです。自分の命を顧みずに助けている場面が多いのです。枕元のノートに詳しく書く必要はありませんでした。ヒントになる言葉をちょっと書くだけで、後から思い出すことが出来るのです。しかし、何も書かないと思い出せないのです。三カ月ほどすると、ほぼ毎晩のように深夜の夢を書き留めるようになりました。そうすると、毎晩の夢が続きの物語のように広がり出したのです。私は、夢の中の感動を言葉にして小説に書きたくなりました。最初はごく短編の話から始めました。半年ほどすると、本格的な小説に仕上げられるようになったのです。家族や友人や知人の協力を得て、苦難や苦労を乗り越えて、成功する話になっていました。自分が書くというより、頭の中に既に入っている話を表に書き出す作業という感じでした。私はミステリーから一転して感動的な成功談とか苦難を克服した立志伝とかを書くように変わりました。毎晩のように見た夢をヒントにして、話を展開していきました。作品の中で必要になってくる参考資料とか文献に関しても、どこを探せばよいかの手がかりが夢の中に出てくるようになりました。既に名前は売れていましたから、新たな小説もそこそこに売れていきました。何年か続けていると、私の読者だという青年が、『先生の本を読んで感動したので、僕は弁護士になりました』とか、『先生の本に影響されて医者になりました』とか、そういう手紙が届くようになったのです。殺人者を生んだミステリーとは大違いです。私の作品が子供たちの夢を育てていると感じて嬉しくてたまりませんでした。妻や子供たちからも、『パパは最近優しくなったね』と言われるように変わりました。そういう執筆スタイルを三十年ほど続けていました。そうすると、熟睡している時に見た夢をノートに記録しておかなくても、朝目覚めてから思い出せるようになってきたのです。実に不思議な感覚でした。このアストラル界に戻ってから、私が熟睡した時に見ていた夢は、実は、上位霊界からの高次元霊の霊波動エネルギーを受けて感応していたのだと分かりました。今も高次元の神仏霊から高尚な思念をたびたび受け取ります。それらは高潔なシナリオのヒントなのです。それにしても、夢の中から作品の手掛かりやヒントを得られるとはどういうことなのでしょうかね」

前生でトム・カーランドと名乗っていた作家だった霊体は、ミーユ師に向かって質問した。

「とても良い経験をされましたね。人間が物質界で眠っている時、浅い眠りで見る夢はエーテル体の中に霊魂が移動している時に見るのです。深い眠りの時には、霊魂はアストラル体の中に移動しています。エーテル体は物質脳とつながりを持っているので、エーテル体の中で見る夢は、目覚めても覚えているのです。しかし、霊性進化の途中の人間はアストラル体と物質脳とにつながりを持っていないので、アストラル体の中で見る夢は、目覚めると思い出せないのです。しかし、アストラル体の夢の途中で半分目覚めてノートに書くと、その行為が物質脳に記憶として残り、目覚めた時に思い出せるのです。人間が深く眠っている時は、霊魂意識がアストラル体に移っていて、あなたが指摘したように、高次元の神仏霊からの霊波動エネルギーを浴びているのです。もちろん、ほとんどの生きている肉体のアストラル体は、肉体やエーテル体と浸透した形で広がっているので、アストラル界を自由に浮遊することは出来ませんが、アストラル体としての特性は毎晩享受しているのです。あなたが高齢になってからは、ノートに書かなくても深い眠りで見た夢も思い出せるようになったと言われたのは、あなたの霊性が進化した結果、アストラル体と物質脳との間につながりが生まれたからです。それだけ高次元霊からの霊波動を受け入れやすく霊性進化したということです。素晴らしい話です。今私が説明したことをあなたは薄々悟っていたのではありませんか。あなたのオーラ光背の波動を感じると、既に十分に理解されているように思います。あなたの霊性進化水準なら、小説のヒントに留まらず、いくつかの貴重なヒントを夢から与えられたことがあるのではありませんか」

ミーユ師の逆質問に、この霊体は待っていたように反応した。

「そうなのです。不思議なことは何回もありました。最初は、金とドルの交換を廃止したニクソンショックで株式が大暴落した時のことです。その二日前に私は友人たちと海辺のリゾート地に遊びに行っておりました。昼間に釣りに出掛けて、かなりの釣果があったのです。その夜、私は夢の中で、真っ黒い大きな魚を釣り上げました。今まで見たこともない魚でした。異様な顔に異常に大きな口があり、その口に飲み込まれる夢だったのです。目覚めた時、はっきりと覚えていました。そして、なぜか、株式が大暴落すると感じたのです。それまでに稼いだ相当の資金を株式に投資していましたが、その日の朝一番に証券会社に電話して全ての持ち株を処分しました。その翌日、ニクソンショックが全世界を震撼させました。この夢がなかったら、私は大損していました。不思議なのは、見たことのない大魚に飲み込まれることが株式暴落だと直感したことです。夢の内容をどう解釈するかは、自分にしか分かりませんが、直感的に感じるのです。そういう出来事が何回もありました。高次元の神仏霊が教えてくれていたのでしょうかね」

前生でトム・カーランドだったこの霊体の体験話は、高次元の霊界から下りてくる霊波動エネルギーがアストラル体の中の霊魂の夢としてどのように作用するかを示唆していた。霊波動に感応する霊魂が紡ぎだすイメージは、本人だけが理解出来る夢として現れる。株式が暴落するとか、大地震が来るとか、という直接的な未来ニュースのようには現れない。異様な夢であっても、それの意味するところが本人には直感的に分かるのである。とうぜんだが、高次元からの霊波動に感応するだけの霊能力へと進化していなければならない。高次元の神仏霊が放射されている霊波動エネルギーは、高尚で精妙で普遍的な愛に包まれたものであるから、それに感応出来るだけの高潔な精神への霊性進化が進んでいなければ取り込めないのである。

「大変勉強になるお話でした。あなたは、高次元霊からの霊波動をしっかり取り込めるまでに霊性進化を遂げられているので、どういう来生を迎えられたとしても偉大なる献身をなさるはずです。我々にとっても良い修業になりました。ありがとうございました」

竜一の感謝の言葉に、「こちらこそ、勉強になりました」と言って、前生でトム・カーランドだった霊体は書斎とともに薄れて浮遊していった。

七　俳優の村

次に二人が訪れることにしたのは、俳優の村である。

「俳優の村のオーラ光背は、ほとんどが若竹色です。緑に近い明るい黄緑色だ。しかし、過去生でかなりの経験を積んでから俳優になる者が多いので、オーラ光背に知的な青の帯や忍耐力の赤の帯を纏っている者も多い。緑の色が強いのは、芸術感覚や自然愛が発達していることを示している。俳優としてさまざまなキャラクターを演じることで、自ずと利他や慈悲の精神性を伸ばすことになり、霊性進化が進むので、アストラル界の第二階層から第三階層に存在している霊体が多い。一つの人生を通して俳優をまっとうした者は、かなりの霊力へと霊性進化している。もちろん、我欲がまったくないまでに霊性進化していれば、高次元霊界に上がっているので、このアストラル界に留まっている霊体にはまだ我欲や欲望が残っているが、そうした中でも、俳優の村の霊体は比較的高潔な欲望しか残していない。それを良く感じてみるとよい。では、行こうか」

ミーユ師はそう言って、若竹色の霊波動を震わせた。

ミーユ師と竜一の二人は、一瞬のうちに俳優の村のある霊域に出現した。その瞬間、竜一は驚いた。あらゆるところに舞台やら建物やら、町並みなどが並んでいる。馬車が走っているかと思うと、その横で車が走っている。中世の戦士の格好をした者や、舞踏会で着飾ったような女性もいる。それぞれにかなり大きな若竹色のオーラ光背を纏っている。江戸時代の武士の格好をした霊体の横に、ナポレオンの格好をした霊体が馬に乗って進んでいる。どの霊体も自分の前生や過去生で演じたヒット作の再現をしているようなのだ。ミーユ師がたまたま近くを通りがかった霊体を呼び止めた。西部劇のガンマンの格好をして肩をいからせて歩いている霊体である。

「失礼だが、あなたは何を演じているのですか」

ミーユ師の問いかけに気付いて、振り返った霊体が、驚いた顔で感応した。

「おやおや。あなた方は俳優ではありませんね。死んでからアストラル界に戻った霊体でもないようだ。実に興味深い。その格好からすると、仙人か何かの演技をしているのですか。ずっと向こうに天地創造の演技をしているグループがいますよ。その格好ならぴったりです」

その霊体は、面白がって二人の格好をじろじろと見まわした。

「我々は俳優ではありません。物質界に肉体を残したままで、修業のためにアストラル界にやってきたのです。アストラル界のいろいろな階層の村々を見て回っているのです。それぞれに貴重な前生の話を聞くことが出来ます。霊体の霊性進化に応じて、その想念の霊波動を体験出来るのも参考になるのです。ところで、あなたはどんな俳優だったのですか」

ミーユ師の質問にそのガンマンの霊体が答えた。

「生ある肉体から離脱してこの村を訪問された霊体を初めて見ました。素晴らしい霊力をお持ちに違いない。私は、見ての通り、前生で西部劇を中心に活躍していたアメリカ合衆国の俳優でした。西部劇以外にはスパイ映画とか、格闘映画とか、大統領役などもやりましたが、若い頃に大ヒットした西部劇が一番印象に残っていて、どうしてもこの格好をしてしまいます。前生での名前は、ロバート・ウッドソンと言いました。私は、たいてい主役でしたから、悪役をやっつけてめでたしめでたしとなる話が多いのですが、実際の実生活では自分の思い通りにならないし、弱い人たちを助けるという美徳に徹するわけにいきません。世間の人たちが映画の中の主役のイメージで私を高潔な正義漢と思い込んでしまうのと、実際の私とのギャップに常に悩まされてきました。共演した女優たちと三度結婚し、三度離婚しましたが、子供には恵まれませんでした。ところが、五十歳過ぎた頃から、ほとんど悩まなくなってきたのです。いつの間にか、俳優としての演技が実生活の中にも自然に出てくるように変わりました。慈善団体に寄付したり、弱い人たちを助ける活動をしたり、薬物中毒者の支援活動をしたり、ついには、難民の子供二人を養子にして育てました。いつの間にか、実生活の中で正義漢を貫くことに抵抗が無くなっていました。そうすると、何事にも悩まなくて済むのです。俳優の演技が、実生活の自分のままに演じられるので、心の葛藤もありません。高齢になるに従い、ますます俳優の自分がそのまま普段の自分として振る舞っていくようになりました。欲が無くなり、何か人のためになりたい、社会に献身したいという気持ちで、本当に平穏な老後を過ごしたのです。養子の二人とも立派な俳優に育ちました。実に素晴らしい前生だったなと思います。そうなると、来生はどう過ごすかと却って考えてしまいます」

前生でロバート・ウッドソンという俳優だった霊体は、ガンマンの格好に似ず、殊勝な話を聞かせてくれた。

三人の霊体が集まっているところに、興味を覚えたらしく、ファッション雑誌から抜け出したような美女が近づいてきた。

「楽しそうなお話をされているのね。この俳優の村に他所からお見えになる人は滅多にいないので、気になりましたの。私は、前生でアンナ・デュランという名前のフランスの女優でした。自分ではかなり名の通った女優だと自負していたのですが、アストラル界に戻って、この俳優の村に来てみると、昔から憧れていたような方たちがたくさんいらして、私なんか駆け出しの雛のように感じてしまいます。これでもアカデミー賞の主演女優賞を一回受賞しましたし、ノミネートは三回されています。前生では、女優として大成したつもりになって、チヤホヤされたり、褒められたりして天狗になっていたのが、今になってよく分かります。アカデミー賞にノミネートされながら主演女優賞を逃した時には、受賞した女優さんに対して、あんな人に負けるものかと闘争心を燃やしました。その時の負けん気がとても強かったので、私のオーラ光背に明るい赤の帯が走っています。もちろん、女優ですから、見てくださる人たちに演技を通して勇気を届けたり、愛を感じてもらったり、感動を与えたりするのはとうぜんですが、有名になるにつれて、『私の演技に酔わないのは見る人の感受性が悪いからだ』と思い上がった気持ちを持つようになりました。賞賛されるのが当たり前のように感じていました。観客を喜ばせることを第一にするのでなく、自分がいい気になりたいために演技するようになっていました。本当に我欲に囚われていたと思います。私が主演女優賞を受賞した映画は、『ジャンヌ・ダルク』というハリウッド映画ですが、主演のジャンヌ・ダルクとして雄々しく勇ましい女戦士を演じました。だが、今振り返ってみると、負け戦が続いていたフランス兵士たちを鼓舞する場面でも、慈悲や利他の精神を心の中に持ちながら演じるべきだったと思うのです。アストラル界に戻ってから、高次元の霊界の方々から降り注ぐ霊波動エネルギーを浴びていると、演技の中にも本当の愛が籠っていなければだめなんだと感じます。来生で、もう一度、俳優として生きることが出来れば、前生よりずっと素晴らしい演技をしてみたいとわくわくしています」

アンナだったこの霊体は、そこまで一方的に話してから、パッと右手に細長い先の割れた三角の旗を取り出して振り始め、「ゴーゴーゴー」と叫んだ。どうやらジャンヌ・ダルクの場面のようであった。俳優の村の霊体は、前生で自分が一番輝いていた時の演技を繰り返して満足感を満たそうとするようだ。アンナだった霊体が、演技の真似をしながら霊波動を振りまいて叫んでいるのに感応したらしく、四、五人の霊体がどっと現れた。その中の一人は、中世の、おそらくイギリスと思われる格好の若者で、他の一人は、やはり中世のヨーロッパの良家の娘の格好をしている。

若者の格好をしたその霊体が、近づいてきて、自分たちの演技について説明を始めた。

「私たちはイギリスの俳優でした。向こうで『ロミオとジュリエット』を演じていたのですが、ジャンヌ・ダルクの叫びが聞こえたので、何事かと思って来ました。イギリス俳優だった者として、フランスのジャンヌ・ダルクに負けない演技をしなくちゃと思ったのです。シェークスピアの作品を忠実に演じることは既に何十回も繰り返しました。しかし、少し変えようかという意見があり、先ほどは、ロミオのモンタギュー家とジュリエットのキャピュレット家が二人の死後に仲直りするのではなく、二人が愛し始めた時に仲直りして、ロミオもジュリエットも死ななくて済み、生涯を幸せに添い遂げるという話に変えて演じてみました。すると、まったくつまらなくなったのです。幸福に包まれた恋物語は、何の感動もないのです。高次元の霊界から降り注ぐ霊波動は、高尚で利他や慈悲に染められているエネルギーですが、そういう高次元の霊界で欲望も悩みもなくなってしまえば、俳優の仕事は絶滅だなと皆で笑いました。物質界の地上生活では、喜怒哀楽があり、悩みや怒りや憎悪や妬みがあるからこそ、演技して感動する場面を作れるのだと再認識しました。皆が裏表なく、高尚で、高潔で、慈悲深く、正直で、何の悩みも苦しみもなくなれば、不自然な演技は不要です。未熟な世界だからこそ、我々俳優の活躍の場があるのだと分かりました。我々俳優は、演技をしながら霊性進化を進め、高次元の霊界を目指して学んでいるのですが、その結果、失業するとは皮肉な話です。私たちが、極悪非道な悪者を演じたり、不幸に打ちのめされる人たちを演じたり、そんな演技が何かに献身しているのだろうかと不安です」

　イギリスで俳優だったこの霊体の指摘は、未熟な人間の地上界での振る舞いと、霊性進化した高次元霊界の霊体意識との差を言い当てていた。ミーユ師は、我が意を得たりという表情で大きく頷き、補足の説明を始めた。

「地上界での生き様を取り上げている演劇も映画もテレビドラマも終始幸せ一杯なら見るに堪えないでしょう。そこには、未熟な人間としての葛藤や苦悩があるからこそ、それに負けずに立ち向かう演技に感動するのです。俳優の皆さんの演技は見る人たちにとって、手本になることもあれば、反面教師になることもあります。しかし、いずれの場合でも、何が正しい道か、何に向かって生きていくべきかを見せているのです。物質地上界では、高次元霊たちが人々に直接に働きかけることが困難なので、いわば、皆さまを通して働きかけていると言ってもよいのです。俳優とは、神仏霊の働きを物質界に置き換えて人々に届けている仕事なのです。あなたたちが霊性進化し、高次元霊界に進み、地上に生まれ替わって再び俳優を演じる必要がなくなっても、心配はありません。次から次へと後継の俳優が生まれてくるのですから。あなたたちが失業するほど霊性進化したなら、高次元霊界から後輩の俳優たちに対して、素晴らしい演技をするヒントの霊波動を送ってやりなさい。霊次元の世界では、霊性進化に関わりのない物事は、想念によって実現出来ます。しかし、物質地上界では、何事も思うだけでは実現しません。例えば、醜い顔の女性に生まれつき、それをコンプレックスと感じて苦しんで生きてきた女性が、『人間の価値は、見た目ではない。心の美しさや優しさなのだ』と割り切って、障害者支援や弱者支援に生涯を捧げているうちに、表情は豊かになり、目には優しい精気があふれ、顔の皺は献身の表彰状に見え、誰からも感謝され、敬われ、慕われて老後を迎え、自分の顔の美醜をまったく意識しなくなり、惜しまれながら人生を閉じたとすれば、その女性は、醜い顔であることを正しい行いによって克服し聖女のように霊性進化したと言えるでしょう。一方、一生コンプレックスを感じたままに生き、嫉妬や自己卑下にさいなまれて一生を過ごした女性が、アストラル界に戻った途端、自分の想念で憧れていた顔を作り出したとしても、それでは霊性進化はしません。アストラル界では、誰でも好きな姿になれると知ったら、美人の顔になったとしても満足感はあまりないでしょう。霊界では想念で簡単に実現出来ることが、物質地上界では長年の苦労を経て実現することになるのです。そうやって、長年の苦労の末に欲望を実現することで満足感は極めて大きくなるばかりか、その苦労の過程が霊性進化を促進することになるのです。霊界での霊性進化は、高次元の霊界から注ぐ神仏霊の霊波動を吸収して学んでいくのですが、それは時間が掛かるのです。物質界で苦労を克服して学ぶ方がずっと早く霊性進化が進むのです。そのために、進化の未熟な段階にある霊体は、霊界に留まっているうちに、早く物質地上界に生まれ替わって次の苦難に直面したいと思うようになるのです。人間の霊魂が生まれ替わって霊性進化していくのは、神仏が命じているわけでもないし、強制しているのでもありません。霊体自体が物質地上界での苦労を乗り越えていく強烈な感動をもう一度繰り返したいと心から願うからなのです。カルマもその自然な摂理として反応していくのです。俳優の皆さんは、物質地上界における喜怒哀楽の中で、苦難を乗り越えていく感動を演技して届けることで、地上の人々に霊性進化の正しい筋道を示しているのです」

ミーユ師の話が俳優だった霊体たちにどれだけ伝わったか分からないが、俳優の村の霊体たちは、満足した素振りで消えていった。

竜一は、物質地上界に苦難や悩みや喜怒哀楽や、悲惨や嫉妬や妬みや憎悪や恐怖が無くなってしまえばどうなるのだろうかと思わずにはいられなかった。そういうものが無くなれば、理屈の上では地上の楽園、地上の天国が実現することになるが、それは実に味気ない世界になってしまうのではなかろうか。地上が神仏霊界と同じ天国になれば、地上界は必要ないので、地球が消滅するのではなかろうか。物質地球は、霊性進化をする上での道場の役割だという説があるが、皆が免許皆伝になってしまえば、道場は要らなくなるのではなかろうか。人間の英知の届かない未来のどこかで、そういう世界がやってくるのかもしれない。竜一は、霊性進化の行き着く先はどうなるだろうと想像すら出来なかった。

八　歌手の村

「次は、歌手の村に行ってみよう。歌手の村は、俳優の村と霊波動が近いので、二つの村には交流がある。両方の村を行き来している霊体もいる。歌手の村の霊体のオーラ光背は、俳優の村のオーラ光背より若干緑色が濃いが、大きくは違わない。緑色が濃いのは、音楽感覚や芸術感覚がいくらか強く発達しているからだ。俳優の村と同じく、霊性進化の進んでいる者が多く、アストラル界の第二階層から第三階層に広がって存在している。中には、霊的に高度に進化していて、第一階層に存在する霊体もいる。その場合は、極めて明るく輝く白に近い薄緑色をしている。間もなく上位霊界に進む準備が出来ている霊体ということだ。歌手の仕事は、基本的に人々を喜ばせるものであり、仕事自体に利他の精神や慈悲の精神が伴っている。そのために、他の職業よりも霊性進化が進みやすいと言える。もちろん、売れない歌手には悩みや苦労が付きまとうが、それこそが乗り越えるべき試練として与えられているのだ。歌手という職業は、文明の進歩に伴って生まれてきたもので、既にある程度の霊性進化をしている者が歌手の道に進んでいるとも言える。では、歌手の村に行くとしよう」

ミーユ師は、そう言うと、霊波動をわずかに緑色が濃い色に調整した。ミーユ師の霊波動に感応して、和服姿の女性歌手の霊体が現れた。オーラ光背の大きさからして、どうやら第三階層の霊体らしい。

「こんにちは。お二人の霊波動を感じたところ、一人の方の霊波動は日本の人らしいと感じました。懐かしいと思って、参りました。私は、前生で日本の演歌歌手でした。近藤佐知子という芸名で一応国民的演歌歌手と言われました。日本の方が、命のある肉体から離脱してアストラル界にいらっしゃったのは非常に珍しいことです。私は、アストラル界に来てからそれほど時間が経ってはいませんが、生きたままでアストラル界に来られたヒマラヤ行者は見ました。だが、他の国の方は初めてです。日本の方なら、私の歌を聞いたことがあるでしょうね」

前生で近藤佐知子と名乗っていたこの霊体が澄んだソプラノで歌い始めた。演歌ではなく、日本人なら誰でも知っているような歌謡曲である。いろいろな歌を歌っていたということなのだろう。この霊体の歌声に感応して、数体の霊体が集まってきた。それぞれ前生で歌手だった霊体らしく、歌声に合わせて踊るようにオーラ光背を震わせている。一通り歌い終わると、この霊体が再び前生の話を始めた。

「このアストラル界に戻ってから、前生のことで一つだけ悔いていることがあります。それは、子供を作らなかったということです。好意を抱いた方はいましたが、結婚はしませんでした。友人の歌手は結婚し、子供を授かり、子育てに追われて引退してしまいました。その方は子供が大きくなってから、歌手活動を再開したのですが、結局は声が戻らず、復活出来ませんでした。それを見ていたので、私は、結婚しなくて一生を歌手として過ごしたことを誇りに思っていたのです。ところが、アストラル界に戻ってから、人の生まれ替わりについて真実を知りました。子供を作るということは、生まれ替わりを待っているたくさんの霊体に機会を提供することでもあるのだと分かりました。この歌手の村にも、来生への生まれ替わりを渇望している者がたくさんいます。私は、自分の歌手としての成功だけを考えていたので、生まれ替わりを待ち望んでいるそういう霊体に慈悲をもたらすことが出来ませんでした。来生で再び女性に生まれ替わったなら、このことを忘れずに、子供を作ろうと思います」

近藤佐知子だった霊体の告白は、霊次元を含む大宇宙の真理を考える上で重要な視点を提起していたのである。

ミーユ師が、「大事なことですね」と言って、説明を続けた。

「どんな職業においても、結婚し子供をもうけることは職業とは別の意味で大事なことです。霊性進化の過程では、利他について学ぶことも求められます。利他とは、自分以外の人を心から理解し、相手を尊重し、真に相手のためになるように行動するということです。しかしながら、霊性進化の初期には、いきなり見知らぬ人のために心配りをすることは困難です。さまざまな欲望を抱いている者が、本当の利他の精神を身につけることは非常に難しいことです。そのために、まずは、結婚によって結ばれた配偶者に対して、利他の精神を学ぶことから始めるのです。そして、子供が産まれたら、子供に対しても利他の精神や慈悲の精神を学ぶのです。高次元の進化した霊体になるには、普遍的な愛を学ぶ必要がありますが、その前に、自分の子供を正しく愛することを学ぶのです。家族を持つということは、霊性進化を進めるために身近にテーマを揃えることでもあるのです。もちろん、産まれてくる子供は、生まれ替わりを待っている霊体にその誕生の機会を提供しますから、子供を持つことは誰かの霊性進化のために献身することでもあります。歌手として苦労してきたあなたが、自分の子供を持って、歌手として学んできた知恵や歌うことを愛する心を子供に伝えていけば、子供の霊性進化の上で正しい道標となるのです。時には、親よりも霊性進化の進んだ子供が産まれることもありますが、そういう子は、長じてから親にとって手本となるような生き様を見せてくれます。家族を持ち、家族の中で共に正しく霊性進化していくということが、霊性進化途上の私たちにとって、物質地上界での望ましい姿なのです。あなたは今、このアストラル界に戻って、そのことに気付いたのです。大変良い学びになっています。ただし、結婚しても子供が出来ない夫婦もあります。それには何らかのカルマが作用していることもあるし、単に肉体上の欠陥の場合もあるでしょうが、子供を持ちたくても持てなかったということからも学べることがあるのです。自分の子供を持てなかった親は、他人のたくさんの子供を等しく愛する機会を与えられたと考えればよいのです。その人その人それぞれに霊性進化の道が用意されているのです。決して、嫉妬や妬みの感情を持ち続けてはいけません。それは進化の芽を摘むからです」

ミーユ師の話を真剣に聞いていた近藤佐知子だった霊体は、「ありがとうございます。ありがとうございます」と繰り返して、深々とお辞儀した。和服姿の霊体が日本式に丁寧にお辞儀するのを見て、竜一は急に妻の千代を懐かしく思った。

ミーユ師が霊波動を少し明るく精妙にして極めて薄い若竹色に変えた。それは、アストラル界の第一階層に匹敵する霊波動である。しばらくして、ミーユ師に感応した霊体が現れた。ミーユ師のオーラ光背にも負けない大きさで、明るく鮮やかで、ほとんど白い緑青色に輝いている。その大きなオーラ光背の中に、西洋の女性歌手と思われる姿が透けて見えていた。

「あらあら、珍しいお客様たちね」

美しい声の霊波動が響いてきた。この女性の霊体が呼び掛けたのである。

「この階層まで上がってこられるとは、ずいぶんと修業を積んでいらっしゃるのね。私は、前生でカーラ・クラインと呼ばれていたドイツのオペラ歌手でした。私が亡くなってからもう地上では二百五十年ほど経っているかしら。ドイツに生まれて、ハプスブルク家の宮廷でオペラ歌手として知られていました。フランス、イタリア、スペインなどにも出かけて歌いました。ちょうどフランス革命やナポレオンの登場など、ヨーロッパが大きく変動した時代でした。随分と危ない目にもあいました。しかし、私には歌がありました。そして、歌うことは、聞いてくださるお客様に喜んでいただくことです。戦場にも出かけて歌いました。傷ついた兵士たちが、私の歌を聞いて目に涙をためるのを見ると、歌手で良かったなとしみじみ思ったものです。アストラル界に戻ってからも、今でも、よく歌います。私が歌う時の霊波動がいくつもの階層を抜けて広がっていくのを感じると嬉しくなります。たくさんのいろいろな霊体の励ましや癒しになっているのではないかと思うからです。ただし、自分勝手な思いにならないように、自己満足にならないように、押し付けにならないようにと心掛けています。時には下の階層に出掛けて歌うこともあります。私の歌を多くの霊体が本当に喜んで聞いてくださるのかどうか確認するためです。残念なことに、ずっと下の階層にいる霊体は、私の霊波動に感応出来ないらしく、私が歌を届けられるのは第四階層より上の階層に限られます。それでもこうして歌い続けられるのは幸せと言うほかありません」

前生でカーラ・クラインと呼ばれていたこの霊体は、楽しそうに笑った。上位階層になればなるほど、個人的な苦悩や欲望から脱して、高次元霊界とまではいかないまでも、この霊界での生き方を楽しんでいるようだと竜一は感心した。

「さすがに第一階層におられる霊体だけあって、利他の精神そのものを楽しんでいらっしゃる。あなたは既に相当の霊性進化を遂げられているとお見受けします。前生については、記憶が鮮明でしょうが、あなたほどの方なら過去生についてもある程度の記憶があるのではありませんか。どんな過去生を経て霊性進化して来られたのか、覚えておられるなら、参考に聞かせてもらえませんか」

ミーユ師は、高度に霊性進化した霊体の幾多の人生の過ごし方に興味があった。

ミーユ師の問い掛けに、この霊体は思い出すように首をかしげていたが、しばらくして語りだした。

「そうですね。過去生について多くは思い出せません。ただ、前々生のことは私の霊魂の波動にかなり記憶が残っております。その頃、おそらく十六世紀の半ばと思いますが、私は、イングランドの田舎の小さな修道院の院長をしておりました。ある時、その村で魔女騒ぎが持ち上がりました。農夫の一人が、飼っていた羊が三匹いなくなったと言いだしたのです。当時、村はずれに一人暮らしの中年の女性がいました。当時には珍しく、未婚で、最近まで病に臥せっていた父親の世話をしていました。母親は、早くに病気で亡くなっていたのです。この女性は子供の頃に疱瘡にかかったらしく、顔にそのかさぶたの跡が残り、決して見目が良いとは言えませんでした。未婚だったのも、それが理由かもしれません。羊を失った農夫は、この女性が羊の血を抜いて魔法の薬を作るために殺したに違いないと言い出しました。この女性を魔女だと告発したのです。そうなると、この女性が父親の看病をしていた時に自分で薬を煎じて飲ませていたが、その煎じる前の実をもらったことのある農夫が、家に帰って猫の傍に置いた途端に猫が狂ったように転がり出したから、きっと毒だったに違いないと言い出したのです。本当は、その実は煮てから乾燥させたマタタビの実だったのですが、それが鎮痛に効果のある生薬だという知識のない農夫には、魔法のような不思議なものに思われたのです。他の農夫も父親は薬で毒殺されたに違いないと言い立てました。当時は、未婚で一人小屋に住み、いろいろな薬草などを集めて村の病人の世話をしていた女性は、事件があると魔女にされたのです。魔女の告発は、農民や民衆が中心になって騒ぎ立てました。イングランドの中央教会から調査員がやってきましたが、彼らにも公平に判断する知識がありませんでした。村人が魔女だと騒ぎ立て始めると、魔女にされ、火あぶりにされることが多かったのです。身寄りのない中高年の女性に味方はいませんし、そういう女性が火あぶりになっても本当に悲しむ者はいなかったのです。私は、その村の修道院長として関わりましたが、私にも村人を説得する力はありませんでした。魔女の判決が出て、火あぶりの刑が決まった時、『夜処刑するのは止めたほうがよい。夜は魔女の力が強くなる時だし、魔王がやってくる恐れもある。夜が明けてから執行するべきだ』と村人を説得しました。魔法を信じていた村人たちは、私の説得に応じ、その女性は一晩、火あぶりの刑の近くの柱に縛られたままになりました。私は、深夜にそっと近づいて、その女性を逃がしてやることにしたのです。ただし、誰かが助けたことが分かってはいけません。私は、男物の衣服に着替えさせ、靴も男物に変えさせ、脱いだ衣服や靴はその場に投げ捨て、さらに、いましめを解いた縄は再び結んでおきました。そして、その場に私の太ももを傷つけた血を数滴たらしておきました。さらに、歩いて三日ほど離れた奥地の修道院で、私の知り合いが院長をしている修道院宛てに、夫を亡くし借金のかたに家もなくした女性を修道女として受け入れて欲しい旨の手紙を持たせて逃がしてやりました。逃がす際に、鋏を持たせて、夜のうちに髪を短く切り、切り落とした髪と鋏は川に捨てるように指示しました。当時の一人暮らしの女性は、化粧を気にしなかったので、皆髪を伸ばし放題にしていました。髪を伸ばしていることも魔女の要件だとみなされていたのです。髪にも魔力が宿ると信じる者がいたのです。翌朝、私は、魔女が魔力で魔界に逃亡したと主張しました。その証拠に血が残っているではないかと言ったのです。魔力で逃げた魔女を追いかけるのは危険すぎるから、追いかけるのは止めなさいとも言いました。迷信深い当時の村人は、修道院長の話を信じました。それから、近隣の村や少し離れた村でも次々に魔女裁判が持ち上がりました。いずれも無知と迷信とかが原因でした。民衆は、苦難に遭遇するたびに誰かを魔女として生贄にしようとしました。その対象が、一人暮らしの中高年の女性だったのです。魔女が火あぶりの判決を受ける度、私は知恵を絞って逃がしてやりました。同じ手口は通用しないので、いろいろと工夫したのです。船でアイルランドやフランス王国に逃がしたこともあります。私が修道院長だった二十年間に魔女にされた女性を十二人逃がしてやりました。最初に逃がした女性は、三年経ってから知り合いの修道院長を訪ねてみた時、修道女としてすっかり溶け込み、彼女の薬草知識や治療経験が逆に高く評価され、頼りになる修道女と評判でした。活躍の場が変わるだけで、まさに魔女から聖女に変わったのです。人間の無知や自己防衛の思い込みがどんなに悲惨な結果をもたらすかを目の当たりに経験しました。私が魔女を逃がしたことがばれたら、私の命も危ういことでしたが、幸いに露見することはありませんでした。人々の無知を逆手に取っていたからです。当時、既に、日々の祈りを通じて、高次元霊からの正しい霊波動を受け取っていたように思います。あの暗黒の中世で命を張って人を助けた経験が、その次の前生の煌びやかなオペラ歌手の人生につながったのだろうと思うのです。それにしても、霊性進化が遅れている霊体の無知や誤った信念を正すことがいかに難しいことかを痛感いたします」

カーラ・クラインと呼ばれていたこの霊体の前々生の話は、竜一にとってもただ聞き流すことは出来なかった。二十一世紀になっている竜一の世界においても、無知や思い込みによる差別は後を絶たない。さすがに魔法は信じられなくなっているが、地上界と霊界の関係を正しく理解している者は極めて少ない。生まれ替わりの話をすること自体が、日本では魔女狩りに等しいのだ。もっとも、自ら厳しい修業をして真理を会得した導師に巡り合い、正しい指導を受けながら修業を重ねた者は滅多にいない。にもかかわらず、悟りに至ったふりをする偽教祖が後を絶たない。経典や書物を読んだだけで悟ったようなことを言い、人々を信者にしてしまう偽教祖は世界中に見られる。自分で厳しい修業をして会得したことだけを信じる他ないのだが、それが出来る者もまた限られている。宗教に絡んだことは、今でも厄介である。竜一は、薬草知識で人々を助けようとした慈悲深い女性たちが魔女狩りに遭った事実を忘れてはならないと思った。

「いやいや。実に素晴らしい話だ。あなたが高度に霊性進化をされている理由が分かりました。命を懸けて利他を、それも神仏霊にも出来ない献身を尽くされたのですね。ありがたいことです」

ミーユ師の感謝の言葉に、この霊体は美しく微笑んでから、いきなり、オペラの歌声を響かせ始めた。それは、竜一には聞き覚えのない中世の歌だったが、美しく慈悲にあふれた歌声に心が洗われるようだった。

「リュウよ。今日の旅はここまでにしよう。あまりに多くを体験しすぎても身につかなくなるし、疲れてしまうだろう。後の旅は、明日にしよう」

ミーユ師の言葉で、アストラル界訪問の旅を切り上げ、二人は小屋に横になっている肉体に戻った。竜一は、アストラル界に丸一日いたように感じたが、元に戻って枕元の三時間砂時計を見ると、やっと半分減ったところだった。

九　楽士の村

翌日の夜、二人は再びアストラル界へ出掛けることにした。次の訪問先は楽士の村にするとミーユ師が竜一に告げた。

「楽士の村の霊体は、基本的に明るく鮮やかな緑色のオーラ光背を纏っている。それは、音楽感覚や芸術感覚、普遍的な愛、それに自然に対する感受性などが特別に優れているからだ。だが、中には、忍耐力や活力も優れていて赤味を帯びた帯がオーラ光背に見られる者もいる。かなり霊性進化が進んでオーラ光背の白味が強く輝いている者もいる。美しい音楽は高次元霊界の霊波動の力を高める働きをする。そのため、音楽感覚の発達した霊体は、霊性進化が進んでいる者に多い。楽士の村は、アストラル界の第一階層から第三階層に広がっているが、他の村に比べると第一階層に多くの霊体が集まっているのが特徴だ。音楽を愛する者に悪者はいないと言われるように、美しい旋律には霊性を高める力があるのだよ」

ミーユ師は、そう話してから霊波動を緑色に変えてアストラル界に移動した。

楽士の村の領域に移動した二人のアストラル感性にさまざまな音楽が聞こえてきた。この村の霊体たちは、自分の得意な音楽を絶え間なく演奏して満ち足りた気分になっているようである。クラシックのオーケストラの音も聞こえる。ジャズのピアノの音も聞こえる。霊感の聴力を広げると、太鼓や三味線や琴や尺八の響きまで聞こえてくる。いろいろの管楽器や打楽器や笛の音も流れている。楽士の村は、まさに音楽の洪水のようである。霊波動の感応を抑えないと騒々しく感じてしまうほどである。ミーユ師が「第一階層に上がってみよう」と言って、オーラ光背の霊波動を白味の薄緑色に調整した。その後を追った竜一の前に、巨大と言えるほどのオーラ光背が現れた。ミーユ師のオーラ光背より一回りも大きい。頭の付近は、明るく薄い緑色だが、全体は白く輝いている。既に上位霊界の霊力を持っているように感じられた。巨大なオーラ光背の中に半透明のアストラル体が小さく見える。実際は、普通の体格の霊体なのだが、オーラ光背が大きいために小さく感じられるのである。ヨーロッパの中世の服装をしているところから、昔の有名な作曲家なのかもしれない。巨大なオーラ光背がさらに近づいてきて、丁寧にお辞儀した。

ミーユ師は、自分より霊力が進んでいると思われるこの霊体に少し気後れしながら、挨拶した。

「突然にお伺いしました。我々は、修業のために生きている肉体を離れてアストラル界を訪れています。いろいろの村を訪問して為になる話を聞いて回っています。私は、インドの奥地のヨガ導師のテンジン・ミーユと申します。隣にいるのは弟子のリュウです。楽士の村に満ち満ちている音楽には驚いています」

　ミーユ師の挨拶に対して、この霊体がにっこり笑って話を始めた。

「この世界によくおいでくださいました。この村には霊界音楽があふれています。どんな楽器のどんな音でも拾うことが出来ます。申し遅れましたが、私は、前生でルーカス・バウアーという名前のオーストリアの作曲家でした。ハプスブルク家の宮廷でオーケストラやオペラ音楽を作曲していました。歌手の村にいる、前生でカーラ・クラインだった霊体とは、宮廷で何度かお会いしたことがあります。作曲家にとって、このアストラル界は想念だけで素晴らしい曲を生み出せるので最高です。特にこの第一階層には、高次元霊界からの精妙な響きが常に流れてきます。私は、前々生も音楽家でした。その時はドイツの貴族の一族に生まれたのですが、気ままな三男でしたから、ジプシーの集団と国中を旅しながら、作曲したり、演奏したりして回りました。小さな領地を分けてもらっていましたが、領地の管理は妻に任せて旅回りに明け暮れました。その頃の曲づくりのヒントはジプシーの古い民謡とか民族音楽からとっていました。ところが、晩年になって夢の中で聞いたことのない響きをたびたび経験するようになりました。とても斬新な音楽です。しかし、その当時の楽器は粗雑なものが多く、微妙な音を引き出すことは難しかったのです。私が亡くなってアストラル界に戻ると、夢にたびたび出てきたその響きは、高次元の霊界からの霊波動の響きだと分かりました。私は、前生に生まれ替わる前に、アストラル界で、必死に高次元霊界からの精妙な音楽を吸収しました。そして、もう一度、地上界に戻って思う存分に作曲したいと渇望するようになったのです。私のそうした願いは神仏霊に届き、私は、前生で、オーストリアの音楽一家の長男として生まれたのです。父はバイオリニストでした。母はピアニストでした。幼児の時から、家中に音楽が響いていました。私は、三歳になる頃には、私の前生は音楽家でドイツの国中を回って演奏していたことを思い出すようになったのです。それと同時に、生まれ替わる前にアストラル界で吸収したさまざまな精妙な響きも自然に浮かんでくるようになりました。頭に浮かんできた曲をただ五線譜に写すだけだったのです。それが三歳児の作曲として評判になりました。前々生の晩年に起きたような夢の中で霊界からの響きを感じることが再び起きるようになりました。作曲家の私は、自分だけの能力で作曲したのか、それとも、高次元霊界から流れてくる精妙な調べを譜面に落としただけなのか、自分でも分からないのです。一時はその点を悩みました。しかし、人々が喜んでくれるなら、どちらでもよいではないかと割り切れるようになったのです。人々のためによい曲を届けることが重要であり、それが独創的な曲であっても、霊界から届いた曲であっても、どちらでもよいではないかと思えるようになりました。それからは本当に無心で作曲出来るようになったのです。中年になる頃には、夢の中ではなくて、無心に瞑想していれば心の中に調べが響いてくるようになりました。それは、高次元霊界の霊体から届く調べかもしれないし、アストラル界にいる先人の作曲家の霊体からの曲かもしれませんが、幸いに著作権の問題は起きませんので、私は、無心の心に浮かんでくる曲を次々に発表しました。美しい曲を作ることだけに関心を持ち、世俗の欲や金銭にはまったく関心がありませんでした。心の中には常に音楽が響いていたのです。亡くなって再びアストラル界に戻った時、私は、前回と同じ楽士の村に戻りましたが、階層は、第三階層から第一階層に変わりました。楽曲作りだけを集中して追求してきた結果なのでしょう」

前生でルーカス・バウアーという作曲家だったこの霊体の話は、霊性進化が進んで高次元霊界との感応チャネルがしっかりと開くと何が起こるかを示していた。ミーユ師も、実際に起きた事実を聞くと、確信を持って説明することが出来た。

「霊性進化が進んでいくと、どういうことが起きるかという実によい話を聞きました。我々は、肉体の死を迎えると、それまで肉体と重なっていたアストラル体だけになり、エーテル体や肉体を脱ぎ捨てて、アストラル界に戻ります。アストラル界に戻ると、さらに上位の高次元霊界からの霊波動を受けやすくなるので、霊的な刺激を高次元霊や神仏霊などから受けるようになります。霊性進化が進んでくるにつれて、高次元霊や神仏霊からの高尚で精妙な霊波動エネルギーをますます大きく吸収出来るようになります。それによって、霊界の中においても霊性進化が進んでいくのです。霊性進化がまだ進んでいない者にとって、地上の物質界に肉体を持って生きている間は、アストラル体を通して高次元霊界からの霊波動を受ける力がほとんどありません。霊魂は、深く寝ている時には、アストラル体に移り、アストラル界に属するのですが、霊性進化が進んでいない場合、アストラル界のさまざまな霊波動が肉体の脳組織に働きかけることはまずないのです。ところが、霊性進化が進んでくると、肉体脳組織とエーテル体とアストラル体を繋いでいる霊的なチャネルが強く結びつくようになります。それによって、深く眠って霊魂がアストラル体に移った時に、アストラル界の高次元霊波動を吸収し、それを肉体脳に伝達して、目覚めた時にも思い出すようになるのです。あなたが前々生の晩年に夢の中で精妙な響きを受け取るようになったのは、あなたの霊性進化がそこまで進んだからなのです。さらに霊性進化が進んでくると、アストラル体やその上位霊界の霊体の中に移動した時の自己の霊魂の霊波動として刻まれたことが生まれ替わった幼児の記憶として再生されるようになります。あなたが、前生で、三歳で既に作曲出来る天才児となったのは、それほど霊性進化が進んでいたので、霊界での記憶や前々生での記憶を取り戻すことが出来たからです。天才児と言われる幼児たちには普通に起きることなのです。あなたが前生で、瞑想状態に入れば高次元霊界からの霊波動に感応することが出来るようになったのも、あなたがさらに霊性進化したからです。霊性進化が進んでいない幼児が前生記憶を持っていることがありますが、それは亡くなってから時間が経たないうちに生まれ替わったので、アストラル体の前生記憶が肉体脳に転写されることがあるためです。ただし、この場合には、物心つく頃までに記憶は消失します。霊魂自体に記憶が残っていないからです。今のあなたは、間もなく上位霊界であるメンタル界に上昇し、一層精妙で高尚で高潔な霊波動に包まれて神仏界を目指して進むことになるでしょう。あなたが今も仲間の楽士や他の霊性進化途上の霊体に対して、素晴らしい音楽を作曲して届けている献身を、この先も、ますます力強く進めていただきたい。それこそが、上位霊界に霊性進化した者の役目でもあります。あなたの霊波動が、あなたを追いかけるように霊性進化しようとしている楽士のアストラル体の中の夢に届いていくのです」

ミーユ師の励ましの言葉に、この霊体は大きく頷いて答えた。

「ありがとうございます。導師から今説明を受けたことは、私もそうではないかと受け止めていました。夢の中で霊界からの霊波動を受け取れるようになった頃は、自分自身の欲望をほとんど感じなくなっていました。名誉も栄華も金銭も、出世も世間の評判も気にしなくなっていました。良い曲を作ること、それを人々に届けること、それだけが関心事でした。心からそのように変わったことが霊性進化の結果だったのでしょうね。今では、自分のオーラ光背も他人のオーラ光背もしっかり見えるようになり、この先何を目指すべきかが理解出来るのです。皆さんもどうか頑張ってください」

前生でルーカス・バウアーというオーストリアの作曲家で極めて霊性進化した霊体は、ゆっくりとオーラ光背を薄めて消えていった。

「今度は、第三階層の霊体に会ってみよう」

ミーユ師はそう言うと、オーラ光背の霊波動を濃い目の緑色へ変化させた。竜一も即座に後に続いて変化させた。すると、竜一のオーラ光背より一回り小さい明るい緑色のオーラ光背が現れた。その中に、竜一が見慣れたワンピース姿の西洋の女性の霊体が見える。服装からすると、どうやら最近に亡くなった霊体のようである。その霊体は、左手にバイオリンを右手に弓を持っている。見ている間に、二人の前でバイオリンを弾き始めた。プロのバイオリン奏者だったに違いない。短い曲をひとしきり弾いて、その霊体は二人に向かって一礼した。ミーユ師と竜一は、霊波動で拍手を送った。

「こんにちは。私は、前生でアリアナ・ロペスというスペインのバイオリニストでした。ほんの最近このアストラル界に戻りました。まだ地上界での思い出を引きずっています。特に私の長女は知能と聴力に障害がありました。私が六十歳過ぎに癌にかかって早く亡くなったので、後に残した長女のことが心配でたまりません。私の主人も私とほとんど同じ時期に亡くなりました。長男が兄として長女を養育していますが、決して裕福ではありません。霊界から長女を見守ることは出来ても、生活を助けてやることは出来ません。この楽士の村には、美しい調べが満ちており、それは私にとって素晴らしい慰めですが、その調べを長女に届けることは出来ません。長男に万一のことがあれば、長女は障害孤児になってしまいます。このアストラル界から長女を助けてやることは出来ないのでしょうか。お二人は、生ける肉体から離脱してアストラル界にお見えになられています。それが出来るのは、修業を積んだ聖者に限られると思います。私に何か良い知恵をお授けください」

前生でアリアナ・ロペスと呼ばれていたこの霊体は、必死の表情をミーユ師に向けた。

この霊体の霊力からすると、まだ何度も生まれ替わりを経ながら霊性進化を続けなければならないだろう。この霊体が次に生まれ替わる前に長女の寿命が尽きると思われるので、前生のことで悩むのもそれほど長い時間ではないだろうが、障害のある子供を残して亡くなった母親の苦悩はオーラ光背の形を激しく乱していた。

「障害のある子供を残して先に旅立つ親の苦悩は何よりも厳しく深いものです。それこそ、子供に対する純粋の愛の強さであり、高次元霊界の高尚な霊波動から来るものです。あなたの長女に対する思いは、必ず霊波動として地上界にも届いて行きます。しかし、障害に関しては、原因によって対応が変わってきます。肉体の脳組織に起きている問題が原因の場合は、肉体的な手術や投薬治療が必要です。霊界から肉体を変化させることは出来ません。生まれつきの肉体の脳の欠陥が原因であれば、手術も無理なことが多いでしょう。小頭症などがこれにあたります。この場合は、エーテル体やアストラル体は正常なので、霊魂が悪に染まるようなことは起きません。肉体の欠陥だけなら、肉体を離れれば正常に回復します。生きている間は、厳しい差別や苦悩にさいなまれることが多いでしょうが、それは霊的には耐え忍ぶ力を高めるのです。苦難に耐えて一生を終え、アストラル界に戻れば、普通の一生では得られないほどに霊性進化が進んでいることでしょう。ところが、肉体脳に異常はないが、アストラル体に異常がある場合の障害もあります。そういう場合は、肉体を離れてアストラル界に戻っても障害は回復しません。アストラル界より上位の霊界にまで霊性進化して初めて回復します。ただし、肉体脳は正常で、アストラル体に異常がある場合には、極度に偏った異常能力を示すことになります。言語能力が極めて低いのに、数学的能力は飛び抜けているとか。計算能力は非常に弱いが、音感だけは素晴らしく良いとか。そういう障害を示すのです。この場合には、優れた能力を伸ばしてやることで問題が解決する場合が多いのです。また、地上界で正しい霊性進化に向かって努力することによって、アストラル霊体の障害を軽減したり、治癒することが出来る場合もあります。さて、あなたの前生の長女の場合に、どういう障害なのかがはっきりしませんが、知能と聴力に異常があるということなら、おそらく肉体脳の欠陥から来ていると思います。したがって、アストラル体には問題がないと思われるのです。長女が深く寝ている時には、霊魂はアストラル体に移動しているから、あなたからアストラル体の霊波動を伸ばして接触することが出来るはずです。目覚めれば忘れてしまいますが、寝ている間にあなたからの愛情を霊波動として受け取ることで、霊魂は安らぎと力を得ることが出来ます。それは日々の嫌なことを乗り越える力になるのです。それから、あなたの長男にも働きかけることが出来ます。長男が深く就寝している時、アストラル体に移動した長男の霊魂にあなたの霊波動を送って、アドバイスしたり、力づけたりするのです。長男も元気で長く生きられれば、結果として長女も救われるのですから。長男は正常ですから、自分の判断で生活していくことが出来ますが、逆に、悪友にそそのかされたり、ギャンブルに染まったりする危険がないとは言えません。そういう時、あなたの霊波動の力で正しい道に引き戻すように働きかけることが重要です。子供に対する深い愛情は、あなたの魂の霊性進化を促し、いずれは普遍的な愛を育むのです。ところで、長男はどんな仕事をされているのですか」

ミーユ師の質問に、この霊体は、

「長男は、私の影響を受けて音楽界で生活しています。一応、ピアニストになり、比較的大きな町の交響楽団で働いています。しかし、食べていくのがやっとなのです」と答えた。

「それなら希望が持てます。あなたは楽士の村にいて、常に素晴らしい調べに接しているのですから、それらの調べを霊波動に乗せて、長男の霊魂が就寝してアストラル体の中にいる時にどんどん送ってやるのです。そのうちきっと目覚めた時の記憶にも残るようになります。長男の作曲能力を高めることになります。それを続けていれば、長男もいずれ名のある演奏家になっていきます。結果的に、長女も不安なく暮らせるようになるでしょう。今あなたに出来ることを念じて、意志として、実施してください。アストラル界からの影響は、想像以上に効果があるのです」

ミーユ師は自信を持ってこの霊体を励ました。


ミーユ師の言うとおり、霊性進化した霊体から見れば、霊波動の及ぼす影響は極めて大きいのだが、霊性進化が進んでいない霊体は、霊波動の力を十分に受け取ることが出来ず、欲望に囚われて間違った判断や選択をするのである。前生でアリアナ・ロペスだったこの霊体は、少し安心したように、「頑張ります」と言って、離れていった。

十　絵師の村

「次は絵師の村に行ってみよう。絵師の村は、オーラ光背で言えば、楽士の村と歌手の村の中間くらいにあたる。オーラ光背の色は、緑色にかすかに青が混じった萌葱色だ。絵師も美的感覚や芸術感覚が発達しているので、緑色が強く出ているのだろう。この村の絵師たちは、自分の想念で創出させた創造物や風景に好みの彩色を施して楽しんでいるから、絵師の村は、地球の地上よりも鮮やかで極彩色に感じられる。自然を愛する力も強くなっているので、アストラル界の第二階層から第三階層に広がっている。中には第一階層に属する巨匠もいる。では行ってみよう」

ミーユ師が霊波動を絵師の村に合わせて調整し、竜一もその後を追った。

二人の前に竜一のオーラ光背と同じ大きさの萌葱色のオーラ光背が現れた。オーラの中に西洋風の人物が立っている。その人物は、ミーユ師と竜一が見ている前で、眼前に湖や森や草原などを創出させた。いずれも色鮮やかな自然風景である。

「お二人の霊波動を感じました。珍しい人がこの世界に来られましたね。私は、前生でポール・ジュブワと呼ばれていたフランスの印象派画家でした。有名なルノアールなどは仲間でした。美しい自然の中の光や影が大好きでして、アストラル界に戻ってからも、こうして自然の光の陰影を描くと心が安らぎます。ただ、残念ながらアストラル界には強烈な太陽の光がないので、想念だけの陰影ではどうしても平板になってしまうのが不満なところです」

前生でポール・ジュブワだったこの霊体は、挨拶もほどほどにキャンバスとパレットと絵筆を取り出して、眼前に創出した光景を描き始めた。

「失礼ですが、前生で印象派の画家になられていたのはどういう経緯だったのですか」

竜一の質問に、この霊体が面倒臭そうなそぶりを見せたが、それでも詳しく説明してくれた。

「私が若かった当時は、まだ宮廷画家が盛んに宗教画を描いていました。それらはいずれもキリストやマリアや天使や預言者などを取り上げた作品ですが、我々人間の生きる喜びを鮮明に捉えるものではありませんでした。キリスト教の敬虔さを強要するようなものでした。南仏の明るい大自然の中で、鮮やかな風景に囲まれて、敬虔な宗教画を描くのは苦痛に思えてきました。モネが明るい自然を描いた作品を展覧会に出展したものを見て、私もショックを受けました。モネの作品は当時の批評家からは厳しい評価を受けたのですが、その光の捉え方や自然を切り取ったような印象や生き生きとした躍動を感じさせる画風は、私が求めていたものに近いものでした。ワクワクしながら生活している躍動感と大自然との調和を光あふれる描写で描きたいと感じていたのです。そう感じていたのは、私だけではありませんでした。モネに続いて、ルノワールやセザンヌなど多くの画家たちが同じように感じていたのです。彼らと交流を深めながら、私も大自然の美しさや光り輝く躍動感や人間の生活の生き生きとしたさまを描くことに喜びを見出していきました。ただ単に風景をキャンバスに転写するのではありません。人物や樹々や植物や花たちが持っている生きる息吹を捉えたかったのです。人間も動物も植物も、それらの生きているものの中に潜んでいる力を見つめようとしてきました。そういう意識で長年の画風を続けていたところ、六十歳を過ぎた頃に人々の体を包んでいる雲のようなものが見えるようになったのです。教会の修業者に聞くと、それはオーラ光背だと言うのです。不思議なことに、菜食に切り替え、ワインも止めると、オーラ光背がはっきり見えてくるのです。オーラ光背はその人の性質とか性格とか能力とかで色が違うように見えました。それは、個々の人間の魂を見ているように感じられたのです。そういうことが数年続きました。さらに、それから動物や植物などにも何か魂のようなものを感じるようになったのです。森や林や山などの大自然の中にも、隠されている生きる力を感じるようになりました。それからは、私は、描く対象に対して心の中で真剣に呼び掛けながら描いていました。対象に、どのように描いて欲しいかを問いながら描いたのです。このアストラル界に戻った時、私が感じていたのは、対象物の中に存在している霊波動だったのだと分かりました。印象派の画家が目指していたのは、まさしく対象が持っている霊波動の力をキャンバスに現わそうとする描き方だったのだと思うのです。これからも、万物大自然のあらゆるものに内在する霊波動を感じながら、出来れば心で交流しながら、そのエネルギーをキャンバスに描くように努力を続けたいと思います。お二人のように、霊的に進化したオーラ光背をお持ちの人であれば、私の話を理解していただけると思います」

この霊体の説明を聞くと、既に霊性進化がかなり進み、物質界の大自然のさまざまな物と霊波動での感応が出来るまでになっているように思われる。

ミーユ師が、感心しながら補足の説明を話した。

「あなたの印象派としての経験は極めて素晴らしいものです。自然の事物を単に光と色で捉えるのではなく、その中に含まれる霊波動を感じながら描くというのは感動的です。人間には、誰にも、個性としてのオーラ光背があり、その者が持つ特質に応じて色調や大きさや形が変わりますが、人間だけではありません。動物も、鳥や魚や小さな虫たちでも、植物や、大自然の山や森や林や湖などにも、それぞれの霊波動が宿っています。それらと感応出来るようになれば、そういうものたちの思いや意識が知覚出来るようになります。さらにその先には、それぞれの動物たちが定められた生き様を全う出来るように助けたり、大自然が美しい神性を現わせるように霊力を注いだりと、美しいものをより美しくする力を及ぼすことに向かって精励していくことになるのです。あなたは既にその道の途上にあります。あなたの来生がどのようなものになるかは、高次元の神仏霊の采配によりますが、必ずや大いなる霊性進化の機会が与えられると思われます。良い仕事を続けてください」

ミーユ師の言葉に感動し、前生でポール・ジュブワだったこの霊体は、持っていた絵筆で、アストラル空間に見事に虹を描いて見せた。

ミーユ師と竜一は、もう一人、第三階層の絵師に会ってみることにした。現れたのは、西欧の老女に見える絵師で、オーラ光背は竜一のものより少し小さいが、形はきれいな球体で、緑色が鮮やかに輝いていた。

「こんにちは」と、その霊体が優しい声で挨拶した。

「こんにちは。我々は、修業のためにアストラル界を旅しているものです。お邪魔でなければ、お話を聞かせてください」

ミーユ師の挨拶に応えるように、この霊体がうんうんと頷いた。

「私は、前生でアメリカ合衆国の画家で、メアリー・スノウという名前でした。田舎の素朴な風景とか、子供たちが遊んでいる光景とか、あるいは、花に覆われている草原とか、そういう田舎の素朴な原風景を描くのが得意でした。若い時からそういう素朴な原風景を描いていました。五十歳前の頃ですが、夢の中に妖精が出てくるようになったのです。美しい花の周りを飛んでいたり、植物の葉影に隠れていたり、中には何か笛のような楽器を吹く者もいました。それは夢の中なのに、目が覚めてもはっきり覚えているのです。どの妖精も色鮮やかで美しく、とても健康そうでした。物語に出てくる天使とは違いますが、とても可愛いのです。それで、その頃から、私は、原風景の中に妖精を登場させるようになりました。ほとんど毎晩夢に見るので、いろいろな妖精を描くのに苦労はありません。そうしているうちに、私は、『妖精のグランマ』と呼ばれるようになったのです。ところが、アストラル界に戻って、意味が分かりました」

前生でメアリー・スノウだったこの霊体は、そこまで話してから、強烈な霊波動を放射した。すると、その霊体の周りや、周辺に妖精が出現した。この霊体は、すかさず周辺に色とりどりの美しい花を出現させた。妖精たちは、この霊体が出現させた花々の周りを楽しそうに飛んだり、跳ねたりし始めた。

「今踊っている妖精たちは、私が想念で出現させたものではありません。このアストラル界の住民です。物質地上界には滅多に現れませんが、アストラル界を住処にしているさまざまな妖精たちがいます。私が夢に見ていたのは、夢の中でアストラル界の実際の妖精たちに会っていたのだと分かりました。妖精たちは、人間とは霊性進化の道筋が違いますから、アストラル界に住んでいても、我欲の欲望に囚われることはありません。ただし、どういう霊性進化をしていくのかは私にも分かりません。花や自然の美しいものを好みます。争いはまったくしません。時々は、非常に高いソプラノの霊波動で歌うこともあります。とても可愛いのですが、人間がペットに出来るようなものではないのです。霊界大宇宙の中の真理に組み込まれている存在なのでしょう。こうして本当の妖精を呼び出して、私のキャンバスに描くことが楽しくてたまりません。妖精たちも私が描き始めると喜びます。ポーズをとってくれる者もいます。キャンバスに描くには、想念で描くことが出来ますが、それでは楽しくないので、私は、キャンバスと筆と絵の具を思念で創出し、描く動作は、実際に行うようにしているのです。アストラル界では、想念で簡単に変えられますから、色を間違ったり、形を変えたりしたい時には、すぐに訂正して戻せるので、ストレスがありません。物質界と違って描いた手応えがほとんどないのが物足りないとは言えますが、満足はしています」

　この霊体の説明は、竜一にとっては驚きだった。アストラル界にもエーテル界の妖精と同じような原住民の存在がいるとは思っていなかったからである。それについて、ミーユ師に聞いてみた。

「エーテル界と同じく、アストラル界特有の存在は幾つもいる。だが、たいていは人間霊体と霊波動が感応しにくいので、滅多に出会うことはない。このメアリー・スノウだった霊体は、妖精と感応する力が特別に強いのだろうね。妖精や天使やその他の霊界存在の霊性進化の経路は人間の霊性進化の進み方とまったく異なるので、交感とか協調とかが難しいのだよ。これから、アストラル界の下層階層に行くにしたがって、異界の存在を目にすることが多くなるが、注意しなければならないのは、元々のアストラル界の存在なのか、それとも霊体が想念で発生させている存在なのかが分かりにくいということだ。しっかりと見れば、霊波動で区別出来るが、騙されやすいのだよ。アストラル界の低階層になるほどに、人間霊体が自分の欲望に沿った想念体を出現させるので、気を付けておかねばならない。このメアリー・スノウだった霊体が呼び出している妖精などは無害で可愛いものだが、そうでないものもいるのでね」

　ミーユ師の回答は、竜一には理解しにくいものだったが、とにかく経験してみる他ないなと思った。

メアリー・スノウだった霊体は、妖精たちを描きながら、離れていき、二人は、次の村に向かうことにした。

十一　農民の村

次に二人は農民の村に向かった。農民の村のオーラ光背は若緑色である。アストラル界の第四階層から第六階層までに広がっている。ミーユ師の霊波動に感応して、アストラル体のぎりぎりにオーラ光背が縮まって見えている霊体が現れた。半透明のアストラル体は、農民らしい姿だが、中世後期の北欧の農民に見える。オーラ光背が発達していないことから、霊力は弱く、霊性進化は初期の段階だろう。第五階層の霊体らしい。

「こんにちは」とミーユ師が挨拶した。

「あんたたちは誰かね。見かけない人たちだが。あんたたちの霊光はまぶしいね。神様なのかね」

この霊体は二人を眺めて粗暴な言い回しで問いかけた。

「我々は、肉体を地上に残して、アストラル界へ修業のためにやってきた者です。私は、テンジン・ミーユと申します。隣にいるのは、リュウです。二人ともインド奥地で修業をしているのです」

　ミーユ師の自己紹介の挨拶を聞いて、この霊体が「そうなのか」と言ってから自分の話を始めた。

「おいらは、前生でポーランドの農民だった。その時は、ドミニク・カミンスキーという名前だった。貧しい農民だったが、敬虔なカトリック信者として、日曜日には必ず教会に出掛けていた。旱魃や夏の冷害や絶えず何か問題が起きて、その度にキリスト像にお祈りを捧げていた。そんな中で、私の長女が十五歳の時、不治の病にかかってしまった。医者にもかかったし、悪魔祓いにもかかったが、一向によくならなかった。どんどん衰弱していく娘を見ていて、いてもたってもいられなくなり、教会の神父様にすがりついた。神父様の勧めで、十字架にかけられているキリスト像を買い求めたんだ。かなりの高い買い物だったが、高さ三メートルもある巨大なものだったので、仕方ないと思ったんさ。家の中に祭壇を作って、そのキリスト像を飾った。それからは、毎日、朝昼晩とお祈りを捧げた。キリスト像に娘を助けてくださいと、祈り続けたんだ。だが、ダメだった。結局、娘はやせ細って、痛みに苦しんで、最後は火が消えたように亡くなった。私は、悲しみよりも怒りを感じた。あれほど熱心に祈ったのに、何もしてくれなかったキリスト像を憎いと思った。長女の埋葬の日に、新しい墓の前で、私はキリスト像を燃やしてやった。役に立たないキリスト像を二度と目にしたくなかったのだ。その一カ月後、私も疫病にかかってしまった。妻は、キリスト像を燃やした罰が当たったのだと言った。神父様からもなぜ燃やしたりしたのかと責められた。だが、私は、疫病から一命をとりとめたが、高熱のせいで目が見えなくなったんだ。それからは、盲目となって、農作業もろくに出来ず、村人からも教会からも蔑まれ、生きるしかばねのようになってしまった。アストラル界に戻って、再び目が見えるようになって喜んでいるが、キリスト像を燃やしてしまった罰をこの霊界でも責めさいなまれるのではないかとびくびくしている。お二人は、高貴な修業者に見えるが、おいらは本当に罪深いことをしてしまったんだろうか」

前生でドミニク・カミンスキーと呼ばれたポーランド農民だった霊体の告白は、お祈りの本質を問う話だった。

「つらい話をよく話してくださいましたね。あなたのお話には、宗教の信者として深く考えなければならないことが幾つかあります。地上界にいて霊性進化が進んでいない者は、病気とか怪我とか、貧乏とか空腹になると、とにかく助けて欲しいと神仏に祈ります。まるで、神仏が超能力のある医師であるかのように、あるいは、札束を担いで訪れるサンタクロースであるかのように。しかし、神仏は、肉体や肉欲を満たすための存在ではありません。肉体の病や怪我を治すのは肉体に作用する力を持っている医師なのです。空腹を満たしてくれるのは、食糧を持っている商人や農民なのです。神仏に出来るのは、霊魂の力を引き出して、痛みに耐えることや空腹に耐えることを助けてくださるのです。キリスト像に娘さんの病を治して欲しいと祈ることは自分勝手で無理な願いでしかありません。さらに、次の問題は、キリスト像に対する考えです。キリスト像は地上界における工作物でしかありません。工作物に祈りを捧げても願いは届かないのです。祈りは、キリスト像に向かって祈って良いのですが、その祈りを届ける先は、工作物ではなく、高次元の霊界におられるキリスト霊体自体に向けて祈ることが必要です。工作物であるキリスト像を神聖なものとして崇めるのは間違いのもとになります。キリスト像は、神仏霊界にいるキリスト霊体に思いを届けるための入口でしかないのです。工作物であるキリスト像を燃やしてしまったとしても、それでキリスト霊体がお怒りになることはありません。イスラム教徒が偶像崇拝を禁止しているのも同じ理由からです。人工の工作物に神仏の力を期待してはいけません。さらに、大きな間違いが起きやすいのが、キリストや釈迦如来を神と同質に見る間違いです。特に、キリスト教やイスラム教では、神を擬人化した超能力者として崇める間違いを起こしやすいのです。神は人間が霊性進化したものではありません。仏教の如来や菩薩などの高次元霊体は、かつて人間として地上で修業した者であり、大いなる霊力を会得するまでに霊性進化しているとはいえ、神とはまったく違います。キリスト様も人間として地上で悟りに至った霊体であり、神の子ですが、神とは違います。神は、人間的な存在ではないのです。大霊界、大宇宙界の全てを覆い尽くしている真理を支え、かつ、崇高で普遍的な純粋愛の霊波動をあらゆる世界に行き渡らせているのが神であり、いわば、霊的な無限の愛のエネルギーだと言えるのです。神仏霊界にまで霊性進化した仏様やキリスト様も、神の大いなる霊波動の愛のエネルギーの中で生かされているのです。そして、こうした高次元霊体の方々は、神の霊波動エネルギーの力を得て、地上界で生活しながら霊性進化に努めている我々に正しい霊波動を送り届けるお仕事をされているのです。我々がお祈りする時、擬人化した神を思い浮かべて祈るより、むしろ、かつて人間として地上で修業されていた釈迦如来や薬師如来や、キリストや預言者ムハンマドや、クリシュナやシヴァなどに思いを寄せて、高次元霊界に存在しているそうした霊体に高尚な霊波動を送っていただくようにお願いするのが正しい祈りと言えるのです。高次元霊体たちの霊波動なら我々のレベルでも受け取ることが出来るからなのです。神は、霊的な霊波動エネルギーだと言いましたが、神の霊波動は、万物に流れ込んでいるのです。人間だけではなく、動物や昆虫や魚や鳥たちや、木々や草花などにも、さらには森や林や山や海や湖にも神の霊波動の息吹が流れ込んでいるのです。いたるところに神が遍在するのです。万物に神が宿るというのは正しいのです。だからこそ、万物を正しく理解し共存し、ともに霊性進化していくことが正しい生き方なのです。今のあなたが、今でも自分はキリスト教徒だと思っているのでしたら、高次元霊界におられるキリスト様にお祈りし、高尚な霊波動をいただけるようにお願いするのが良いでしょう。あなたが前生で疫病から視力を失ったのは、キリスト像を燃やしたからではなく、視力を失った結果として敬虔に学ぶ機会を与えられる必要があったからだと思います。お祈りすること自体はとても大切なことですから、これからも続けるようにしてください」

ミーユ師の説明は、この霊体に理解出来たかどうか分からないが、宗教や祈りの真実を説法したものであり、竜一にとっては価値ある話であった。

「もう一つ聞きたいことがある。若くして亡くなった長女がこのアストラル界のどこかにいるんじゃないかと、いくつかの村を回ってみたが、見つからなかった。おいらが感応出来ないほど進んでいる村にいるのかもしれないが、長女がそれほど気高かったとも思えない。どういうことなんだろう」

この霊体の質問にミーユ師は、なるほどというように頷いて答えた。

「先に亡くなった家族にアストラル界で出会えないことはよくあることです。アストラル界にいても、お互いが感応出来ない階層に離れている場合や、相手が会いたくないと思っている場合も会えません。また、次の生まれ替わりに備えて、アストラル界から上位霊界に移動していることもあります。特に、若くして亡くなった場合には、比較的早く次の生まれ替わりが始まると言われています。あなたの娘さんの場合、既に地上界に生まれ替わっていることも考えられます。家族の霊体がほとんど同じ時期に生まれ替わって、再び家族となって一緒に霊性進化していくことは珍しくはありません。そういった関係をソウルメイトと呼ぶこともあります。しかし、霊性進化の基本は、個々の霊体の特性に応じて生まれ替わり、個別に霊性進化していくことなので、娘さんの霊体に会えなくとも心配することはありません。神仏霊の采配はもっともふさわしい形で進められるのです」

ミーユ師の説明に納得したのか、「そうだな」と一言言って、この霊体が去っていった。

「次には、第四階層か、その上にいる霊体に会ってみることにしよう。わずかだが、第三階層にも農民の村に属している霊体がいるはずだ。少し高い霊波動で呼び掛けてみよう」

ミーユ師は、そう言いながら、この村の若緑色のオーラ光背に合わせて明るく澄んだ霊波動を放った。しばらくして、それに感応したらしく、竜一のオーラ光背とほとんど同じ大きさの鮮やかな若緑のオーラ光背が現れた。オーラ光背の形もきれいな球形をしている。農民の村にいても、相当に霊性進化している霊体であることが窺われる。その霊体は、数十年前に竜一が日本で見かけた農家の若者のような服装である。

「おやおや、地上界から生きたままで訪問された方々だと思って来てみれば、なんと、一人は日本の方ですね。肉体を離脱してアストラル界にやってくるには特別な修業が必要ではありませんか。日本の修業僧でそれが出来る方には初めてお会いします。私は前生で、田中一郎と言う名前で、日本の広島県で専業農家をやっておりました。最近亡くなり、このアストラル界に来て日が浅いのです。人が亡くなるとまず霊体となってアストラル界に戻ることをアストラル界に来て知りました。私は前生で、太平洋戦争の時、まだ国民学校初等科でしたが、五年生の頃から作業応援に動員され、近所の工場で働いておりました。広島ですから、昭和二十年八月六日の原爆投下の日も朝から工場に出て働いていたのです。仲の良かった友達の一人は、朝の作業で完成した製品を外に運んで車に積み込む作業を手伝っていました。私は、工場の中で作業の応援をしていたのです。その時、原爆が爆発しました。最初、一瞬の間、ものすごい閃光が周りを包み、目が見えなくなりました。ガーンと頭を叩かれたような光でした。私が働いていた工場は、爆心地から三百メートルほどのところにありました。何が起きたのか分かりませんでしたが、アッと思った次の瞬間にドーンと建物が揺さぶられ、一気に壁も屋根も崩れて落ちてきました。大きな機械が何台もあったので、機械と機械の隙間にうずくまって助かりましたが、最初の光の高熱で外壁や柱などが焼け始め、私は、大人の人に手を引っ張られて外に逃げ出したのです。外は、炎や煙や散乱した建物とかで闇夜のように見えました。最初は人の姿はあまり見かけなかったのです。私は、外に出ると、仲の良かった友達の姿を探しました。しかし、まったく何も残されていませんでした。外に出るコンクリートの階段に二、三人の人の焼き付いた影が残っていたと後で聞かされました。それが友達だったのかどうか分かりませんが、その時は、自分が生きていることすら奇跡のように感じました。何日か彷徨って、救護所に辿り着き、命は助かりましたが、原爆症で数年は入院したままでした。その後、親戚がやっていた農家を引き継いで、専業農家として生きてきました。だが、あの日のこと、あの友達のことは、忘れたことはありません。私の今の霊力を持っていれば、アストラル界に戻った時、あの友達の霊体に会えないかと探してみました。アストラル階層の第一階層から第七階層まで探してまわることは可能なのです。しかし、あの友達の霊体を探すことは出来ませんでした。あるいは、既に生まれ替わって、どこかで元気に来生を生きている可能性もあります。本当に無事であって欲しいと思います。あの時、原爆の光線で溶けてしまった友達の霊体はどうなったのでしょうか」

前生で田中一郎として専業農家をしていたこの霊体の質問は、さすがにミーユ師にも難問である。原水爆の閃光に溶けてしまった人間の例は歴史上も広島と長崎にしかない。それも、限られた例である。

「うーん、難しい質問です。原水爆の閃光の強度は凄まじいということは分かります。それが、肉体だけを蒸発させるのか、エーテル体やアストラル体までも破壊するのかは、私の経験では分からないというのが正直な答えです。ただし、私も高次元霊の一人に同じことを聞いたことがあります。その時の答えは、原水爆の強烈な閃光の強度は、人間の体に浸透している霊体、つまり、アストラル体やその上位霊体までも破壊してしまうことがあるというのです。つまり、人間の霊魂が一瞬にして消滅することもあるということでした。大霊界に広がっている神の力から作られた霊魂が破壊されてしまうというのですから、原水爆はまさに悪魔の兵器なのです。しかし、あなたの友達の霊魂が消失したかどうかは分かりません。生まれ替わって元気に活躍しているのかもしれません。たとえ、彼の霊魂が消滅していたとしても、あなたは助かり、農民として優れた人生を生きたのですから、これからも彼の分まで必死に生きて欲しいと思います」

ミーユ師の言葉に、

「そうですね。分からないことにあれこれ悩んでも仕方ないですね。自分が正しい霊性進化の道を必死に生き抜いていくことが肝心ですね。それと、再び、原水爆によって霊魂が消滅するようなことが起きないように、高次元霊界の神仏霊とともに、高尚な霊波動を地上界に送り続けるようにしなければなりませんね」

と、この霊体が高潔に答え、「まさにその通りですよ」とミーユ師が応じた。

「ところで、もう一つ聞きたいことがあります。日本の昔からの農家には、仏壇と神棚がありました。仏壇は、ご先祖様を祀るところですが、宗派によって異なるご本尊様も祀ってお祈りを捧げていました。神棚は、台所と居間と農作業小屋などに置いてお供えをしていました。台所を預かる賄いの神様、家内安全を守ってくださる神様、農作物の豊穣を守ってくださる神様、など、あらゆるところにそれぞれの神様がいて、人間の営みを守ってくださっているという考え方をしておりました。こういう考え方をするのは、日本特有なのか、世界の中には同じような宗教思想の国もあるのか。そして、神と仏をどのように区別して考えればよいのか。自分が亡くなって、アストラル界に戻ってから、宗教の望ましい形を考えるようになったのです」

　この霊体の質問は、霊界に戻った時に多くの者が感じる疑問である。

「神と仏を区別して祀る習慣がある国はたくさんあります。同じく、人は亡くなると神のもとへ旅立つと考えて、神と仏を区別しない宗教思想もあります。宗教は、その国の歴史や風土から生まれているので、どちらが良いとは言えません。ただし、大霊界と大宇宙をすべて含めて動かしている真理があります。その一つは、人間は何度も生まれ替わりながら、霊性進化して上位霊界に上り詰め、神仏霊の霊力を得て、地球の地上界や霊界へ高尚な霊波動を放射して、正しい霊性進化を促しているということです。つまり、御仏とは、かつて人間として地上界で霊性進化を進めた上位霊のことなのです。私の理解では、人間の霊体は、第八次元霊界まで霊性進化すると、そこに留まって、地球界の霊性進化を見守り、指導する役目に携わります。亡くなった人のことを仏と言うのも、霊界に戻って霊体として次の生まれ替わりに備えている存在だから、霊性進化の途上の霊体でも仏と呼んでいるのです。仏壇でご先祖の仏を祀ったり、高次霊の御仏を祀ったりするのは、かつて人間として地上界に暮らしていた霊体に、現生にある我々に正しい霊波動を送ってくださいとお願いすることなのです。神棚はそれとは違います。神とは、霊界も物質界もすべてを含む世界の正しい霊性進化をもたらす純粋愛の霊波動なのです。その霊波動は、万物に宿っているのです。神の子と言われる人間にも、神の純粋愛の霊波動が霊魂の底に宿っています。動物や鳥や魚や虫にも、山や海や植物や花にも神の純粋愛の霊波動の息吹が宿っているのです。日本の昔からの宗教である神道は、万物に神が宿るという思想ですが、まさに真理を現わしています。いろいろの場所に神棚を祀り、それぞれの場所にある神の霊波動の息吹に思念を送るのは望ましい行いです。ただし、間違いやすいのは、祈りと言いながら、自分の欲望を実現して欲しいという我欲を願うことです。それは、神に対しても、御仏に対しても、祈りにはなりません。神の純粋愛の霊波動があらゆる世界に満ち満ちて平安がもたらされますようにと祈るとともに、日々を生きていることに感謝するのが正しい祈りです。受験生が合格させてくださいと祈ったり、投資家が株が儲かるように祈ったり、農家が作物の病気が治りますようにと祈ったり、自分勝手な願いを祈るのは、本当の祈りではなく、自分自身に対する気休めなのです。人間には気休めも必要なので、自分を納得させるための祈りは構いませんが、それは、霊性進化の正しい道を進んでいく祈りとはなりません。合格祈願をする時間があるなら、問題の一つも解いた方が合格に近づくのです。たいていの人は、家族が健康で安泰に生活出来ますようにと願望を祈りますが、神仏に祈る前に、家族が健康づくりの体操を続けたり、好き嫌いなくバランスの良い食事をしたり、早寝早起きでリズムの良い生活を保ったり、いさかいなく仲良く助け合ったり、隣人とのストレスもなく、人様から感謝されるような生き方をすることが基本です。それが出来ている家族が、気休めに祈りをするのであれば、問題はありません。しかし、健康や家内安泰に役立つことを何もしないでおいて、神仏の力で実現させてもらいたいと祈っても、高次元霊界の神仏霊には届かないのです。地上界では、自分の行いの結果がすべてを決めているのです。我欲の願望を祈願するのでなく、自分が与えられている立場で、仕事であれ趣味であれ、人様の役に立ちたいとの思いで、熱心に高潔に最善を尽くして献身することが、いかなる祈りよりも重要です。霊性進化は、そういう実践の中で進むのです」

ミーユ師の話は、今回も深遠で難解だが、前生で田中一郎だった霊体は、

「ありがとうございます。よく理解出来ました。私も今は仏になっているのですね。地上に残っている者たちに正しい思いの霊波動を送ってやるようにします」

と言って、一礼して去っていった。

この霊体が消え去ると、入れ替わるように別の霊体が現れた。オーラ光背はかすかに若緑色をしてはいるが、今にも消えそうなほどに薄くなっている。その薄いオーラ光背の球体の中に、これも薄くなって抜けそうに見えるアストラル体が何とか見えている。そのアストラル体の真ん中にはまぶしいほどに輝いている霊魂が浮かんでいる。

「お二人の珍しい霊波動を感じたので、急いでやってきました。私は、今から生まれ替わりに備えて上位霊界に移動するところです。アストラル体を脱ぎ捨てて、霊魂だけになって新しい上位霊体を纏うところです。生きた肉体を離脱してアストラル界に移動出来るまでに修業されている方に会ってみたくて、生まれ替わる前に会いに来たのです。いずれは私も、お二人のような霊力を会得したいと思います。私の来生はどういうものか分かりませんが、出来れば画家として芸術面を強くし、正しい霊性進化の中を進んでいくことが出来たらよいなと思います」

突然やって来たこの霊体が消え入りそうに見えるのは、アストラル界から離れて上位霊界に移動する直前だからということらしい。かすかに見えているアストラル体の姿は、比較的最近の日本の農民のように見える。しっかり感応させて見ていた竜一は、「アッ」と驚いた。その霊体は、竜一が三十過ぎの時、還暦前の若さで亡くなった竜一の父親に間違いない。竜一が小学生の頃の記憶にある若き日の父親の姿である。亡くなって間もなく三十年になる。比較的若くして亡くなると生まれ替わりも早く来るとミーユ師が説明していたことを竜一は思い出した。父親だった霊体は、竜一を見てもまったく気付いていない。

竜一の姿は、服装だけでなく霊的にも大きく変化していたので、分かるはずがなかったのだ。竜一は、父親の霊体に呼び掛けることをしなかった。これから生まれ替わりのプロセスに進んでいこうとしている霊体に、前生のしがらみを思い出させることは支障があるかもしれないと感じたからである。

「それでは、良い来生をお迎えください。きっと新たな経験が待ち受けていることでしょう」

　ミーユ師の言葉に、この霊体は手を合わせて拝む仕草をし、ゆっくりと薄れていった。消え去る前に、竜一は、この霊体のかすかなアストラル体にいくらか緑色の濃い帯が走っていることに気付いた。そういえば、父親は、少年時代に画家になりたくて勉強していたことがあると聞いたのを思い出した。戦争がなかったなら、画家となって違った人生を送っていたのかもしれない。こういう霊体に神仏霊はどういう来生を采配するのだろうか。竜一は、父親の霊体が消えた辺りを興味深く見つめていた。見つめている向こうに小川が流れているのが見える。その畔に何か分からないが三体の動くものがいる。竜一がしっかり霊眼を凝らして見ると、薄緑色の体をしていて、人間のようにも見える。見ているうちに、もう一体の同じようなものが小川の中から浮かび上がってきた。不思議に思った竜一は、ミーユ師に尋ねた。

「お師匠様、あの向こうに小川が流れていますね。その畔に三体の何かがくつろいでいるように見えます。川の中からもう一体が浮かび上がりました。あれはいったい何ですか」

ミーユ師もそちらを眺めて、「ほう、これは、これは」と笑いながら説明してくれた。

「あの者たちは、水の精と呼ばれている妖精の一種だ。インドでは水神と呼ばれることもある。日本では、河童と呼ばれているんだったな。このアストラル界に住んでいる妖精で、人間とは異なる進化系統に属している。花の妖精とも少し違うようだ。人間霊に対して悪さはしない。河童は、エーテル体を纏って地上界に現れることがあるという。極めて珍しいことだが、その場合には、霊感の鋭い者や子供には見えることがあり、あちこちの河童伝説になっている。あそこの川は、農民の霊たちが想念で出現させているものだが、河童妖精は水が好きらしく川で遊んでいることが多い。河童妖精は農民の村の霊波動に感応しやすいと見えて、他の村で見かけることはほとんどない。動物ではないので、餌を食べたりはしないが、人間霊と感応することはあるようだ」

ミーユ師の説明は、竜一にとって驚く内容だった。日本で妖怪と言われている河童が、アストラル界の実在の存在だったとは考えもしなかった。だが、霊界のことを何も知らないのだから、いろいろなことがあっても不思議ではないなと、竜一は改めて納得した。

十二　スポーツ選手の村

ミーユ師と竜一が次に訪れることにしたのは、スポーツ選手の村である。今までの村とはまったく性格が異なる。

「スポーツ選手の村のオーラ光背は、明るい澄んだ赤です。オーラ光背が赤を示すのは、活力にあふれ、競争心や闘争心が強いということ、忍耐力や根性も特別優れているということです。一流のスポーツ選手として人生をまっとうした者は、こういう特性に磨きをかけてきたのです。もちろん、中には知的レベルが高く青色の帯がオーラ光背に走っている者もいるし、芸術感覚や音楽素養が高くてオーラ光背に緑色の帯を纏っている者もいます。この村にいる霊体は、フェアなスポーツ精神を高めて霊性進化してきた者が中心なので、アストラル界の第三階層から第五階層に掛けて広がっています。悪意を持って相手を打ち負かそうとする一流選手はいません。そのレベルの霊体は、暴力者の村などの低階層にいるのです。スポーツ選手の村は、多くの霊体が走ったり、跳んだり、想念で出したプールの中で泳いだり、実にさまざまなスポーツを想念の中で楽しんでいるから、見ているだけでも楽しくなります。では、行きましょうか」

ミーユ師はそう言うと、鮮やかな赤い霊波動を放射し、自らのオーラ光背も少し赤味を帯びた色に変化させた。

二人の霊波動に感応して、どうやら第五階層にいるスポーツ選手の村の霊体が現れた。澄んだ赤いオーラ光背だが、まだ多少粗野なところがあるらしく、球形ではなく、曲がった楕円体で頭の辺りのオーラ光背が波打っている。

「呼び掛けたのは君たちかね。修業僧に見える君たちがこの村に来たのはどういうわけだ」

そう言って大きなアストラル体の体をそびやかした。そのアストラル体は西洋の中世の鎧をまとっており、長い剣を振り回している。霊体は危害を加えることはないと分かっているので、ミーユ師が落ち着いて訪問の狙いを説明すると、この霊体も安心して語りだした。

「お二人は私の死後五百年も経った世界からやって来たというのだな。なかなか興味深い。私は、前生でイングランドの騎士ジャック・パントリーだった者だ。当時のイングランドでは、少しは名の知れた戦士だった。ハイランドとの争いが絶えず、何度戦に出掛けたか分からない。その度に戦功をあげたので、二十代で騎士に任じられた。城内の武芸試合ではめったに負けたことはなかった。あの頃、同時に騎士に任じられた私の好敵手だった若者が一人いた。私の方が戦績は良かったが、時には負ける試合もあった。幼い時から武芸の修練に明け暮れ、毎日厳しい稽古を続けていた。決して弱音を吐かないことや最後まで辛抱することや、何が起きても動じない胆力であるとか、騎士として必要な資質に磨きをかけてきたから、この村にいるのだと思う。騎士はプライドにかけて、決して弱い者をいじめたりしないが、しかし、私は武芸試合では格下の相手に対しても全力で立ち向かうことにした。相手を見下して、手を抜いたりしたのでは相手に失礼だからである。競争相手に敬意を払い、常に全力で対抗することで、相手も自分も強くなれるのだ。それこそ、騎士道で大切なことである。私の姿勢は戦う相手にも高く評価されて尊敬されていた。前生で私が二十歳代半ばになった頃、ハイランドとの何度目かの戦に勝った後の戦勝祝いの席で、国王に次ぐ地位にいた貴族が、騎士の勝ち抜き試合を行って、勝ち抜いた者に娘を嫁にやると言い出した。その娘は、領内でも一番と言われる美貌で、あまたの若者が求婚していたが、誰にもなびこうとしなかった。器量だけでなく、教養も品性も申し分ない娘だった。試合に勝った者がこの娘を妻に出来るとあって、国中の騎士や騎士見習いの全員が試合に参加した。戦勝気分もあって、まれにみる盛大な試合になった。国王や重鎮全員が出席し、天覧試合となったのだ。その娘は、貴族の父親とともに国王の隣に並んで座り、試合の一部始終を見届けていた。結局、試合は私が勝ち抜いた。その娘は私の妻になるはずだった。だが、私はその夜じっくりと悩んだのだ。その娘と言葉を交わしたこともない。領地を持たない騎士の私に嫁いで苦労する覚悟があるのかどうかも分からない。しかも、勝ち抜き試合の優勝賞品として、自分を品物のように提供することに何の異論も唱えないでいる。その娘には自尊心というものがないのか。勝ち抜いた者なら、誰でも構わず夫にするというのは、自分を安売りしていることになるが、それで構わないと本当に思っているのだろうか。私はその夜悩みに悩んだ。優勝賞品なら、馬の一頭ももらった方がどれだけ気楽だったことか。人間を品物のように気安く扱うべきではないと思った。自分が負け戦の賠償品として敵方に引き渡されることを考えると、自尊心が焼けるように感じた。その一夜が明けると、私は、その貴族の屋敷に出向いた。そして、その娘を妻には出来ないことを伝えた。試合の優勝賞品として娘をもらうことは出来ないと断った。将来のいずれかの日にお互いが理解し合い、愛し合う仲になるなら、その時には妻にもらいたいと答えた。ところが、私の話を伝え聞いた者たちは、『何と傲慢な奴だ』とか『お嬢様を侮辱するにもほどがある』とか、口々に私を罵り始めた。そのうちに、当の娘までが、『この私を気に入らないとはなんと無礼な男だ』と言い出した。その挙句、その娘は、私の好敵手だった騎士で、試合には準優勝だった男に嫁いでしまった。それからは私の運気はすっかり下がってしまった。その娘を妻にした騎士は、父親の貴族が間もなく病で亡くなると、領地を継ぎ、貴族に任ぜられた。その妻は、いつまでも私を罵り、私の昇進を妨げた。私は決してその娘に欠点があると思ったのではないのだが、その誤解を解くことは叶わなかった。当時のイングランド王は、アイルランドを併合する紛争をしていて、しばらくすると、私はアイルランド戦線に追いやられ、そこで戦死した。このアストラル界に戻ってからも、私の何がいけなかったのか理解出来ないでいる。私はどうするべきだったのでしょうか」

前生でジャック・パントリーと言った騎士の霊体は、身にまとった鎧を揺すってミーユ師を見下ろした。

ミーユ師は少し考え込んでいた。色恋の話はミーユ師にも良く分からないのである。

「私には若い娘の気持ちが良く分かっておりません。だが、自分が国一番の美貌で、誰もが妻にしたいと焦がれていることを知っていた娘にすれば、自分を袖にする男がいるとは思えず、そのような男を許すことが出来なかったのでしょう。あなたが試合の商品として高貴な娘をもらうことを潔しとしなかった気持ちも良く分かりますが、結果的には娘の気持ちを傷つけることになってしまったのですね。その当時の社会のしきたりがどうなっていたか知りませんので、はっきりは言えませんが、あなたは、その娘との婚姻を断るのではなく、婚約という形にし、しばらく婚約者として付き合いをし、お互いの理解が深まった頃の良き日を選んで婚礼を上げましょうと提案しておれば、誤解は何もなかったと思います。あなたが頭から断ったので、娘としてみれば、傷物にされたような気持ちになったのではないでしょうか。騎士だったあなたに娘心が分からなかったのは仕方ないことですが、この経験も、相手を思いやる時にどうすれば良いかが、いつの日か役に立つことがあるでしょう。地上の世界はどんどん変わっており、人間を品物として扱うことはなくなっていますが、人の心はそれほど変わらないものです。あなたの来生で、この失敗の経験が生きてくることでしょう」

さすがのミーユ師も、当たり障りのない助言をするのが精一杯だった。満足したのかどうか分からないが、この霊体は、ガシャガシャと鎧を鳴らし、剣を振りながら去っていった。

「今度は第三階層の霊体に呼び掛けてみよう」

ミーユ師は霊波動をさらに明るく鮮やかな赤色に変えて放った。すると、たちまちそれに感応して大きなオーラ光背が現れた。竜一のオーラ光背と比べても、いくらか大きいのだ。それだけの霊力を持っているのである。オーラ光背の形もきれいな球体である。その中に、サッカー選手の格好をしたアストラル体が見える。想念で出現させたサッカーボールを足で蹴りながら近づいてきた。

「こんにちは。あなた方はスポーツ選手には見えませんね。なんと、まだ地上に肉体を残していますね。どうしたのですか」

この霊体は早速質問してきた。ミーユ師がいきさつを説明すると、

「なるほど、そうでしたか。私は亡くなってアストラル界に戻ってから日が浅いのです。地上の世界がまだ懐かしいと思うこともあります。私は、前生でテオ・サントスと呼ばれていたブラジルのサッカー選手でした。ワールドカップで優勝したこともあるし、ブラジル代表として長い間戦いました。四十歳代半ばまで第一線で活躍し、その後は、コーチや監督としてブラジルサッカーに貢献しました。前生の一生をサッカーに捧げたと言えます。サッカーを通して学んだことの最大の点は、最後の一秒まで諦めないということでした。アディショナルタイムに逆転した試合は何回もありました。最後の最後まで集中し、ゴールに執念を燃やして戦うということの大切さが私の魂に刻み込まれたのです。もちろん、このことは、他のスポーツにとっても同様に大切なことです。私にとってサッカーは宝物のように思っていますが、地上界でやり残したことはありません。完全に燃焼しました。生まれ替わった来生がどういうものになるのか分かりませんが、サッカーから学んだことは、他のスポーツ選手としても通用すると思っています。私の友人たちには、アメリカ合

衆国に渡ってバスケットボールの一流選手になった者もいるし、プロ野球のスター選手になった者もいます。そういう世界で再び活躍するのも良さそうだと思います。来生への生まれ替わりは、自分が望んでいるように実現するものなのですか」

前生でテオ・サントスだったこの霊体の質問にミーユ師が素早く感応して答えた。

「あなたのオーラ光背を見ると、相当霊力が高く、霊性進化が進んでいると感じます。前生で、プロのサッカー選手として素晴らしい精神性を学んだことが分かります。活力、闘争心、忍耐力、根性、胆力などは上位霊界に進めるほどに霊性進化されています。ただ、あなたのオーラ光背の色が純粋に明るい赤色だということは、その他の精神性などを鍛える必要があると言えるでしょう。知的な感性を磨くことによって、オーラ光背に青色の変化が加わります。芸術性や音楽感性を磨くことによってオーラ光背に緑色の変化が加わります。そうなると、オーラ光背は限りなく白く輝いてくるのです。そうなった時に上位霊界へ上昇するにふさわしい霊性進化が進んだと言えるのです。生まれ替わりの采配は、神仏霊のお力によって決まるのですが、あなたにとって最もふさわしい来生が選択されるはずです。それは学者の人生かもしれないし、音楽家の人生かもしれません。もう一度、スポーツの世界で活躍することになるかもしれません。どうなったとしても、神仏霊の采配を信じることです。人間の霊体の生まれ替わりを司っている高次元霊界の神仏霊には、過去から未来に至るまでの事細かな霊的記録を見る力があると言われています。その中から、あなたの霊性進化に最もふさわしい時、場所、父母が選ばれると思います。今のあなたは、アストラル界に戻って日が浅いのですから、来生への生まれ替わりを案じるよりは、今の瞬間に高次元霊界から降り注いでいる高尚な霊波動を出来るだけ吸収して霊性を高めるようにすることです。アストラル界においても、霊性進化の歩みを止めないようにすることが大事です」

ミーユ師の説明を何度も頷きながら聞いていたこの霊体は、

「素晴らしいお話です。良く分かりました。私は、音楽も好きで、試合の合間によく聞いていました。来生に音楽家になる可能性もあるなら、それも素敵だなと思います。この世界でも、歌手の村や楽士の村があります。私でも頑張って霊波動を調整すれば、それらの村を訪ねることは可能です。この世界にいる間にも、霊魂の正しい霊性進化を心掛けるようにいたします。ありがとうございました」

と、答えて、オーラ光背の色をすっとピンク色に調整して消えていった。

十三　自殺者の村

「そろそろアストラル界の低階層に行ってみることにしよう。霊性進化の遅れている者や霊性進化が始まったばかりの者が存在している世界だから、多少の危険がある。比較的安全な、自殺者の村から始めてみよう。自殺者は、相対的に言えば、暴力的な性格の者は少ない。気が弱く、他人を気にすることが多く、我慢する胆力に欠けるが、一面では、優しさや自然を愛でる力が優れていたりする。ただし、自殺の理由はさまざまだから、オーラ光背の色が一定していない。ほとんど黒に近くくすんでいて、色合いは緑から青にかけていろいろである。霊力が弱いので、オーラ光背の大きさはごく小さく、本人が想念で出現させているアストラル体に隠れてしまうほどだ。自殺者は、地上界で期待されていた霊性進化の途上で逃げ出したことになるので、来生は再び似たような境遇に置かれて再挑戦しなければならないだろうと思う。いじめられて自殺した者は、時として、来生にはいじめる側の者に生まれ替わって、カルマを清算することになる者もいるだろう。だが、人生の終盤に自殺したような場合には、その人生の目的を遂げていることもあるので、自殺者の村ではなく、その霊体の霊力と霊性進化の性向に従って、別の村に存在することが多い。自殺者の村にいる霊体は、霊性進化が進んでいないにもかかわらず、地上での人生の途中で生まれ替わりの狙いから逃げ出した者ということになる。正しい霊性進化のルートから逃避した者に対する来生の采配がどうなるのかは、私にもまったく見当がつかないが、おそらく似たような人生に再挑戦することになるはずだ。とにかく、出掛けてみることにしよう」

ミーユ師はそう言うと、霊波動の色を思い切り暗くして、アストラル界の第六階層へと進んでいった。竜一は霊波動を暗くすることに不安を感じたが、急いで後を追った。

アストラル界の第六階層となると、周囲の明るさも夕方のようである。灰色にくすんだ青緑のオーラ光背を頭の周りに纏っている若い娘の霊体が現れた。東洋系の顔立ちでどうやら学校の制服を着ているらしい。アストラル体自体も輝きがなく、薄暗いので、どこの国の服装なのか見当がつかないが、比較的最近の服装のようである。

「まぶしい。あなたたちは何ですか。どこから来たのですか」

この霊体は、ミーユ師と竜一の白く輝くオーラ光背をまともに見ることが出来ないらしく、頭を傾けて横目で見る姿勢を取った。どのみち、目で見ているわけではないのだが、霊波動の感応視力を使う時にも地上での癖が抜けないのである。ミーユ師が、地上界に肉体を残して修業のためにアストラル界にやって来たことを説明すると、この霊体は、話し相手が出来たことが嬉しいようで、自分がなぜこの村にいるのかを説明し始めた。

「この村にいる他の霊体は、誰もが自分の中に閉じこもっていて、滅多に話をすることがありません。とても寂しい村です。わたしは前生で韓国の女子高校生のパク・ウンギョンでした。高校二年生の時に自殺したのです。あれから地球の地上界では四十年も経ちました。高校生になった時に、中学時代から仲の良かったA子とB子の三人でいつもグループを作って遊んでいました。高校一年生の終わりの頃、私は、同級生で野球部のピッチャーをしていたC君が好きになり、憧れていました。長身で美男子でクラスの女子からも人気が高く、女生徒の憧れでした。でも、一人でアタックする勇気がなくて、A子とB子に相談し、三人でC君を映画に誘うことにしました。C君は、野球部の同級生二人を入れて三対三でならという条件で承諾したのです。それをきっかけにC君と話をするようになりました。仲良しの三人で会うこともあったし、私とC君の二人で会うこともありました。二年生になり、野球部の試合があると必ず応援に行きました。二年生の夏に、私はC君と二人でデートすることが出来ました。その時、『付き合って欲しい』と告白しました。それを言うのはとても恥ずかしかったので、大変な勇気がいりました。ところが、C君が、『ごめん。悪いね。実は、A子と付き合っているんだ』と言って、私はあっさり振られたのです。私はあまりのショックで動くことが出来ませんでした。なんとか家に戻って、いつまでも泣き続けていました。翌日からA子と顔を合わせるのが苦痛でした。何とかしてC君のことは諦めようと思ったのですが、そう思えば思うほどに苦しくなったり、悔しくなったりしたのです。どういうわけか、それまでは目につかなかったA子とC君が仲良く話している場面や二人がデートしている場面に出くわすようになりました。その度に、私は逃げるように立ち去ったり、物陰に隠れたりしました。二人を恨む気持ちはなかったのですが、自分がものすごく情けなく感じました。日が経つにつれて、何をする気力も湧かなくなり、生きていても仕方ないなと思うようになったのです。成績もどんどん落ちていきました。A子とC君が幸せになるのを見ながら、じっと耐えて生きていく自信はありませんでした。その年の晩秋、私は、薬局で睡眠薬を買い、その夜、自殺したのです。アストラル界に戻ってからも二人のことが気になり、時々地上界に様子を見に行きました。二人は高校を卒業しても付き合っていました。A子は、二流の大学を卒業して、会社員になりました。

C君は、三流大学にどうにか野球部推薦で入学しましたが、二年生の時に肘を故障し、野球選手としての生命を断たれました。それでも何とか大学は卒業したのですが、もともと学力は弱く、野球以外は目立った特徴がなく、就職しても二年もすると転職を繰り返しました。二人は、時々喧嘩しながらも付き合いを続け、三十歳前に結婚しました。そして、一年後には長男に恵まれました。その子が三歳の時、仕事に身が入らないC君をA子が強烈に罵り、二人は大喧嘩となり、C君に本気で殴られたA子は重症の怪我をしたのです。C君は、暴行罪で懲役五年の刑となり、二人は離婚しました。それからのA子は、長男を一人で育てるために必死に頑張りました。だが、もう再婚する気力はなく、息子だけが生きがいになりました。その息子は、父親に似て長身で外見の良い青年になりましたが、頭脳も父親の遺伝子を引いていたのです。その長男の人生は、A子が望んでいたような華麗なものにはなりませんでしたが、親子二人が何とか生活していくだけの仕事はありました。私がA子に代わって、C君と付き合い、結婚していたらどうなっていただろうと思わずにはいられません。結局、C君は、私が命を差し出す価値のある男性ではなかったと思うのです。私は何と無知で浅はかだったことかと悔やまれます。話をB子に変えましょう。B子は、美少女とか、かわいい娘という感じではなく、落ち着いた大人しい子でした。とても頭が良くて成績は常に学年の上位でした。B子は、男子生徒には目もくれず、浮わついたところもなく、勉強一筋に頑張り、韓国で一番と言われる大学に合格しました。大学の途中で、国の奨学金をもらってハーバード大学に一年間留学しました。大学を卒業すると、今度はスタンフォード大学に留学し、そこで博士課程を終えて帰国し、卒業した大学の助教授になったのです。その後教授になり、今も教授として在籍していますが、政府の諮問委員会の委員とか学術会議の委員とかで忙しい毎日を送っています。B子は結局結婚しませんでした。男性に交じってエリート人生を走り続けているB子、苦しみながら長男を一人で育てたA子。私にはどちらの人生が良かったのか分からなくなることがあります。諦めて早々に自殺して人生から退場した私が一番駄目なのは分かります。もう一度人生がやり直せるなら、簡単に諦めて自殺して逃避することは絶対にしないと思います。どんな人生になるにしても、生きていることで価値があるのだと今なら分かります。生まれ替わって次の人生を送れるなら、B子のように真面目に頑張って、それでいて、A子よりもたくさんの子供に恵まれるといいなと思います。私の失敗の経験を来生に生かすにはどうすれば良いのでしょうか」

前生でパク・ウンギョンという女生徒だったこの霊体の告白は、人それぞれの人生の不思議な運命を感じさせた。この霊体が亡くなって既に四十年になるというから、生まれ替わりのプロセスがいつ始まってもおかしくない。

「いろいろと考えさせられる話ですね。前生の記憶や経験をどうやって来生につないでいけるのかという点は、私にも正確に分かりません。だが、今のあなたの霊体は、アストラル界にあり、アストラル体で形成されています。アストラル界の霊波動に感応するアストラル物質から体を形作っているのです。しかし、あなたの霊魂は、アストラル体とは別に存在しています。今は、アストラル体の中に囚われていますが、生まれ替わりの時には、霊魂は一旦今のアストラル体を離れて上位霊界に移動してから生まれ替わると聞いています。来生に前生の経験や記憶を繋ぐには、霊魂の中に刻む必要があるでしょう。それは誰にでも出来ることなのか、所定のレベルまで霊性進化していないと出来ないことなのか、その点が分かりません。ですが、何事も、強く強く念じていれば、霊魂の中にその思念の波動が刻まれるのではないでしょうか。簡単に自殺しないというのは、自分を大切に思うことであり、自分には必ず出来ることがあると自分を信じることでもあります。それから、人を見る目を養うことも大事になります。地上界では、人は、特に若い人は、見た目が良い人を評価する傾向になります。見た目に麗しいものを愛しいと思うこと自体は悪いことではありません。美的感覚が高まるのは良いことです。しかし、相手が人間である場合には、外観の見た目と同時に、その中に隠されている霊魂の霊性進化を見抜くことも必要になるのです。ところが、自分の霊性進化が進んでいない者は、相手の霊的な進化を見抜く力がまだ備わっていません。そのために、見た目だけで判断して苦労することが絶えないのです。逆説的に言えば、霊性進化があるレベルまで進んでいないうちは、人を見る目の判断に何度か失敗して苦労することによって、その経験を通して霊性進化が進んでいく定めになっているとも言えます。霊魂では、失敗は霊性進化の母だと言えるのです。あなたは自殺したことを恥じることなく、来生ではより良く学ぶことを心掛けてください。どうか、望ましい来生を迎えて、正しい霊性進化の道を進んでください」

ミーユ師の励ましの言葉に、この霊体のオーラ光背が一瞬明るい緑色に光った。竜一は、肺癌の手術の経過が思わしくなくて、絶望に駆られていたら、自分も自殺者の村に来ていたかもしれないなと、運命の不思議を思った。

「もう一人誰かを呼び出してみよう」

ミーユ師はそう言って、霊波動を少し青くて暗い色に調整して放射した。この呼びかけに答えて、青みがかった暗いオーラ光背の霊体が現れた。先ほどのパク・ウンギョンだった霊体よりもオーラ光背が大きく、アストラル体に沿ってはっきりと見えている。第五階層に属しているのかもしれない。アストラル体から判断して、西欧の若い男性のように見える。

「こんにちは。強い霊波動を感じました。あなた方が呼んだのですか」

この霊体がおずおずと近づいてきて、尋ねた。ミーユ師が、「そうです」と答えて、事情を説明した。

「そうですか。分かりました。修業でアストラル界にやってくることが出来るとは知りませんでした。お二人のオーラ光背を見ると、とても強い霊力をお持ちだということが分かります。まぶしいくらいに白く輝いていますから、最上位階層に属するほどの霊性進化をされているのか、あるいは、既に高次霊界に進むことになる方たちなのでしょうね。私は、前生でセルゲイ・スミルノフというロシアのエンジニアだった者です。自殺してアストラル界に戻った時、生前にエンジニアだったので、知者の村に行ってみました。たしかにオーラ光背の色合いは、私が纏っているのと同じ青の霊体が属している村でした。ところが、その村にいる霊体のオーラ光背は、非常に明るく大きく輝いていて、同じ青でも私の暗くて小さなオーラ光背とはまったく違いました。私にとって、知者の村はまぶしくて落ち着かないのです。結局、私は、自分の霊性進化の力から言っても、死んだ理由から言っても、この自殺者の村が一番安心出来る場所でした。上位階層に行くには、まだまだ修業しなければならないのだと納得しました。どうして私が自殺するようになったのかをお話ししましょう。私は、ロシア政府系の研究機関でエンジニアをしていました。技術者としての経験は十年ほどで、これから中堅エンジニアになるところでした。結婚して四年になった時、休暇をもらって妻と三歳の娘を誘って小旅行に出掛けました。自宅アパートのあるモスクワから百キロメートルほどのところにあるリゾート地へ行きました。三泊四日のとても楽しい時間を過ごしたのです。最後の日も、ぎりぎりまでリゾート地で遊んでいました。夕食を済ませてリゾート地を出発したのは、夜の九時でした。一時間もあれば自宅に帰れる距離ですから、すっかり油断していました。私は気楽にハンドルを握り、時速百キロメートルを超えるスピードで高速道路を飛ばしていました。たぶん私はうとうとしていたに違いありません。アッと思った一瞬、車は対向車線から来るトラックと接触し、逆方向にはじかれました。ブレーキもハンドル操作も間に合わない瞬間に、車は、道路わきのコンクリートの側壁に激突したのです。衝撃で私は気を失い、重体でしたが、命は助かりました。ところが、助手席の妻と後のベビーシートに座っていた娘は潰れた車の衝撃で即死でした。もちろん、そのことは私が意識を回復してから知らされたのです。私が退院したのは、二カ月後でした。妻と娘の葬儀にも立ち会うことが出来なかったのです。退院して、元のアパートに戻りましたが、そこは、妻と娘の楽しい思い出ばかりの場所です。そうした思い出が私を毎日毎日苦しめました。研究機関には一応復帰をしましたが、とても仕事が手に付く状態ではありませんでした。家に帰ると、罪悪感から逃げるため、そして、以前の幸福な思い出から逃げるため、毎晩潰れるまで飲むようになりました。結局、研究機関は三カ月後に馘になりました。それからは、朝から酒を飲まないではいられなかったのです。体はぼろぼろになり、酒を飲んでも気持ちよく酔うことはありません。二週間飲み続けた夜、ついに幻覚を見るようになりました。妻と娘が、おいでおいでと手を振っているのです。もう苦しまなくても良いのよ、と言っているのです。その夜、私は首を吊って自死しました。気が付いた時は、アストラル体となってこの世界に戻っていました。アストラル界に戻ると、妻と娘の霊体を探してまわりました。だが、どうしても見つけられませんでした。属する村が違い過ぎるのか、階層が違うからなのか分かりません。それでも、人は死んだらアストラル界に戻り、再び生まれ替わる準備をするのだと分かったので、罪悪感はなくなりました。生前に、妻や娘が再び生まれ替わって、幸せな来生を迎えることが出来るのだと知っていたら、私も飲み潰れることはなかったと思います。ロシア正教の教えも、そのことを正確に教えてはいませんでした。今は、妻や娘がより良い来生を迎えることを祈るだけです。もちろん、私も、来生でやり直したいと願っています。このアストラル界での経験を来生まで忘れないでいられると良いのですが」

セルゲイ・スミルノフだったというこの霊体も、前生で凄惨な体験をし、その結果自殺することになったのだが、自殺者の村の霊体に共通する気力の弱さがある。

ミーユ師は、生まれ替わりを信じている時のメリットとデメリットを考えながら、この霊体に語り始めた。

「生まれ替わりの真理を教義としてはっきり教えているのは、チベット仏教やヒンズー教などわずかな宗教に限られています。他の宗教でも来生のことを説くものは多いが、教えとしては曖昧な内容です。それは、人は必ず生まれ替わって地上界で霊性進化の修業を続けることが多次元宇宙の真理なのだと知ることに、メリットもあるし、デメリットもあるからです。特に、霊性進化の初期の霊体にとっては、デメリットになることが多いのです。生まれ替わりながらこの地上界で霊性進化を進めることが人間の定めだと理解して、今の人生を大切な霊性進化の場と思って真摯に生き抜こうとする者にとっては、知っていることがメリットになります。逆に、どうせ生まれ替わるのであれば、失敗してもやり直せば済むことだから、苦しい思いをすることは無いなと考える者にとっては、知っていることはデメリットになります。霊性進化の初期の者にとっては、人生は一度限りだから、大切に生きなければならないと思う方が良い結果が生まれます。知らないことのメリットなのです。しかし、霊性進化が進み、高次の霊界レベルに進化した者は、アストラル界の経験や、さらに高次霊界の経験までも霊魂記憶として持ったままで地上に生まれ替わるようになります。そういうレベルの者は、人間の肉体に纏いついているエーテル体やアストラル体を感応して見るようになります。つまり、生者のオーラ光背を見分けられるようになるのです。そうなれば、宗教的な教えがどうであれ、人は何度も生まれ替わりながら地上界で霊性進化の修業を続ける定めにあることを自分で悟ります。そこまで悟った者にとっては、知ることがデメリットになることはありません。さて、あなたの場合に、人は生まれ替わるものだと知っていたら、妻や娘の死に対してそれほど罪悪感を感じなくても済むと思っているなら、それこそが間違いです。あなたの不注意によって妻子を亡くすことになったことを深く悔い改めるべきなのです。悔い改めて再び事故を起こさないようにすることが、霊性進化の基本なのです。生まれ替わるからと言って、人命をおろそかに考えるのは、まったくの誤りです。事故や不注意によって、若い命が断たれたり、人生の途中で亡くなることは、本来与えられた霊性進化の場を中断することと同じですから、人としての霊性進化の行程の上では重大な過失だったり、罪だったりするのです。それこそが、天の摂理に対する犯罪のようなものなのです。事故で亡くなったあなたの妻子は、一足先にアストラル界に戻り、アストラル界で、地上に残されたあなたが正しい道を進むように見守っていたはずです。自死することは、妻子の期待に反したのです。アストラル界に戻った時に、誰もが自分の霊体としての存在を再認識します。そして、肉体は一時的な容れ物だということを理解します。その上で、肉体の中に入った霊魂は地上の制約の場での苦難を通して霊性進化するのだということも悟ります。あなたの奥さんは、あなたが苦悩しながら、それを克服して苦難に耐える力を会得して欲しいと願っていたはずです。それに応えられなかったあなたに失望して、あなたがアストラル界に戻っても会いたくないのかもしれません。もちろん、単に霊波動が違う世界にいるのかもしれません。娘さんは、幼児ですから、いち早く生まれ替わりのプロセスに移行した可能性があります。自死したあなたは、来生では、いかなる苦難にも逃げ出さずに堪えて、それを克服する忍耐精神を学び直すことになるはずです。具体的にどんな人生が待ち受けるのかは分かりませんが、今のあなたは、上位階層や高次霊界から降り注いでくる高尚な霊波動をしっかり吸収し、来生で正しい霊性進化の道を歩めるように備えることです。奥さんが霊波動の異なる階層にいるために会えないのであれば、あなたの霊波動がこの霊界の中で霊性進化すれば、その時には会えるようになるでしょう。自死しても何も解決はしないのです。つらさが癒されることもありません。そのことをあなたは既に学んだはずです。どんな苦難にも耐えて生き抜くことがいかに重要であるかを霊魂に深く刻んでおくようにしてください。そうすれば、生まれ替わった時にも、心の底にそのことが潜在記憶として残り、簡単に諦めないで頑張れるはずです。あなたの霊体には、気の弱さと同時に、優しさも見えますから、次の人生では必ず実のある霊性進化が遂げられると思います。優しさがさらに高まれば、あなたのオーラ光背は明るく輝いてくるでしょう」

ミーユ師が長々と説法し、真理を説き、励ましたのを、この霊体は、真剣に聞いていた。

途中から、この霊体は、静かに泣き出した。苦しかった前生を思い出したからなのか、愛しい妻子の思い出を思い浮かべたからなのか、不覚にも自死して自殺者の村にいる自分を悔いたのか。竜一は、この霊体は、来生では期待されるとおりの人生をまっとうするだろうと感じた。

十四　殺人者の村

「いよいよアストラル界の最下層に行ってみよう。第七階層になる。そこにもいくつかの村があるが、まず、殺人者の村に行くことにしよう。人間の作った法律によって殺人者とされた者の中には、長引く闘病と病気の痛みに耐えきれなくなった老妻を見るに見かねて殺害したような者も含まれる。しかし、憎悪や意趣返し、興味本位、衝動などの殺人とは違い、思いやりがあるからこそ殺人行為に至った者は、この殺人者の村にはいません。この殺人者の村にいるのは、自分の欲望に駆られたり、邪魔者を排除しようとしたり、衝動的な殺人を抑えられなかったり、勝手な理屈で社会的弱者を排除しようとした者などがいるのです。つまり、霊性進化の上では、まだ動物的感性が強い者や、愛の霊波動エネルギーを受け取る力が育っていない者や、自分の我欲だけで生きている者たちです。強い嫉妬感情も持っているので、上位霊のオーラ光背を纏って踏み込むと襲われる危険があります。それから、この殺人者の村では霊体が思念で出現させている怪物にも注意しなければならないのです。幻影なので攻撃はしてこないが、知らないと恐怖でパニックになるかもしれません。さらに、殺人者の村だけでなく、第七階層の村々には、アストラル界の存在の中でも劣性の物が集まりやすい。こちらも悪さはしないが、恐怖を感じるような怪物たちだ。地上界でよく言われている地獄の鬼や怪物を思わせる者たちもいる。世に言われている地獄では、生きている時の悪い行為の内容に従って罰を受ける場所があり、焦熱地獄、阿鼻地獄、叫喚地獄などの八大地獄が仏教で唱えられる。しかし、実際には、そのような霊界は存在していない。殺人者の村に行くと、地獄のように見えるが、それは殺人者たちの霊体が自分の好みの想念で出現させている世界なのだ。第一、生きている時の悪い行いを罰するために地獄を作り、そこで適切な罰を与える獄吏がいるとすれば、それは、正しい行いをしないと罰するという矯正場となるので、高次元霊界の神仏霊の指導を助けていることになる。だが、神仏霊は、厳しい罰で誤りを導くことはなされない。人間の霊魂が自らの努力と経験に基づいて、霊性進化を進め、正しい霊性の向上に向かうように、高次元霊界から霊波動を注いでじっくり見守るやり方をされている。地獄のように見える第七階層の村々は、そこにいる霊体たちにとっては、居心地が良い場所なのだ。鬼のように見えるアストラル界の存在は、第七階層に住んでいる妖精の一種なのだよ。時には、霊体自体が、鬼の姿をしていることもある。それは、他人を怖がらせて喜ぶことが生きがいになっている極めて霊性進化の遅れた霊体なのです。こういう点を予備知識として持っておいて、気を付けながら殺人者の村に行くことにしよう」

ミーユ師は、恐ろしいような話を竜一に説明してから、オーラ光背の霊波動をほとんど黒に近く調整して放射した。竜一も恐る恐るそれに続いた。第七階層に移動すると、竜一は、その暗さに驚いた。霊視の力で見通すようにしても、せいぜい満月の夜程度にしか見えないのである。遠くの闇の中に何かうごめくものがいる。見ていると、巨大な恐竜のような姿のそれは上空を飛び去っていった。

「お師匠様、今飛び去っていったのは何ですか」

竜一が驚いて尋ねた。

「今のは竜だ。あれもアストラル界の第七階層に住んでいる妖精の一種だが、危険なことは無い。この世界の竜には、何種類かある。大蛇のようなものや恐竜のようなもの、大トカゲのようなものなどがいる。この村の霊体が想念で出現させている竜もいるが、それは霊魂がない幻影だから、よく見れば判別出来る。あちらから霊体がやってきたようだ」

ミーユ師が指摘した暗がりから灰黒色のオーラ光背を頭の周りにわずかに纏った霊体が現れた。そのオーラ光背には血の色のような毒々しい筋が入り、裂け目が幾筋も走っている。上位階層の霊体のオーラ光背とはまったく似ていない。竜一は、見ているだけで背筋が寒くなるほどである。

「お前らは何だ。どこから来た。何しに来た」

この霊体が、乱暴に問いかけてきた。ミーユ師が、修業のためにアストラル界を訪れていると説明している途中で、ミーユ師の話をさえぎって、この霊体が激しい怒りをぶつけてきた。

「ここはお前らが来るところではない。お前らは、上位階層の明るい村々を回ればよいのだ。お前らのまぶしい霊光は目障りだ。慈悲だの利他だの愛だのと、お前らの講釈は聞きたくない。お前らがいると居心地が悪くなる。邪魔だ。俺は、アメリカのトッド・ブラッディだった者だ。四十八人の連続殺人鬼として名を馳せた者だ。ここでは殺してもすぐに回復してしまうので、手応えがないからつまらん。早く地上に戻って、泣き叫んで慈悲を乞うやつをジワジワと嬲り殺す快感を味わいたいものだ。おっ、向こうから鬼野郎がやってくるぞ」

巨大な鬼が暗闇から現れた。体は赤黒く、筋骨隆々としており、手に持っているのは青龍刀のような刀である。トッド・ブラッディだった霊体は、この鬼に向かって近づき、いつの間にか取り出した拳銃で鬼の胸を打ち抜いた。撃たれは鬼は一瞬よろめいたが、すぐ立ち直って、刀で相手に切りかかった。トッド・ブラッディだった者の片腕がすっぱりと切り落とされた。トッド・ブラッディだった者は、残った腕で拳銃を乱射し、鬼の顔面を吹き飛ばした。顔面を吹き飛ばされた鬼は、めちゃくちゃに大刀を振り回して、トッド・ブラッディだった者の胴体をざっくりと切りつけた。そこで乱闘が止まり、二つの霊体がゆっくりと再生して、元の姿に戻っていく。完全に元の姿に戻ると、驚いたことに、両霊体が握手して左右に分かれて消えていった。

「今のは何だったのですか」

　竜一は、訳が分からず、ミーユ師に尋ねた。

「殺人者の村にいる霊体は、アストラル界に戻っても、殺人衝動を抑えられないのだよ。適当な相手が見つかると、殺し合おうとする。霊体は、殺しても殺しても死なないが、それでも何度も何度も殺し合う。それが快感になっているのだ。鬼に見えたのは、やはり殺人者だった霊体が相手を怖がらせるために姿を変えているのだよ。アストラル界の存在である鬼もいるが、そういう妖精の鬼は人間の霊体とは戦わない。出会ってもすぐに消えてしまう。戦っているのは、人間だった霊体だけだ。自分の方が強いことを示したいために戦う者もいるし、殺人衝動を満足させるために戦う者もいる。殺人者の村は、世にいう地獄とほとんど同じように、殺し合いや痛め合いが続いている村なのだ。中には、動物霊から人間霊に変わったばかりで霊性進化がほとんど進んでいない霊体もいる。そういう霊体は、自己を守るために相手を本能的に攻撃する。この村にも高次元霊界の神仏霊からの高尚な霊波動は届いているのだが、それを吸収するだけの感能力がないのだ。高次元の霊波動は、霊性進化の程度に合わせて吸収能力が育っていくのだよ。この村の霊体が、アストラル界の上位階層に霊性進化するまでにはまだまだ数多くの生まれ替わりを経験しなければならないということだ。おや、向こうから何かやってくるよ」

　ミーユ師の指摘に、竜一が意識を向こうに向けると、何か小さな動物のようなものが数匹走ってきた。醜い姿から、地獄にいると言われる餓鬼を連想する。「キーキー」と鳴きながら、何かから逃げているようである。

「あれは何ですか」

竜一の問いに、ミーユ師が答えた。

「あれは、アストラル界の妖精の一種で、この最下層階にいる存在だ。地獄の餓鬼のイメージは、この妖精から想像されたものだ。本当は心根の優しいもので、悪戯はしないのだが、姿かたちから誤解されやすい。逆にこの村の霊体から虐めの標的にされているのだよ」

ミーユ師が答えているうちに、この妖精を追いかけて霊体が現れた。半透明なアストラル体全体が、赤黒く染まった戦闘服を纏っている。オーラ光背は小さく歪んで裂けた灰黒色の球が頭の周りにわずかに見えている。この霊体は、幅広の刃の刀を構えて小さい妖精を追いかけている。二人の傍まで来ると、

「なんだ、お前らは」

と大声を張り上げた。霊聴にそう響いたのである。

「ここはお前らが来る場所ではなかろうが。俺の邪魔をすると、容赦はせんぞ。俺は、前生で袁海青と呼ばれた中国の工員だった。二十五の歳、幼馴染の同級生だった女性に言い寄り、結婚を迫ったが、その娘の家族に大反対された。家族からは、今度近寄ったら警察を呼ぶと脅された。俺は頭にきた。何も悪いことをしているわけじゃない。話も聞かないで犯罪者のように追い払うとは許せないと思った。その夜、俺は、その家に忍び込んで、

一家全員を殺害してやった。祖父母、父母、娘それに、たまたま泊まりに来ていた娘の友達、六人全員を縛り上げて、この包丁で刺し殺してやった。俺を馬鹿にした報いだ。人を馬鹿にするやつは生かしちゃおかない。俺を逮捕に来た警察には従順なふりをして油断させ、隠していた包丁で一人を刺してやった。いい気味だ。法廷で大暴れしたら、裁判の始まる前に射殺された。この村には、殺したくなる奴が無数にいるが、刺しても死なないので面白くない。この餓鬼どもを脅して遊んでいる方が面白い。餓鬼どもも死なないが、怖がって逃げるので、やりがいがある。俺の邪魔はするなよ。餓鬼どもがあんな向こうに逃げてしまったじゃないか。この世界にいる鬼が見つかるともっと面白いんだが、滅多に現れないんでね。待て、餓鬼ども」

前生で袁海青だったこの霊体は、大声で妖精たちに呼びかけると、走って追いかけだした。

「まったく何という村かな。この村の霊体は、本当は霊力が弱く、忍耐力も根性もなく、知的能力も芸術性もないのだが、自分を強く見せて崇めてもらわないと気がすまない者たちだ。暴力で自分を強く見せる以外に方法がないので、誰もが暴力で自己主張しているのだ。この村に長く居過ぎると我々のオーラ光背も汚染される心配がある。もう立ち去ることにしよう」

ミーユ師はそう言うと、霊波動を本来の輝く白に戻した。

竜一が追いつくと、

「もう一つ、最下層の偽教祖の村を見ておくことにする。こちらは危険なことは無いが、なぜ最下層に位置付けられるのかを学ぶ意味がある。我々にとってはまさしく反面教師になるのだよ。偽教祖のオーラ光背は、黒と青のまだら模様で、波打っているように見える。だが、霊力はある程度高いので、オーラ光背の大きな者もかなり多い。彼らは自信家ぞろいなので、議論を始めると止まらない。真理とは何かとか、正義とは何かとか、宗教の本質とは何か、などの議論を始めると熱くなって終わらない。自分の信じていることが正しいと思い込んでいる者たちなので、相手を説得しようと必死になってくる。絶対に反論しないで、ふんふんと聞いているだけにしなさい。なぜ偽教祖と言われるのかというと、自分で真剣に修業して自らの霊的な進化を遂げて多次元大宇宙の真理を真に悟った本当の教祖に比べて、ろくに修業もせず書物からの借り物の知識と口先三寸だけで分かったふりをして民衆や信者を誤った道へと誘い込んだからなのだ。大衆を、正しい霊性進化の道から間違った道へと迷わせたことは真理に弓引く大きな罪なのだよ」

ミーユ師はそう言って、再び霊波動の色を偽教祖の村に合わせて黒と青まだらに調整した。

十五　偽教祖の村

ミーユ師と竜一が偽教祖の村に霊波動を合わせると、早速一人の霊体が近づいてきた。「これは珍しい。二人ともかなりの霊力をお持ちのようだ。私は、前生では日本の『真理の家』教団の教祖をしていた中村霊峰という者だ。その私がなぜこの世界で最下層の偽教祖の村に留められているのか、私にはまったく理解出来ない。私はこの世の真理を極めるために幾多の宗教書や経典を読んだ。時には瞑想もした。そして、人は生まれ替わりながら修業する定めであることや私欲や物欲を捨てなければならないことを悟った。私は自ら悟ったことを自分の教えとして広める決心をした。『真理の家』を創設して信者を集め、説法をした。信者が増えて規模が大きくなった時、教団の村を建設し、信者が寝泊まりして生活出来るようにした。最盛期には、三千人の信者が暮らしていた。入信する時には、自己の資産をすべて教団に寄進して、身一つで入信してもらうことにしていたが、そのうち、家族が反対する者や寄進した資産を取り戻す訴訟が頻発し、社会問題になり、国から不適切宗教と判定されて解散命令を受けてしまった。いったん解散して、再び新たな教団を創設する準備を始めたところで、病気になってしまった。だが、私は自分の教えが間違っていたと思っていない。この村は、偽教祖の村と言われているそうだが、なぜ私が偽教祖にされているのか理解出来ない。アストラル界の階層の振り分けがどういう形で決まるのかが分からず、不満に思っている。この村にいる他の霊体も皆が不満を抱いている。本当に神仏がいるのかと却って疑うようになった。お二人の霊光を見ると、上位霊界から来られているように見えるが、私のどこが間違っているのか教えて欲しい」

前生で中村霊峰だったこの霊体の質問に、ミーユ師が慎重に答えた。

「私も神仏ではないので、偽教祖と本物の教祖との違いが何なのかは分かりません。ただ、教義を押し付けるやり方は問題が多いと聞いています。あなたの教団では、入信も退団も本人の自由にさせていましたか」

「入信はもちろん本人の意思で信者となりますが、いったん信者となってしまうと、自由に退団させないようにしていました。なぜなら、入信するということは、神仏に一生を捧げる覚悟があって信者となるのですから、少々修業が厳しいとか、決まりごとに縛られるとかの理由で自由に退団を認めてしまうと教団の統制が取れなくなるからです。重病にならない限りは退団を認めていませんでした。それがなぜ問題になるのか、私には理解出来ないのです。信者たちの信仰心を鼓舞して質素な集団生活のもとで修業させることがなぜ問題なのか分かりません」

この霊体の言葉には、指導教祖である自分が未熟な信者を厳しく導くことこそ正義であるという自負がはっきりと見られる。ミーユ師は、これ以上の深入りは危険だと感じて、

「我々もまだ修業中の身なので、残念ながら、あなたに教えられるだけの知恵を持っておりません。我々ももう少し修業してまいります」

と答えて、離れることにした。

この霊体と十分に離れたところで、ミーユ師が竜一に問いかけた。

「偽教祖の村にいる霊体は、いずれも自信満々な者たちばかりだ。自分たちは、未熟な信者たちよりも多くを学び、多くを悟り、信者たちを正しく導く力を得ていると思い込んでいる。アストラル界の第七階層に縛り付けられている理由を理解出来ていない。理解出来ていないからこそ、偽教祖の村に留まっていると言える。では、リュウは、彼らの何が問題だと思うかな」

この問いに竜一は答えに窮した。教祖のレベルが未熟であっても、教えていることが間違っていなければ問題ないのではないか。中学生が小学生に問題の解き方を教えても問題ないのではないか。竜一が困っているのを見て、ミーユ師が自説を説明した。

「霊性進化は、基本的に個人個人が自由に自らの経験を通して学ぶことが重要なのだ。一人一人の霊性進化の水準も過去生の経験も異なるから、全員一律に集めて強制的に学ぶやり方では身につかないし、一人一人に対しては不適切な学び方になってしまう。宗教を学ぶには、本人の自由な判断や意志に基づくことが前提になるのだ。教団が刑務所のようになると、自由な霊性進化を妨げてしまう。神仏は、一人一人が自由な意志でさまざまな経験を通じて、自分の霊魂の中に高尚な霊性を焼き付けるようにして進化するように指導されている。カルト教団のやり方は、自由な意志の働きを妨げて、無理やり教義に従わせようとしているのだ。盲目的に服従を強いていると言える。それは正しい霊性進化の時間を無駄にさせてしまう。教祖自らが高次元霊となるまでの修業を積んで霊性進化した霊体とはなっていない上に、多数の信者を囲い込んで集団活動で霊性進化を進めようと考えることの間違いに気付かないから偽教祖とされるのだ。それは、神仏が定めている霊性進化の正しいプロセスをねじ曲げている。本当に正しく霊性進化した高次元霊であれば、教団という集団信者を指導することはありえない。そのやり方では正しく指導出来ないからなのだ。正しい霊性進化の指導は、一人一人に合わせて、真に覚悟を決めて弟子となった少数の者だけを教えることになる。そうしなければ、正しく導くことが出来ないことを理解しているからだ。偽教祖は、霊性進化を正しく導くことの意味を理解していないために、まるで学校の生徒に教えるようなやり方をし、多くの信者に間違ったことを教えている。各人が生まれ替わりに定められた務めをないがしろにして、教団に縛られてしまうことは霊性進化を止めるに等しい。霊性進化の修業とは、集まって瞑想したり、お祈りすることとは限られない。むしろ、霊性進化の未熟なうちは、さまざまな職業を体験して、その中の苦難を通して学ぶ方が霊魂の正しい霊性進化が得られる。瞑想したり、お経を唱えたりする修業は、ある程度の霊性進化を済ませている者にしか適切ではない。人の一回の人生で霊魂に刻み込まれるような霊性進化を進めるには、日本の仏教でいう千日行を何回も行うほどの修業によってしか会得されない。教団の集団で修業の真似ごとをしても、霊魂に刻まれるような霊性進化は期待出来ない。ましてや、教祖がさまざまな経典や宗教書を読破して悟ったつもりになっているのは、単に肉体脳で書物を理解したというだけのことで、それは本当の霊魂の霊性進化となってはいないのだよ。悟りに至ったつもりになっているだけの教祖が人を導くのは極めて危険だ。そのレベルの教祖は、霊魂の根底の霊性進化において、我欲や物欲を克服してはいないので、信者を自分の奴隷にしようとしたり、信者の物質的資産を取り上げようとしたりするのだ。偽教祖は、なぜアストラル界の第七階層に落とされているかというと、一度間違った色に染まって、それを悟りと思い込んでいる者を再び正しい霊性進化の軌道に戻すことは非常に時間を要するからなのだ。真っ白い布は簡単に何色にも染められるが、真っ黒い布を他の色に染め直すには何度も色抜きしなければならないのと同じなのだ。偽教祖は改めてさまざまな職業を経験して、苦難を克服することで、霊性進化の初期からやり直すことになるのだ。だから、第七階層からやり直しとなるのです。偽教祖は、殺人者とは別の意味で、霊性進化の上での問題霊なのです。ところで、霊性進化の未熟な大衆が、偽教祖の説法や教義に簡単に騙されることも問題です。信者たちは、結局、自分で間違いに気付くしかないのだが、間違いに気付いた時に教団から離れてやり直せるように、社会が偽教祖の教団を監視することが必要になる。どの国にも、どの社会にも、どの時代にも、この問題が絶えず起きてくる」

ミーユ師の説明は竜一にも理解出来たが、宗教指導者になることの本当の難しさを改めて認識させられた。

二人が偽教祖の村を移動していると、別の霊体が現れた。この霊体のオーラ光背は、ほとんど黒と言える色で、周辺が波打っていて、裂け目もいくつかある。ただ、大きさは竜一のオーラ光背より少し小さい程度で、霊力はあるようである。しかし、極めて危険な霊力を感じさせる。ミーユ師が修業のためにこの村を訪れたことを伝えると、この霊体は激しい調子で怒りをぶつけてきた。

「私は、前生で、アメリカ合衆国で『平和な家』という教団を率いていたマイケル・シンプソンだった者だが、最後は死刑判決を受けて、この偽教祖の村に落とされた。『平和な家』では、自然との共生を大切にし、自給自足で生活し、自動車の利用や家電製品の利用も制限していた。物欲が精神を蝕むという教義に従って、集団で耕作して分け合っていた。子供たちの教育も大人が手分けして実施するようにしていた。一つの谷を買い取って共同の村とし、最盛時は二百人の信者が暮らしていた。途中までは非常にうまく進んでいた。ところが、若い美男子の信者が教団に加わって三年経った時、元々夫婦仲が良くなかった中年夫婦の妻がこの若者に熱を上げて浮気した。敬虔な信者にとって、不品行は物欲よりもたちが悪いのだ。一度許してしまうと教団の秩序を維持出来なくなる。この妻がみんなの前で浮気を告白して認めた時、私は、何らかの処罰が必要だと判断した。ある意味で見せしめが要ると思った。そこで、上半身を裸にして背中を鞭打ちの刑にすることにした。それも大人全員に執行してもらうことにした。大人たちは、一人二回ずつ鞭を打つのである。この妻の背中の皮膚は裂け、血だらけになり、激しい痛みに何度も失神した。止むを得ず途中からは一人一回の鞭打ちに変更せざるを得なくなったが、激痛と失血でこの妻はその夜息を引き取った。浮気相手の青年は表向き後悔して大人しく務めを果たしていたが、心の中ではこの刑罰に納得していなかった。半年後、もうすぐ高校生になる娘と小学六年生の息子がいる四人家族の信者が、進学のために村を離れて教団を離脱したいと申し出てきた。これまでは、いったん入信したからには離脱を認めない方針で縛っていた。私は、正しい宗教を信じる者は、世俗の進学や就職に惑わされてはいけないと諭し、この家族の離脱を認めなかった。三日目の雨の夜、集団瞑想の時間にこの家族が現れなかった。家に向かうと、既に出発した後だった。だが、歩いて逃亡したらしく、まだそれほど遠くまで行っていないと思われた。私は、村に一台ある自動車で後を追いかけることにした。雨の夜に逃げる家族を捕まえるには、一人では手に余る。私の他に元気な男を二人選び、さらに先ほどの浮気をした若者を運転手にして追いかけた。とうぜん、ライフル銃を持って行った。一時間ほど車を走らせ、村の谷を出て、小川沿いの道を進み、隣の町の灯が見えるところで四人の姿を発見した。私は、銃を構え、『戻れ。車に乗って村に戻れ。戻らないなら射殺することになるぞ』と叫んだ。突然家長の男が隠し持っていた拳銃を発砲し、私の帽子が吹き飛んだ。私も応戦して一発は狙いを外して発砲した。次は射殺する他ないかと構えた途端、運転手だった青年が私に体当たりしてきた。私は、突き飛ばされて銃を落としてしまった。その青年は、素早く車に戻ると発車して、逃亡しようとしている四人家族を乗せて逃げようとした。私は、何とか立ち上がり、車の後輪タイヤめがけて発砲した。三度目にタイヤがパンクした。車は小川に突っ込んで止まり、五人が急いで車を捨てて逃げ出した。私は、一気に近づいて、次々に射殺した。一緒に来た二人の男たちは、恐ろしさに震えながら黙って立っていた。五人の射殺死体を小川に引きずっていき、投げ落とした。夜明けまでに何とか歩いて村に戻った。その夜、私は警察に逮捕された。一緒に行った二人の男の一人が警察に告発したのだ。殺人を目撃して黙っていることに耐えられなかったのだという。自然崇拝の宗教の村という理想を掲げていながら、結局、殺人事件を起こしてしまった私に対して世間は厳しかった。私は死刑判決を受け、教団は解散させられ、教団のあった谷は地方自治体に差し押さえられ、渓谷公園に変わった。その中に五人の慰霊碑も建てられた。私は、アストラル界に戻ってからも、私の教義のどこが間違っていたのかと自問している。たしかに射殺するべきではなかったと悔やんでいるが、ではどうすれば良かったのか。教団が次々に崩壊していくに任せるべきだったのか。物欲を離れて生活するという考え方自体に問題があったのか。どうすれば良かったのか。修業者のお二人に教えて欲しい。私は教祖としてどうすべきだったのですか」

ミーユ師がこの霊体を刺激しないようにゆっくり落ち着いて話を始めた。

「確かに、理想を掲げた宗教組織を成功させるのは難しいことです。なぜ難しいかというと、我欲や物欲に囚われている未熟な信者を集めて、いきなり高邁な教義を押し付け、高い信仰心を求めようとすることにあります。それだけの準備が出来ていない霊魂にとっては息苦しい教団になります。しばらくなら我慢して高尚な教えに従おうとするでしょう。しかし、霊性進化していない霊魂が我慢して耐えられるのには限界があります。耐えられなくなった信者は必ず逃げ出そうとするでしょう。霊性進化の未熟な信者を集めて修業する教団を継続させるには、入信も脱会も自由に、かつ、何の処罰もなく信者自身の選択に任せるのです。信者の財産を取り上げることも行うべきではありません。信者が脱会した時は、自分の財産を元手にやり直せるようにするのです。信者の自由な意志だけで構成された教団なら、たとえ一握りの信者だけが最後まで修業を続けることになり、多くの信者は途中で逃げ出すことになっても、残った少数の信者はいずれ本物の悟りに至るでしょう。それで成功と言えるのです。教団の運営や管理の仕組みの中に物欲や営利の追求を残した組織は、教義で高邁な教えを唱えてみても必ず破綻することになるのです。教えと組織運営とに矛盾があるからです。高尚な教えで未熟な人を導こうとする宗教者は、教祖本人だけでなく教団や組織自体も、我欲や物欲、権威や名声、名誉や栄華、などから無縁なものでなければなりません。それこそが、真の利他なのですから。自らの霊性進化が進んで、それだけの準備が整うまでは、教祖を名乗るべきではないのです。私はそう思います」

ミーユ師の説明をじっと聞いていたこの霊体は、

「確かに私自身が教祖としてまだ未熟だったかもしれないが、殺人で死刑を執行された私が、殺人者の村ではなくて、偽教祖の村に留められているのはなぜなのか。これについては、どう思われますか」

と、質問した。

「殺人者は、殺した相手に対する悪に留まるが、偽教祖が不完全な教義や間違った教えを多数の信者に盲信させる行いは、その影響が社会に広く長く及ぶことになり、正しい霊性進化の仕組みの上で大いなる妨害となるのです。そのために偽教祖の罪は殺人者の罪よりも深いと言えるのです。あなたが偽教祖の村に留まっているのは、より深い罪に基づいて霊性進化をやり直すことが求められているのだと思います。信者たちの正しい霊性進化を妨げる結果となった誤った教えを押し付けた教祖は、アストラル界の最下層にある偽教祖の村に落ちて、正しい霊性進化の真理を一から学び直すことが求められるのでしょう。この第七階層にも高次元霊界の神仏霊からの高尚な霊波動が降り注いでいますので、出来るだけ素直な気持ちで、その霊波動エネルギーを吸収するようにして欲しいと思います」

ミーユ師の答えに満足したのか、

「ありがとうございます」

と返事して、前生でマイケル・シンプソンだったこの霊体は離れていった。

「リュウよ。もうすぐお前も日本に帰国することになる。帰国すれば、おそらく修業した導師として迎えられることだろう。その際には、この偽教祖の村での様子を肝に銘じ、決してカルト教団を作ってはなりませんよ。どんなことがあっても、我欲や物欲から無縁でいて、真に利他と慈悲だけで正しい導きをするように心掛けるのです」

ミーユ師の言葉は、竜一の心に深く刻まれた。

十六　聖者の村

偽教祖の村を離れてから、ミーユ師は、最後に「聖者の村」に行ってみようと言い出した。

「聖者の村は、アストラル界の第一階層にあり、霊性進化の進んだ霊体が留まっているところです。そこの霊体は、ほぼ白い色の大きなオーラ光背を持っている。ただし、よく見ると、白い色にかすかに青とか緑とか赤などの混じっているオーラ光背がほとんどです。それは、その霊体が霊性進化してきた過程の特徴を示しているのです。この村の特徴として、この村にいる七、八割の霊体は、一時的にこの村にいるだけで、速やかに高次元霊界に移っていく準備をしているのです。本来は高次元霊界にいるべき霊性進化した霊体も、地上界で亡くなった直後にはアストラル界の第一階層に戻り、しばらくしてから、その霊体が持っている霊波動に相応しい高次元霊界に移動することになるのです。霊性進化が進んでいるほどアストラル界に留まる期間は短くなると言われている。上位霊の場合、たいていは、数カ月から数年で高次元霊界に移るようだ。この村の二、三割の霊体は、この村が本来の霊波動に相応しい場所で、その場合には、次の生まれ替わりの準備に入るまでこの村に留まることになる。霊性進化のレベルは霊力に現れるが、その霊力は、オーラ光背の大きさと形の輝きに現れる。巨大で真球で明るく輝く白色のオーラ光背を持っている霊体は、高次元霊界の存在だと思って間違いない。しかし、霊性進化が高度に進み、地上界に生まれ替わる必要がないレベルに至った霊体は、滅多にアストラル界で見かけることはない。そういう霊体は、高次元霊界に行かなければ出会うことはないが、我々がいきなり会うと、その凄まじい霊力に圧倒されてしまうことになる。この聖者の村にいる霊体は、まだ地上界に生まれ替わって霊性進化を続けるレベルの者だから、恐れる必要はないが、十分な敬意を持って接しなければなりませんよ。では、行こうか」

ミーユ師はそう言うと、輝く白色のオーラ光背から半透明の澄んだ霊波動を放射した。竜一もあわてて同調させて後を追った。第七階層の村から移動したので、まぶしく明るい第一階層に移ると、天国のように感じる。空に太陽があるわけではないが、空間全体が明るく暖かく、柔らかく香しく、春のようである。二人が見ているうちに、向こうに小川が現れ、岸辺には色とりどりの花が咲いている。花の周りをピンク色の妖精が何体も飛び回っているのが見える。川向こうの茂みは大きなバラの群生らしく、バラの花が真っ盛りに咲いている。バラの太い枝には小鳥が止まって囀っている。どこからか優しい音楽が聞こえてくる。あれあれと思っているうちに、数人の霊体がやってきた。それぞれが大きいオーラ光背を持っている。真っ白いもの、やや緑がかったもの、やや青みを帯びているもの、やや赤みのある白色のもの、わずかに水色がかった白色のものなど、明るく輝くオーラ光背であるが色調が微妙に違う。大きさも若干の大小はあるようだが、ミーユ師のオーラ光背と比べても大きく感じるものが多い。

「この聖者の村は、物語に言われる天国のように感じるかもしれないが、この景色とか音楽とか小鳥などはこの村の霊体たちが想念で作り出している世界なのですよ。美しい物を愛したり、美しい音楽を愛したりする力が極めて優れているので、ほとんど無意識のうちにこういう世界を作り出しているのです。よく見ておきなさい。アストラル界では、聖者の村は天国のように感じますが、さらにその上の高次元霊界に行くと、この村でも殺風景に感じるほどです」

ミーユ師の説明を聞くと、竜一は、霊性進化が進んでいく先々の世界を想像することすら難しいと思ってしまった。

数体の霊体の群れから離れて一体の霊体が二人に向かって近づいてきた。姿を見ると最近のチベット仏教の僧侶に見える。

「これは、よくいらっしゃいました。肉体から離脱してこの世界にまで来られるにはよほどの修業を重ねられたことか。そのご努力には心から敬意を表します。私は、前生で五年前まで、ニマ・タンディンという名前でブータンのタラジュン僧院の僧院主をしていた者です。間もなくこの村を去って、次の高次元の世界へ移動する準備をしているところです。高次元霊界では、まずメンタル界へ移りますが、その前にメンタル素材で霊魂の容れ物を形成しておくことになります。必要なメンタル素材を集めてメンタル体を形成するには、そのための霊波動と想念の集中が必要になります。今、上位霊からの霊波動エネルギーを取り込んでその訓練をしているところです。メンタル体が出来上がれば、その中に霊魂を移し替えるようにして、アストラル体を脱ぎ捨てるのです。アストラル体にはまだ私の欲望のかけらが残っているのですが、メンタル体は欲望を完全に捨て去らなければ形成出来ないので、私の霊魂をもう一段清浄に変えるところです。アストラル霊界からメンタル霊界への霊性進化の過程です。単に生まれ替わるための準備として、アストラル界からメンタル界へ移動する時は、霊性進化を伴わないでアストラル体を脱ぎ捨てることになりますが、メンタル界に留まってその世界で引き続き霊性進化を続けるためには、自分のメンタル体の浄化が必要になるのです。霊魂の清浄な純化をするには、美しい物を一層美しいと感じたり、精妙な音楽をさらに深く愛するようになったり、自らを犠牲にして利他や慈悲をもたらしたり、大自然の進化を促す霊波動エネルギーを高めたり、そういった想念の霊力を強くしていくことになります。我欲や物欲とは無縁にならなければなりません。難しいが、それだけ楽しみな世界です。私は、今では、数々の過去生を思い出すことが出来るようになりました。やっとここまで達成したなという思いです。動物霊から人間の個霊に生まれ替わったのは、おそらく三十万年ほども前のことだろうと思います。それから何回の生まれ替わりを体験したのは分かりませんが、皆さんの時代より四千五百年前のインダス文明の頃の記憶からかすかに思い出すことが出来ます。その頃から、私は、地上界に約三十回の生まれ替わりをしてきました。たくさんの低俗な人生も経験してきました。これからは、自分の霊性進化に加えて、人々の霊性進化を促す手伝いに力を入れることになります。メンタル界は、五次元霊界と言われます。人間から霊性進化して最高の階層に到達した如来の方たちがおられるのは、八次元霊界とのことですから、私の修業と霊性進化のプロセスは、これからが本当に厳しいものとなるでしょう。楽しみです。それにしても、私は過去生で、古代ペルシャや中国の唐やロシア帝国、初期のアメリカ合衆国などに生まれて多くの肉体上の子孫を残してきました。その子孫たちが今では仲たがいして争っているのは耐えられない思いです。もちろん、霊魂の子孫ではありませんが、肉体の子孫であっても仲良くして欲しいと願っています。地上界の多民族が仲良く霊性進化していくように高次元界から正しい霊波動を送るのも私の役目になります。お二人もいずれ私に力を貸してください」

前生でニマ・タンディンという名前のブータンの高僧だった霊体の話は、竜一には難解で、自分の霊性進化の未来が無限に続くように思われた。高僧だったこの霊体のオーラ光背は、ミーユ師のオーラ光背より一回り大きく、白く輝く見事な球体で竜一にはまぶしくて見続けるのが難しいほどである。

「タンディン師でしたか。私は、以前、ルムテク僧院におりましたテンジン・ミーユです。三十年ほど前に二、三度お目にかかったことがありました。あの当時、タンディン師は既に名高い高僧でしたから、直接お話ししたことはありませんが、説法をお聞きしました。懐かしい思い出です。五年前にこの村に戻られたということなら、随分と長寿を全うされたのですね。また、すぐにメンタル界に上がられるとのこと、お喜び申し上げます。今後もますますタンディン師の霊波動を地上の我々に届けていただいて、お導きくださるようお願いいたします。この度は本当に良い出会いが出来ました。ありがとうございました」

ミーユ師が丁寧に手を合わせて感謝の気持ちを伝えた。

前生でニマ・タンディンという名前のブータンの高僧だった霊体が離れていくと、入れ違いに、ミーユ師とほぼ同じ大きさのオーラ光背を纏った霊体が近づいてきた。明るく輝く力強いオーラ光背はやはり高い霊力を示しているが、その色は完全な白ではなく、わずかに緑色に染まって見える。オーラ光背の中心には、西洋の教会の司教のように見える霊体がにこやかに立っている。

「こんにちは。珍しいお客様がお見えですね。私は、前生でポルトガルのサンタレンのキリスト教修道院の大司教をしていたフェルナンド・ロドリゲスという者でした。私の過去生の何度かは、やはりキリスト教の教会の司祭だったり、修道院の神父だったりしました。長い間、神に仕える務めについておりました。しかし、以前は霊次元の世界や神仏霊の世界についてほとんど無知のままにお祈りしたり瞑想したりするだけでした。今回、アストラル界に戻り、聖者の村に入り、多くの聖者の霊体の霊性進化した姿に接したり、上位霊界の霊波動を思い切り吸収するようになって、大宇宙の真理に気付きました。神という超人が存在するのではなく、神とは無限の純粋愛のエネルギーであり、その一部が人間に流れ込んでいることを理解したのです。人は神の子という意味は、人は神の純粋愛の霊波動エネルギーの一部を霊魂の中に持っているからです。それを大きく力強く育てることが霊性進化なのだということを理解しました。この村には、世界のさまざまな宗教の英知が集まっていて、それらの方々の霊波動に感応するたびに教えられることばかりです。お二人の内の若い方は、日本の方ですか。今度私が生まれ替わる時には、自然信仰の日本の神道に関わるのも良いなと思います。人だけでなく、自然のあらゆるものの中に、神の純粋愛の霊波動が含まれているという信仰はまったくその通りだと今では分かります。私の今のオーラ光背がいくぶん緑色をしているのは、教会の務めを果たしながら、宗教画を描くことを長らく続けていたからだと思います。過去生でも画家として生計を立てていた時がありますす。その時に培った美的感覚が霊魂の中に刻まれた結果だろうと思います。自然の美しさに感動する力は私の美徳でもあります。来生が楽しみです」

前生でフェルナンド・ロドリゲスだと言ったこの霊体の述懐は、キリスト教会に長らく関わり、神に仕えてきた修業者の心境を素直に語っており、竜一は、この霊体が「来生が楽しみだ」と吐露したことに感動した。聖者の村に至るまでに霊性進化した者にとっては、さらなる高みへ進化する機会となる来生が待ち遠しくてたまらない気持ちは理解出来るのである。

「地上界においては、さまざまな宗教があり、中には宗教間で争いをしているものがあるなど、同じ神の真理のもとにありながら悲しいことです。しかし、霊界に戻り、高次元霊界の霊波動を十分に取り込むようになると、一つの正しい真理を理解するようになります。そうなると、宗教者の間に争いや紛争、異論や懐疑はなくなります。霊界で正しい真理を理解した聖者の方たちが、来生で本来の宗教者として活躍していただけることは嬉しいことです。霊界での霊性進化の成果が霊魂の中にしっかり刻まれて、来生の活躍につながるように期待しております」

ミーユ師は、この霊体に励ましの言葉を伝えた。

美しく飾られた景観と精妙な音楽が響いている聖者の村を最後にして、二人は元の小屋の肉体に戻った。

十七　ミーユ師の教えⅢ

竜一は、翌日、ミーユ師に呼ばれ、アストラル界を訪ねた体験についての教えを受けた。

「リュウよ。私がリュウに教えられることも残り少なくなってきた。二日間にかなりのアストラル界の村々を訪ねてみたが、良い経験になったことだろう。アストラル界は、霊界としては入口の世界で、霊次元では四次元界にあたる。その上に八次元界まで存在すると言われている。アストラル界は霊界としては進化の遅れている霊体から進化途上の霊体までが滞留している世界だが、それだけにさまざまなレベルの霊体を観察することが出来る。霊界の構造を理解するには最も適していると言える。今回は、十五の村を見てきたのだが、それ以外にもたくさんの村がある。今回見ていない村で、私が以前に訪ねたことがあるのは、建築家の村、デザイナーの村、理美容師の村、法律家の村、漁師の村、器用者の村、政治家の村、商人の村、料理人の村、企業家の村、技師の村、発明家の村、詐欺師の村、ギャンブラーの村、中毒者の村、無気力者の村、盗人の村、暴力者の村、獣人の村だが、その他にも棋士の村、貴人の村、コメディアンの村などいくつもの村がある。リュウがいずれ自分一人でアストラル界に移動出来るまでの霊力を積んだなら、こうした村々も訪ねてみると良い。自分の今後の霊性進化にとって得ることも多いし、反面教師として学ぶこともある。ところで、多くの宗教家や修業者の中には、経典や宗教書、あるいは哲学書を読み通しただけで、霊界を含む大宇宙の真理を悟ったように語る者が後を絶たない。しかし、書物を通して学んだだけでは、真の真理に到達したとは言えない。特に地上界においては、行動が伴わない学習は霊魂の中に刻まれるほどの深い体得は難しいのだ。大宇宙の真理に覚醒したと本当に言えるのは、生きた肉体を抜け出してアストラル界を訪れ、アストラル界のさまざまな霊体に接して、そこから霊性進化の事実を体験した時なのだよ。リュウは、今では真に覚醒したと言える。ただし、覚醒した者には新たな責任が生じる。霊性進化の途上にある多くの霊体や地上界で真理に気付かずに日々の生活に苦闘している人々に対して、正しい霊波動を送り、正しい霊性進化に導くという務めだ。そうかと言って、決してカルト教団のような導き方をしてはならない。十分な霊性進化を遂げていて、覚醒に近づく準備が整い始めている人々や霊体に対して、適切な指導をすれば良い。霊性進化の極めて未熟な魂に対しては、何度かの生まれ替わりの生を通して、自然の霊性進化が進んでいくのを見守るだけにするのだ。無理やり教えようとしてはならない。それをすると、霊性進化にとって害となる。今のリュウの霊力があれば、人々のオーラ光背を見るだけで、次の段階に進む準備が出来ている者を簡単に見分けられるはずだ。そういう者にだけ、求められた時に支援するのだ。また、日本に帰ってからも、自らの霊力をさらに高めるような修業は必ず続けなさい。何をすればよいかは既に分かっていますね。自分の霊魂の声を素直に聞くことです。リュウの帰国までに一週間ほどあるから、その間に最後の修業として、上位霊界にも移動してみることにする。明日の夜は、五次元霊界であるメンタル界を訪ねることにしよう。ところで、人の心についての霊的な話をしておくことにする。心は、霊魂の中に生じる霊意識に他ならない。その霊魂は、霊性進化途上の多くの者にはアストラル体の中に存在している。しかし、物質界で生きている間は、物質的な物理脳とエーテル体とアストラル体が一体的に浸透して結びついているので、霊魂は物理脳の中にあるようにも感じられる。すなわち、心が物理脳の中にあるように感じられるということになる。既に経験したように幽体離脱をすれば、霊魂はエーテル体とアストラル体との一体へ移動するので、物理脳から離れる。そうなると、心はエーテル体にあると感じられるのだ。そして、アストラル界へ移動する時には、霊魂は本来のアストラル体に戻り、心はアストラル体にあるように感じられる。アストラル界のさまざまな村に存在している霊体が、物質界に生きている時と同じように、考えたり感じたりするのは霊魂から生じる霊意識である心がアストラル体の中にあるからなのだ。人が亡くなるとアストラル体とエーテル体や物理脳との一体性が失われるため、霊魂は、アストラル体に戻る。霊体の中に心が移るということなのだ。もっとも、高度に霊性進化した霊体は、霊魂の本来の存在界がメンタル界だったり、コーザル界だったり、あるいは、さらに高次元の神仏霊界だったりするので、そのような霊魂は、死亡した後、アストラル体から速やかに離れて、本来の霊次元に移動することになるのだ。霊意識としての心は霊魂から生まれる霊波動であるから、霊魂の霊性進化の程度に従って、アストラル界の適切な村に留まったり、さらに高次元の霊界に移ったりするのだが、実は、物質界に生きている間でも、霊魂の本来の存在次元から流れ込んでいる霊波動に支配されているのです。霊性進化の遅れている者の心が非道や残酷、嫉妬、恐怖、憎悪、我欲、無気力、怠惰などに満たされており、高度に霊性進化した者の心が高潔、高尚、耽美、慈悲、利他、忍耐、感謝、感動などに満たされているのは、その霊魂の霊性進化の程度を現わしているということなのだよ」

ミーユ師の教えは、さらに深遠なものになり、竜一は、自分が本当に覚醒したのだろうかと不安を感じた。アストラル界を訪ねて不思議に思っていたことを竜一はミーユ師に質問した。

「アストラル界は時空を超えた世界だと感じましたが、宇宙のあらゆる世界をも包む次元なのですか。つまり、アストラル界では他の太陽系の惑星に住んでいる生物たちを観察することも出来るのですか」

この竜一の質問にミーユ師は少し困惑した表情で、考え考えしながら答えた。

「霊次元の世界がどういう形で存在しているのかは正確には私にも分からない難しい疑問

です。神仏霊に近い高次元霊から受けた印象では、地球の上で霊性進化している霊体は地球霊の霊的エネルギーを受けて存在するようなのだ。とうぜん、物質的な地球よりはるかに遠くにまで地球霊の霊的エネルギーが広がっているので霊界が地上付近にあることにはならないが、アストラル界も月までは広がっていないと言われているのです。エーテル界はさらに地上に近い辺りに広がっているようです。したがって、我々のレベルでは、霊界に戻っても他の星の世界を覗くことは出来ないだろう。ただし、神仏霊のレベルになると違うらしいのです。神仏霊はその霊波動を宇宙の大きさまで伸ばすことが出来るらしく、他の星の世界を覗くことも出来ると言われています。いずれにしても、深遠な多次元霊界について私にはまだ確たることを話すことが出来ません。遠い未来には我々もそのレベルにまで到達したいものだね」

ミーユ師の説明は、竜一には想像することすら難しい世界観である。

上位霊界への旅

一　メンタル界への旅

　翌日から、メンタル界を訪問する準備を始めた。準備と言っても、結局は、上位霊界に合わせた霊波動を出せるように修業するのである。

「アストラル体は、霊魂に我欲や物欲、嫉妬や憎悪などの未熟な想念を留めていても問題がないのだが、メンタル界に上がるには、そうした低俗な想念を脱ぎ捨てなければならない。メンタル界は、あらゆる欲望を宿すことが出来ない世界であり、メンタル体は高尚な想念のみを留める存在なのだ。メンタル界に移動するには、アストラル体に留まっている自分の霊魂をアストラル体から離し、メンタル体に移すことが必要になる。自己のメンタル体は、アストラル体に重なって存在しているが、霊性進化途上の者のメンタル体は極めて希薄でメンタル界に移動するには十分ではない。そのために、まず自己のメンタル体を十分なものに鍛えることから始めねばならない。それには、我欲を捨て去り、高尚な想念を強く呼び覚ますのだ。自分のメンタル体が十分な力の霊体になったかどうかは自ずと分かる。おそらく、三日ほどの修業が必要になろう。高尚な想念を強く取り込むやり方としては、自己の霊魂の根底を無心夢想にし、空となった心に神の無限の純粋愛のエネルギーを目一杯満たすことを念ずるのだ。三時間の瞑想を六回、毎日繰り返し、純粋愛の霊波動エネルギーが難なく心に満ち溢れるようにするのだ。早速今から始めよう」

ミーユ師はそう言って小屋の中で瞑想の姿勢を取った。竜一は慌てて結跏趺坐を開始した。

三日目の夕方、その日の四回目の瞑想の中で、竜一は、心の底が金色に輝くように感じた。自分のオーラ光背の大きさが今までになく広がっていることも分かる。メンタル体が十分に強化された感覚とはこれなのか。

その日の六回目の瞑想を終えた時、ミーユ師が指示を伝えた。

「リュウよ。もう分かったと思う。リュウのオーラ光背の霊力と輝きが十分に強くなっている。その力を維持出来れば、明日はメンタル界を訪れることが出来よう。ただし、長く留まるのは難しいだろう。短時間だけメンタル界を観察しに行くとしよう」

翌朝の瞑想に入ると、二人は、いったんアストラル体に移動してから、それを離れてメンタル体に霊魂を移し、自己の意識をメンタル界の霊波動に合わせた。メンタル界は、精妙な音の調べに包まれ、色とりどりの花に囲まれ、山や森が緑に輝き、澄んだ小川が流れ、暖かくて甘い世界だった。アストラル界の聖者の村を天国のようだと感じたが、このメンタル界と比べると聖者の村も色褪せた世界だと感じられる。メンタル界こそまさしく天国なのではないかと、竜一は感動すると同時に、恐れ多い気持ちになった。遠くには天女に見えるものが動いている。キリスト教の宗教画に描かれている天使のような存在が数体ふわふわと飛んできた。

「あれは、このメンタル界に住んでいる固有の存在だ。地上界で天使と言われている存在のモデルなのだが、宗教的な役割をしているのではない。彼らはやはり独特の霊性進化形態を持っているようだ。神の純粋愛のエネルギーを強くするために存在しているということでは、人間の霊体と目的は同じなのだが、我々の霊性進化にかかわりを持ってはいない。見た目にはかわいらしいが、我々が幼児やペットのように接しようとすると叱られる。そういう気持ち自体が自己の欲望を反映することになるので、このメンタル界には厳しい悪なのだよ。メンタル界の存在は、神性を高める上での協力者として扱うのが良いのだ」

ミーユ師が説明しているところへたくさんの霊体が現れた。それぞれが輝く美しいオーラ光背を纏っている。オーラ光背の色はほとんどが白色だが、中には多少の青や緑とか黄色などが混じっている者もいる。オーラ光背の大きさはまちまちである。

「メンタル界にも、霊性進化の程度に合わせて七つの階層がある。しかし、アストラル界のように村に分かれてはいない。第一階層から第七階層までの霊体が混在して存在しているようだ。ただし、階層ごとに最適な霊波動があるので、たとえば、第七階層に属する霊体が第一階層に属する霊体と交感しようとしても完全には理解出来ない。たいていは、オーラ光背の大きさが属する階層を現わしているので、同じ大きさの者同士で交感することになる。あそこに見えるやや小さなオーラ光背の霊体は、第六階層か第七階層の霊体らしいが、来生への生まれ替わりのステップに入っているようだ」

　ミーユ師の説明を聞いて、竜一が近づいてくる霊体を見ると、竜一のオーラ光背より一回りも小さい霊体がやってきた。

「これは見かけない方たちですね。最近この霊界に戻った人たちではありませんね。なんと、肉体を地上に残してメンタル界にまで入ってこられるとは驚きです。よほどの修業を積まれたのですね。私は、逆に、間もなく地上界の来生へ生まれ替わろうとしているところです。アストラル体を脱ぎ捨てた時に前生の記憶はほとんど失ってしまいましたが、来生では、芸術とか芸能などに関わる経験を積みたいと思うのですが、どんな人生になるかは神仏霊の采配にお任せするしかありません。私が物質界で前生を終えてから地上界では既に二百年も過ぎていますので、どんな世界に生まれるのか、楽しみにしています。もちろん、いずれの国に生まれるかも自分で決められませんから、まさしく、運を天に任すということになります。早く候補となる受胎が出てこないかと待ち受けているのです。ひょっとしたら、皆さん方の孫とかに生まれ出ることもあるかもしれませんね。はははは」

　この霊体は、愉快に笑いながら離れていった。入れ替わりに近づいてきた霊体は、巨大なオーラ光背を纏っている。ミーユ師のオーラ光背の倍はあるように見える。しかも、輝くまぶしさに竜一はその霊体を正視していられない。その霊体が近くまでやってきて、強力な霊波動を発したが、竜一にはそれに感応する霊力がなかった。ミーユ師がかろうじて感応しているようである。しばらくミーユ師と感応した後、その霊体はあっという間に消えていった。

「今の霊体は、メンタル界の第二階層に属する霊体で、高度に霊性進化している者だった。あのレベルになると、メンタル界のさらに上の第六次元霊界のコーザル界からも強力な霊波動を受け取ることが出来るらしく、私にも相手の霊波動の半分程度しか理解出来なかった。その霊体が言わんとしていたことは、神仏霊界と言われている七次元霊界、八次元霊界へと霊性進化していくために、高次の霊波動を吸収する力を伸ばすことに意識を集中していると言うのだ。この霊体の水準に霊性進化が進めば、物質界への生まれ替わりは必要なくなるらしい。ただし、地上界で人々の霊性進化を加速する必要があれば、後一度だけ生まれ替わって指導することが起きる可能性はあるとも言っていた。この五次元メンタル界にも六次元霊体が降りてくることがあるらしく、巨大でまぶしいオーラ光背は六次元霊界の存在なのだろう。私にも高次霊界の様子は、またまだ分かっていないことが多いのだよ」

　ミーユ師の説明を聞くと、神仏霊界に存在すると言われる如来や菩薩のレベルに向かって霊界での修業を続けている霊性進化した霊体に出会えたこと自体が、竜一にとっては畏怖すべきことである。もっと多くの霊体に接したかったが、メンタル次元に合わせてこれ以上霊波動を維持することは難しく、二人は、まさしく天国と思えるメンタル界を早々と離れざるを得なかった。

二　コーザル界への旅

翌日、ミーユ師に呼ばれた竜一は、次のような説明を受けた。

「リュウよ。お前の帰国の時も間もなくに迫っているが、最後に六次元霊界のコーザル界を覗いてみよう。これが霊界訪問の最後ということになる。コーザル界にしばらく留まるには、自己の霊魂をコーザル体の中に移す必要があるのだが、残念ながら、我々の今の霊力では、十分なコーザル体を纏うことが出来ない。したがって、メンタル体のままでコーザル界をちらりと覗いて見るだけにする。当然ながら、コーザル界の霊体とメンタル霊波動で感応することは出来ないので、様子を一瞬観察するだけになる。それでも、我々が未来に向かって霊性進化していく先の世界を観察しておく意義は大きいのだよ。コーザル界にまで進化すると、神の純粋愛を実現するための高尚な霊力のみが溢れており、私利私欲や煩悩が入り込む余地はない世界となる。我々の霊力のレベルでは、コーザル界はまぶしくて、息が詰まるほどの強い霊波動が溢れているが、短い時間なら耐えられるだろう。今夜の瞑想の時間にコーザル界を見に行くことにするが、コーザル体を纏えないにしても、霊波動が汚れているとコーザル界に入れないので、今夜に備えて今日は朝から、断食をして肉体も清浄に保つようにしなさい。そうすれば、メンタル体のままでコーザル界を覗くことが出来るだろう。では今夜に」

ミーユ師の説明を聞いて、竜一は、コーザル界にまで上るには、霊波動に未熟な思いが残っていては不可能で、肉体からして純粋で清浄に保っていなければならないとは、果たしてどんな世界なのかと不安に思った。

その夜の瞑想の時間に、二人はまずメンタル体を形成してそこに霊魂を移し、メンタル次元に移動した。そこから、いよいよ上位のコーザル界に移るのである。

「これから言うことをよく聞きなさい。我々の霊力だけでコーザル界に上がることは難しいので、神仏霊のお力を借りることになる。それには、適当な神仏霊を思い浮かべて、その霊力を注いでくださいと念ずることになる。リュウの場合には、日本仏教で知られている神仏霊として、文殊菩薩か、観音菩薩におすがりするのが良いだろう。強く強く念じて、お願いするのだ。コーザル界に移動したら、いきなりまぶしい世界になるからすぐ分かる。コーザル界は、実際には、メンタル界よりも一段と素晴らしい天国のようなところなのだが、我々にはそれに感応するだけの力はなく、どちらを向いてもまぶしく感ずると思う。では、やってみよう」

ミーユ師の指示に従い、竜一は、観音様を思い浮かべ、観音様にコーザル界へ上がるようお助けくださいと念じた。自分の力で可能な限りの強い霊波動を放射しながら、竜一は必死に念じた。三十分余りも念じ続けていただろうか。竜一の霊眼にいきなりまぶしい光が反射した。すぐ近くにミーユ師の霊波動を感じる。二人とも無事にコーザル界に上がることが出来たようである。竜一の目の前には巨大なオーラ光背を纏ったさまざまな霊体が浮かんでいる。いずれの霊体のオーラ光背も、ミーユ師のオーラ光背の倍以上の大きさがある。それらのオーラ光背の色合いは、ほとんどが輝く白だが、わずかに青とか緑とかピンクのものもある。これまでの霊性進化の過程において、特に発達させてきた能力を現わしているらしい。竜一は、それらの霊力の強さに圧倒された。少し離れたところには、ビル一つ分ほどもある巨大なオーラ光背が見えている。それはよほどの進化を遂げた霊体に違いない。竜一がまぶしさを我慢して遠くに目をやった時、「あっ」と驚いた。山脈のように見える異常なサイズのオーラ光背がいきなり現れたのだ。それは、金色に輝く球体である。あまりの大きさで、遠方の視界を遮ってしまっている。まだ遠くにいるにもかかわらず、まぶしくて見続けていられない。竜一の霊眼に焼き付くように痛みを感じた。これ以上留まるのは難しいのだ。

「リュウよ。もう限界だ。戻った方が良い。メンタル界に戻ることにする」

ミーユ師の掛け声で二人はコーザル界から離れた。

メンタル界に戻ると、ミーユ師が今見たコーザル界について解説し始めた。

「コーザル界はまだまだ我々が留まれる世界ではないことが分かったと思う。地上の物質界に生まれ替わる必要のない水準に霊性進化している霊体ばかりがコーザル界の存在なのだ。言わば、我々が神仏と崇めているような方々が存在しているのだ。あの中で、山脈のように巨大な金色のオーラ光背を見ただろう。あれは、おそらく七次元霊界か八次元霊界から下りてきていた神仏霊そのものだと思う。大日如来とか釈迦如来とか阿弥陀如来といった方の一人が六次元霊界に降りてきて、霊性進化の指導をされていたのだと思う。いつの日か、我々も、あのように巨大なオーラ光背を持つ神仏霊へと進化していかねばならないが、どれだけの修業が必要になるかと思うと、気が遠くなるな。だが、リュウが何とかコーザル界を覗くことが出来たことは、リュウにとって、今後の、さらに幾生もの来生においても、宝となる体験だ。霊界への移動は簡単なことではないが、リュウはよく耐えた。おめでとう」

竜一の霊界訪問の旅は無事に終わった。竜一は、見事に覚醒者となったのである。

三　ミーユ師の教えⅣ

霊界訪問の修業を終えた竜一に対して、ミーユ師は、竜一の帰国前の最後の教えを講話した。

「霊界を訪問することは、すなわち、霊次元を含む多次元大宇宙の真理を体得することでもある。しかし、肉体を地上に残したままで霊魂を霊体に移し、霊界に移動するのは容易なことではなく、特殊な修業を積まなければ難しい。特に、高次元霊界を訪問することは、自分の霊力をはるかに上回る世界を見ることになるので、格段に難しいことになる。それだけに、その経験は大きな力となって霊性進化を促すのだ。今ではリュウはその段階に到達出来た。五年前に修業を始めた時は、肺癌を治す力を得たいという自我の願望が契機であったが、この五年の厳しい修業に耐え、今や、人々の霊性進化に力を貸すまでに成長した。これからはリュウの真価が問われることになる。決して我欲に溺れた指導者になってはならない。私利私欲を追求し始めると霊力を失うということを肝に銘じなさい。そして、コーザル界で目の当たりにした高次元霊たちからの強い霊波動をいつでも吸収することに努め、霊性進化の歩みを続けなさい。リュウの五年間の霊性進化は著しいが、それでも、まだ生まれ替わってさらなる霊性進化を続けなければならない。その時に、覚醒した者は、前生での重要な体験を霊魂の中に記憶して留めることが出来る。リュウも、来生では、現生で修業した成果を意識して高次元霊へと霊性進化して欲しい。生まれ替わりが必要ないまでに霊性進化すれば、解脱に至るが、それにはまだまだ道は遠い。人の生まれ替わりについては、霊性進化の初期には短期間に生まれ替わると言われている。それは、初期段階の霊性進化であれば、いかなる人生を経験しても、問題なく適切な霊性進化を進められるからだと思う。しかし、高次霊への霊性進化を目指す水準になると、それだけの高い霊性進化をもたらす人生を選んで生まれ替わることになるため、時には数百年も待機しなければならないと言われている。その間は、霊界での霊性進化を続けることになる。人間としての霊性進化は、八次元霊界に上がるまで続くと言われているが、詳しいことは私にも分かっていない。昔からのヨガ導師の言い伝えによると、地球霊や太陽霊が属しているさらに高次元の霊界や銀河霊界などもあると言われている。そして、地球上の万物は、地球霊や太陽霊の霊波動に支えられて存在していると言われているが、我々には計り知れないことである。さて、話は日本に帰ってからのことになるが、リュウがこのインド奥地の森で動物たちや自然と霊波動を通して交感出来るようになったことを何かに活かせる役目を見つけると良いだろう。先進国では、地球温暖化防止対策が大きな課題となっているが、地球温暖化の原因には自然の破壊が根本にある。リュウには、動物たちや植物たちの悲鳴が聞こえる成長を追求してきた結果だと言える。リュウには、自然のバランスを無視して物欲に駆られたでしょう。人間の物欲を抑えるのは簡単ではないが、自然の声を聞くことが出来る者は正しい判断を促すべきだと思う。リュウには、そうした役割も期待されることになる。さらに、月に一回くらいは幽体離脱をし、エーテル界に入って助けを求める声を聞くようにしなさい。エーテル界でリュウの霊聴に聞こえてくる叫びは、まさしくリュウに助けを求めている者からの声です。そういう者は、既に高いレベルの霊性進化を遂げていて、その人生を通して人類に偉大な献身をするべく生まれた者たちです。ところが、何か運の悪いことが起きて、生死の際にある時の必死の叫びが霊波動となってエーテル界を流れる。彼らを助けることは、多数の人類を救うことにつながります。覚醒したリュウにとっては、エーテル界を通して偉人を救助することも責務の一つと言える。おっと、そうだ。忘れるところだった。しっかり話しておくことがある。それは、食べ物のことだ。この五年の修業中に獣肉をいっさい口にしなかった理由は理解していると思う。獣肉を摂取すると、肉体の気が清浄ではなくなり、霊波動が濁ってしまうのだ。自然や動物などとの霊波動の感応が出来なくなるばかりか、霊界への移動も出来なくなる。肉体を清浄に保つことは極めて重要なのだよ。ところが、日本に帰って普通の食生活を送ると、知らないうちに獣肉や獣脂を口にしてしまう。直接の食材だけでなく、だしの材料や添加物などにも入っている。菓子類の素材にも使われている。野菜なら安心かというと、一般に栽培されている野菜でも、獣骨を粉砕して肥料にしたり、農薬に動物原料を使うものまであるので、それを野菜が吸収して霊的に汚染されていることがある。獣糞も食物連鎖の中で霊波動を汚染する物が含まれることがあり、野菜を通して霊力に悪影響が起きることがある。自分で注意深く栽培した野菜だけを口にするなら安心だが、実際はそうもいかないだろう。したがって、何かを口に入れる際に、静かに集中して、その食物の中の微小な霊波動を感知するようにしなさい。強く濁った霊波動を感じた時には、口に入れないようにしなさい。今のリュウのレベルなら、獣肉を口に入れた途端、気持ちが悪くなり吐き気がしたり、腹痛になったりするはずだが、少量だと気付かずに食することがあるだろう。それが繰り返されると、霊波動が汚染されるのです。食べ物には特に慎重になりなさい。また、飲酒にも注意して、口にしないようにしなさい。最後に、アストラル界に移動する時は、一人で行かないことです。私に連絡して一緒に行くようにしなさい。私への連絡は、いつでもエーテル界を通して感応出来る。しばらくすれば、ドージェも霊界移動が出来るまでに霊性修業が進むでしょう。そうなれば、リュウとドージェでアストラル界に移動することが可能です。二人で行けば、悪霊に対しても対応出来る。この点は、先々まで心に留めておきなさい。それでは、覚醒して変身したリュウの姿を日本の家族に見せてやりなさい。安全な飛行機の旅を祈ります。ケチュパリ湖まで歩きながら、友達になった動物たちや草木に道々でお別れの挨拶をしながら行くのですよ。彼らも、リュウが急に見えなくなったら心配になるからね」

ミーユ師の最後の講話はお別れの言葉になり、竜一は目頭を押さえて慟哭を堪えなければならなかった。

修業を終えて

一　帰国

五年のビザが切れる五日前、竜一は、ミーユ師とドージェに別れの挨拶をし、早朝にケチュパリ湖に向かって山を下りた。途中で猿たちの群れが現れ、竜一が去っていくことを感じたのか、「ギャーギャー、キーキー」と声を上げた。昼過ぎにガントクに着き、そこからタクシーでルムテク僧院に行き、ツェリン師にもお礼と別れの挨拶を行った。翌日、バグドグラ空港経由で夕方にはデリーに到着した。その翌日、最後の検診にインドラプラスタ・アポロ病院へ出向き、カビーア・アガワル医師の最後の診察を受けた。帰国のフライトは、二日後なので、何事もなければ、今日明日とデリーの市内を楽しむつもりである。竜一の検査結果を確認しながら、アガワル医師が名残惜しそうな表情で別れの言葉を掛けてきた。

「川村さん、検査結果はまったく問題なく落ち着いています。肺癌手術の跡もきれいですし、再発の心配はないと思います。腫瘍マーカーの値も安定しています。この数年の川村さんの検査結果は驚くべきものです。最初に診察した時には動脈硬化も少しあり、コレストロール値もかなり高かったので、山奥でのヨガ修業に耐えられるだろうかと心配したのですが、一年もしないうちに全ての検査数値が極めて健康な値に変わりました。どんな薬を使ってもこれほど劇的に改善させるのは難しいことです。肺癌の再発の心配だけでなく、日本の中高年に特有なさまざまな生活習慣病の心配もまったくありません。本来なら、どうやって健康体に改善されたのかをお聞きするべきなのでしょうが、川村さんが特別に厳しいヨガ修業を極められたことを知っていますし、他の人に真似出来ることではないから、あえてお聞きしませんでした。これまでの検診データは、高崎総合医療センターの佐藤医師に送るようにしておきます。どうか安全な帰国の旅を祈ります。このまま健康でこれからもご活躍してください」

アガワル医師は笑顔に変わり、握手しようと竜一に手を差し出した。竜一は、その手を両手で掴み、「ありがとうございました」と頭を下げた。

竜一は、五年ぶりに成田空港に帰ってきた。六十一歳の覚醒者となり、ほぼ白く輝く大きくなったオーラ光背を纏って入国ゲートをくぐった。だが、竜一のオーラ光背に気付く者は一人もいなかった。それだけの霊力を持っている者は滅多にいない。五年前の竜一もそうだった。肺癌の再発を心配し、自分の余命にしか関心がなかったのだ。我欲に完全に捉えられていたのだ。だが、今では、到着便の手荷物を待つ乗客たちの一人一人のオーラ光背が見て取れる。色合いも大きさも形もそれぞれに異なり、その人物の個性や長所や霊力が見えるのだ。アストラル界のいろいろの村で見た霊体たちの記憶と重なる。この人たちも、亡くなってアストラル界に戻った時には、どれかの村に留まることになるのだろう。混雑している空港ロビーで、霊界や多次元大宇宙の真理に関心も知識もなく、目の前の欲望に右往左往している物質界のたくさんの人たちを眺めるのは、何と不思議な気持ちだろうか。だが、竜一は、今や、こうした人たちの正しい霊性進化を見守り、助ける立場になっているのである。（決して上から目線で傲慢な気持ちになってはならない。自分が教えるのではなく、霊性進化途上の人々からも自分が学ぶことこそ大事なのだ。覚醒した今では、全ての物事から正しく学ぶことが出来るのだ。どんな老若男女からでも学べることがある。人々を助け指導するということは、自らが学ぶことなのだ）。竜一は、覚醒した導師の高潔な心境をはっきりと自覚した。

竜一の妻の千代は、竜一から帰国便の連絡を受けており、五年ぶりの夫の帰国を出迎えるために入国出口で待機していた。たくさんの出迎えの人たちで混雑している出口付近には近づけず、少し後方から人々の隙間越しに出てくる乗客を目で追っていた。しかし、いくら待っても夫の姿は見つからなかった。便を間違えたのかしらと、千代が少し不安に感じ始めた時、「千代」という声が後ろから聞こえた。千代がはっと振り向くと、そこには見たことのない初老の男が立っているではないか。真っ黒に日焼けした顔に眼光ばかりが鋭い。ぼさぼさの髪には白いものが目立っていて、半分伸びている髭にも白いものが見える。ひどく痩せた体にダブダブでよれよれの衣服は、誰かにもらった古着にしか見えない。

どう見ても、インドから来た出稼ぎの老人研修生のようである。千代は、自分を見て少し笑っているこの男の衣服をじっと見た。汚れてみすぼらしい衣服は、五年前に夫の竜一が旅立った日に着ていた物のようでもある。

「あっ、あなたなの。竜一さんなの。大丈夫。どこか悪いの」

千代は、竜一のあまりの変わりように驚き、そして、肺癌が再発し、痩せ細って帰国したのかと思った。

「はははは。元気だよ。すっかり変わったから気付かないのも不思議じゃないな。ヨガの仙人になって戻ったよ」

明るく笑いながら話す竜一の言葉に、千代はやっと安心し、「お帰りなさい」と頭を下げた。

その夜は、三人の子供たちの家族も呼んであり、竜一の帰国祝いとなった。

「あなた、何が食べたいですか。食べたいものがあれば言ってください」

妻の千代からそう言われたが、竜一には特に食べたいものはなかった。ご馳走と言われる寿司とかステーキなどは竜一の体が受け付けない。

「そうだな。実は、修業によって体がすっかり変わってしまったから、肉や魚は食べられなくなった。野菜も自然栽培のものなら問題ないが、鶏糞とか牛糞とかを多用して育てたものは遠慮したい。なるべく自然の物で、今の季節が最盛期にあたる物というと、果物の桃と杏子くらいかな。夏野菜も最盛期だから、ハウス物ではなく、路地栽培の自然物があるだろうから、そういうものにして欲しい。野菜は、煮物にしても良いけど、出汁とか味付けに肉汁や獣脂を使ったものは食べられない。他の家族は何を食べても良いけど、私の味付けには天然塩と自然醤油、それと天然味噌だけにして欲しい。料理油は、植物油に限り、自然栽培のゴマ油、ひまわり油、米油、オリーブ油の範囲にとどめて欲しい。詳しい話は後日するけど、修業によって体質が変化したので、食べ物に気を付けないと吐き気がしたり、腹痛になったりするのだよ。注文が多くて済まないが」

竜一の説明を聞いて、千代は意外に思った。五年も日本食から離れていたのだから、寿司が食べたいとか、すき焼が食べたいとか、しゃぶしゃぶにしろとか、刺身が良いとか、そういう答えを期待していたが、竜一の要求では料理する甲斐がないような物である。竜一の修業がどれほど厳しく心身を大きく変化させたかを知らない千代には想像も出来ないのである。

お祝いの夕食には子供たちはそれぞれに好きな酒を手酌し、千代と嫁たちは赤ワインを二本も空けたが、竜一は酒を一切口にしなかった。竜一が、「いらない」と言うと、千代も子供たちも仙人のようになった竜一に無理に勧めることはしなかった。

祝いの席が盛り上がった頃、竜一は、

「悪いが、八時になったので、私はこれから二時間瞑想する。皆は遠慮なく自由に続けてくれ。シャワーは朝浴びるから風呂は要らない」

竜一はそう言って席を立った。竜一から詳しい修業の話を聞きたいと思っていた子供たちは拍子抜けして、酔いも醒めてしまった。

竜一は翌日朝早めに、高崎総合医療センターの佐藤医師の診察を受けに出掛けた。佐藤医師も竜一の変わりように驚いたが、引き締まった体と血色良く日焼けした顔を見て、「川村さん、とても元気そうですね。とにかく検査を一通りしてみましょうか」と微笑んだ。

一連の検査が終わり、もう一度佐藤医師の診察を受けた竜一に、
「川村さん。すっかり変わりましたね。どの数値も素晴らしいですよ。アガワル先生から先日送信されてきたデータを見て、本当かなと疑ったのですが、今日の検査結果を見ると、疑う余地はまったくありません。どの数値も三十代前半の平均値となっていますね。どんな修業をされたのか知りませんが、これでは医師泣かせですな。もう肺癌の再発の心配はないようですが、一応念のために、三カ月に一度検査しに来てください。投薬はもう必要ないでしょう。ところで、川村さんはヨガの修業に行かれたのですから、同じように癌の術後に苦しんでいる患者さんにアドバイス出来ることがあるのではないですか。このセンターにも癌患者の支援サークルがありますから、どうでしょうか、アドバイザーとして助けていただけませんか。まったくのボランティアとなりますが、川村さんのご経験は患者の方々にとって励みになると思うのです」

佐藤医師の要請に断る理由もなく、竜一は、「よろしいですよ」と答えて、癌患者支援サークルアドバイザーとなった。

病院からの帰りの昼過ぎ、竜一は、高崎市役所の農業支援課に立ち寄った。自分で食べる野菜を自分で栽培したいと思ったのである。家の近くに耕作していない畑か市民農園があれば借りたいと思った。持ち主が高齢化して耕作していない畑はあちこちにたくさんあるが、放棄したままでは草ぼうぼうになってしまうので、駐車場にしたり、手のかからないソバ栽培にしている者が多いらしい。しかし、耕作放棄の畑を借りるとなると、ほとんどが一反、二反の大きさがあり、家庭菜園の規模ではない。だが、幸いにして家から歩いて二十分ほどの距離に市民農園の一つがある。何区画か空いているという。しかも、この農園の隣が公園になっていて、ブナや樫の木とかカエデなどの落葉樹の大木が何本か植わっている。これなら、落ち葉を自然堆肥として利用するのに都合がよい。化学肥料や獣糞を使わない栽培にしたいのである。家庭の生ごみの堆肥も竜一の考えている霊波動に支障がない肥料としては問題が多い。自然の樹木の落ち葉なら汚染されている心配がないだろう。竜一は、早速、その市民農園の二区画、二百平米を申し込んだ。既に七月である。野菜を作るなら、明日からでも始めないと夏野菜は終わってしまう。秋野菜も準備する時期である。竜一の当面の仕事がはっきりした。稼ぎにはならないが、食べる物が作れれば問題ない。ただし、冬に野菜を食べられるほど作ろうとしたら、どうしてもハウス栽培が必要になる。重油暖房をしないで昼間の太陽熱だけのハウス栽培だと、寒さに強い野菜に限られるが、それでもホウレン草とかキャベツとかネギとか、春菊など何種類かあり、足りない分は冷凍したもので補える。竜一は、農業支援課の許可をもらって市民農園の一区画の方にパイプ組のハウスを作ることにした。インドの奥地での自給自足に比べると、日本で自給自足する方が却って面倒である。近くの里山は所有者が決まっており、勝手に入って山菜を取ることも出来ないのだ。日本の市街地に暮らしながら、精妙な霊波動を維持しようとするのは至難の業である。それでも竜一は、何としても霊波動を汚染することは避けたかった。どこまで頑張れるか、徹底的に取り組んでみる覚悟である。五年の修業を無に帰すようなことはしたくないのだ。

その日の午後、高崎市役所を出て都内のインド大使館に出かけた。竜一がインドに出掛ける際にビザ取得に特別の配慮をもらったお礼と無事に五年の修業を終えて帰国した報告のためである。既に大使も領事も交代して竜一の知らない人物に替わっていたが、竜一が受付で趣旨を述べると、あっさり大使室に通された。竜一のインドでのヨガ修業の話は、どうやら前任の大使から引き継がれており、大使館内でも興味深い話題として語り継がれていたらしい。

すっかりヨギ導師の風格を漂わせている竜一を見て、駐日インド大使は、

「川村竜一さんですね。とても日本の方には見えません。シッキムの山奥で五年のカルマ

ヨガの修業をされたと聞いています。どう見ても高名なヨギ導師にしか見えませんね。川村さんの体験はインドにとっても大変な名誉であり、誇りです。これからは日本の中でヨガの素晴らしさを紹介したり、人々を指導したりしてください。ご活躍を楽しみにしております」

と、丁寧な言葉を掛けたのであった。

インド大使館を出た後、竜一は、ヴィヴェーカナンダ文化センターに立ち寄った。ヨガ講師のヴァルマ師にもお礼と帰国の挨拶をするためである。以前に会ってから五年が経ったが、ヴァルマ師はまだヨガ講師として頑張っており、竜一の修業の報告を聞くと、

「実にうらやましい話ですな」

と、言って微笑んだ。

その週の日曜日、竜一は、高崎市内の自宅からバスを乗り継いで、榛名山の麓に近いバス停まで出かけた。地図では、そこからは、林道のような細い道が山に向かって伸びているが最後は行き止まりになっている。その山道を歩いて登りながら、竜一は、周りの森林の様子を注意して瞑想に適した場所を探した。ミーユ師の小屋から通った大岩のような瞑想場所を見つけようと思ったのである。一時間ほど登ったところに、深い谷を流れている沢にせり出した大きな岩の棚が見つかった。その上には十分な広さがある。落ち葉に覆われたり、苔むしたりしているが問題ない。ここまで来ると人里離れているので、喧騒は

まったくない。自然の中で、自然と霊波動で感応することが出来そうだ。今は感じていないが、この山の中に住んでいる動物たちとも感応出来るだろう。もちろん、木々や草花とも感応出来る。その日、竜一は、早速、その岩の上で二時間の瞑想を始めた。インドの奥地と日本の森林では動物たちの気配がかなり違うが、二時間の瞑想の中で猿や鹿や猪や狸や狐などと霊波動で探り合うことが出来た。天敵が少ない彼らは、インドの動物たちより警戒心が弱く、のんびりと暮らしていることが感じられた。真夏の自然の息吹を感じ、草木の旺盛な霊波動を感じ、大自然との大いなる共感を楽しんだ。セミや虫たちの鳴き声も心に気持ちよく響いてくる。天気の良い日は、毎日曜日にここに来ることにしようと竜一はまた一つ課題を済ませた。

翌週、竜一は、高崎総合医療センターの癌患者支援サークルに出掛けた。三人一組となって、入院している患者を激励しに病室を回ってから、集会室で、退院した患者とその家族の数組に対して、今の状況や悩みとか困りごとを聞いてあげるのである。支援サークルの相談員は、全員が癌手術を乗り越えて社会復帰している元患者である。竜一は、患者のオーラ光背に注目した。オーラ光背の中の七つのチャクラ部分のどこかに暗い影が見られる者は、まだ病根があると思われる。再発する危険があるだろう。既にどこかに転移している患者もその部位に相当するチャクラが痛んでいるようである。ただし、竜一が治療することは出来ない。苦悩を癒すことしか出来ない。竜一は、その夜から、苦悩が深い患者には患者の就寝中にエーテル界から患者の夢の中に入り、地上界を去ることの意味を悟らせ、残された家族に対する不安を軽くしてやることにした。

二　覚醒の先へ

竜一は、日曜日の岩上瞑想を通して、付近に住んでいる猿の群れや鹿の群れ、猪の一家、狐の家族、狸の一家とつながりが出来た。付近に潜む数匹の蛇や沢に住む魚たちも知覚出来る。二時間の瞑想を終えてバス停まで一時間歩く間に、猿の群れや鹿の群れが寄ってきて竜一と霊波動を交わしていくようになった。時には猪や狸や狐の群れもやってくる。竜一がバス停から岩場まで歩いて山中に入る時にも待っていたようにやってくる猿の親子がいた。この親子の猿にとっては、竜一が守護神のように思えるのだろう。竜一は、猿たちや猪たちには、人間が栽培している野菜を食べに行かないように教えた。それをすると、必ず報復を受けて殺されることになると教えた。人間が栽培しているものと、自然に育っているものとは、匂いで違いを見分けることも教えた。

癌患者支援サークルの竜一のアドバイスは徐々に評判になり、多くの患者が心の救いを求めてやってくるようになった。患者の中には、瞑想の指導をして欲しいという者も出てきた。そうした評判が広がっていき、ある日、東京都の結婚相談センターから連絡を受けた。結婚相談のアドバイザーを引き受けてもらえないかというのである。結婚相談センターだが、実際には離婚相談も増えていて、経済的な問題より心の問題が圧倒的に多いというのである。結局、結婚相談アドバイザーも引き受けることにした。週二回、都庁にある結婚相談センターに出向いて、登録者一人一人に面接するのである。竜一が見分けるのは、学歴とか容姿ではなく、オーラ光背の色と大きさを重点にする。自分だけに分かる符丁で面接した者のオーラ光背の特徴を記録しておく。それによって、候補となる相手を選ぶのである。オーラ光背の色が同系色の者同士はたいてい相性が良いが、補色関係にある者同士も案外うまくいくようなのだ。オーラ光背の色調が離れていても、一方のオーラ光背が十分に大きい者との組み合わせは相性が良い。それは、霊力の高い方の者が配偶者を支えたり指導したりして夫婦間の対立が起きないかららしい。オーラ光背が小さい者同士で、一方の色調が暗かったり、灰色だったりすると、不幸な組み合わせになるようだ。お互いに思いやりに欠けて衝突ばかりする夫婦になるのである。離婚相談にも夫婦のオーラ光背の相性が重要な指標になる。オーラ光背の組み合わせは問題ないにもかかわらず、経済的な理由とか、不妊とか、病弱を理由にする離婚相談は対処の仕方が明白になる。心に原因がない離婚相談の場合には、原因となることを解決すれば助け合っていけるのである。離婚した方が良いと思えるケースもかなりある。お互いに相手の霊性進化の障害になるような組み合わせは離婚した方が良いのである。もちろん、単なる苦労は、耐えて克服することが霊性進化につながるので、生活の苦労とか、嫁舅間の苦労とかは簡単に逃げない方が良い。竜一は、下位霊体が地上の物質界で経験するさまざまな苦悩や苦労の多さに、また、複雑な事情に改めて驚かされた。高次元霊界にまで進化するには、どれだけの生まれ替わりを経験しなければならないのだろうか。霊性進化の采配は、まさしく悠久の時間との我慢比べになることだろう。ここでも竜一が学ぶことはたくさんある。

竜一が帰国してから半年余りがあっという間に過ぎてしまった。日本で生きていくには、修業だけに集中することが出来ない。役所への申請やら、年金手続きやら、健康保険の更新やら、同窓会に顔を出したり、かつての上司の告別式に出掛けたり、週二回のゴミ出しも手伝うことになるし、電気製品が壊れて修理業者を呼ぶことになったり、水道が詰まって業者を呼んだり、とにかく毎日のように何か作業がある。とうぜん、野菜栽培には苗か種を買わなければならない。植える手間も採る手間もある。こういう毎日を過ごしていては、これ以上の霊性進化は望めない。自分のオーラ光背の色は、修業により青からほとんど白に近くなり、かすかに明るい黄緑が混じる程度に大きく成長したが、霊力の進んだ純白にはまだ足りないものがたくさんある。特に芸術に対する感性が進んでいないことが自覚される。竜一は、来生には音楽家に挑戦してみたいと思うが、その前に手掛かりだけでも得ておきたい。今からでも遅くはないだろう。それには何が良いだろうか。とりあえず、千代の意見を聞いてみることにした。

「千代。ちょっと相談だが、何か音楽に親しむことを覚えたい。何が良いだろうか。安直にカラオケ同好会に入ったりするのではなくて、何か感性に響くようなことを始めたい。

千代の病院の患者で、退院してから何か音楽関係を始めた中高年の人とかはいないかな。ご近所の方とかの話でも良いし」

竜一の話に千代はびっくりした。帰国後も仙人のように朝晩の瞑想は欠かさないし、食べる物も自然採食に変わったし、何を考えているのか分からなくなった竜一が、突然音楽関係を始めたいというのである。

「いきなり言われても困りましたね。私の友達で音楽が好きな人たちは、たいてい演奏会を聞きに行きますわ。都心にも近いから良い演奏会がいつでもあります。ひいきにしている歌手のショーを追いかけている人もいます。もちろん知り合いには、職業演奏家もいらっしゃいます。ですが、竜一さんが何のために音楽関係を始めたいのかによって、何をするかが決まるでしょうね。演奏会に行って瞑想したいわけではないのでしょ」

千代の言い分ももっともである。竜一が考えていることを霊性進化の知識も関心もない千代に分かりやすく説明しなければならないが、それは案外難しいのだ。

「詳しく話せば長く難しい話になってしまう。千代には理解出来ないことになろう。だが、説明してみよう。お前が信じるかどうかは別にして、まず二つのことを話すことにする。私は五年の修業を通して、普通の人の何倍もの経験を積んできたが、その修業の中で会得した二つの真理というか、事実というか。それを話しておく。まず一つは、人間は何度も生まれ替わりながら、この世でさまざまな経験を積んで霊性進化を続ける定めであるということだ。それが人に定められた真理ということだ。そして、二つ目は、人の霊性進化の程度とその内容に応じて、その人を取り巻いているオーラ光背の色や大きさや形が変化しているということだ。私は修業によって人々のオーラ光背がはっきり見えるようになった。もちろん、自分のオーラ光背も見えている。修業が進み、霊性進化が高度に至ると、その人のオーラ光背は輝く純白に変わっていく。技術や学問的な経験が深いだけの者のオーラ光背は青系統の色になる。自然や芸術や音楽的な経験が深いだけの者のオーラ光背は緑系統の色になる。根性や忍耐力、競争心を鍛えた者のオーラ光背は赤系統の色になる。幾生もの生まれ替わりを経て、あらゆる経験を深め、高度に霊性進化した者は全ての色を含んで白いオーラ光背となり、しかも巨大な大きさに発達する。私は、厳しい修業のお陰で五年という短期間に、かなり白に近いオーラ光背に到達したが、まだ技術者や研究者の気質が強く、オーラ光背にかすかに青系統が残っている。修業によって自然との感応が出来るまでになり、ある程度緑色のオーラ光背を得たが、まだ十分ではない。私には、芸術的な緑系統の経験が不足しているのだ。それを強くするには、音楽や絵画などの芸術的な経験を深めることが必要になる。しかし、短期間で出来ることではなく、何回かの生まれ替わりを必要とする。ただ、今の人生の中で入口だけでも経験しておきたいと思う。それで、何か音楽的な経験を深めることが出来ないかと考えた。何かアドバイスとして思い付くことはないかな」

この竜一の説明は千代には理解出来ないものだった。特にオーラ光背の色とか大きさとなると、まったくの絵空事に聞こえてしまう。しかし、竜一には見えているというのだ。

仙人のようになって帰ってきた夫を疑うことも出来ない。千代は、すかさず「私のオーラ光背は何色なの」と聞き返そうかと思ったが、思いとどまった。聞いてどうするのと思って自制した。目的もなく自分のオーラ光背を知っても、それで何か生き方を変えるとか、趣味を変えるとかしないのなら、何の意味もない。今は、夫の質問に答えるだけにしようと思った。

「そうですね。三軒先のお隣りさんでは、奥さんが音大卒の方で、小学生たちにピアノを教えていらっしゃいます。そこに通うことから始めてみたらどうですか。子供たちが学校に行っている間は生徒さんが少ないですから、暇にされているようですよ」

千代のアドバイスはなかなか興味深い。芸術性を深めるといっても、いきなり演奏家になれるわけではないし、画家になるのも難しい。自然栽培は始めているから、それを続ければ良いだろう。ピアノの練習から始めて、時々にクラシック音楽を聴きに行くことにしてみるか。竜一は、ご近所にピアノを習いに行くことにした。六十二歳の手習いである。

こうして竜一の帰国後の暮らし方が固まってきた。仙人半分、凡人半分の生活である。まだ寿命が尽きるまでは長いが、竜一は、覚醒者として自覚し、世俗の人々の悩みに寄り添ったり、エーテル界で助けを呼ぶ声に応えたりすることで霊波動を精妙に維持していた。

エピローグ

竜一がインドから帰国して既に十年余り過ぎた。竜一は、既に七十二歳となった。この間に、竜一は、幽体離脱してエーテル界に移動し、助けてと悲鳴を上げている人たちを十人以上救助した。ほとんどが子供たちだが、一人は二十代の女性だった。大人になった者にはエーテル体の竜一の姿が見えないので、安心させるための激励を呼び掛けるのが難しい。いきなり、動物とか近くにいる子供とかを捉まえて助けを呼びにやるのだ。竜一が助けた者たちは、その後に世界各地で世の中のために大いに活躍する重要人物ばかりだった。それも何かの大きな定めが働いているとしか思えない。覚醒した者には、天が定めた役割があるのだろうか。

竜一は、月に一度くらいの頻度で、アストラル界にも出掛ける。もちろん、事前にミーユ師と示し合わせて一緒に出掛けるのだ。最近では、ドージェと一緒にアストラル界に移動することが多くなった。ミーユ師が年老いて霊界移動は体に負担がかかるようになったのだ。癌患者支援サークルの手伝いも結婚相談アドバイザーの役目も続けていた。自然栽培の野菜作りは、同じ市民農園の栽培仲間数人と意気投合し、近くの少し広い畑を借りて、しっかりしたパイプハウスを建て、通年での本格的な自然野菜栽培が出来るようになった。

畑の畔にソーラーを並べて発電し、夏は売電するが、冬は蓄電して夜間にヒートポンプでハウスを加温し、かなりの種類の野菜が通年栽培出来ている。獣糞は使わないという竜一のこだわりを栽培仲間も理解を示してくれた。ピアノの練習はほぼ毎日続けており、最近やっとモーツアルトのピアノソナタ第十六番、第八番、第十二番、第十一番の四曲は家族なら聞かせてもおかしくない程度に弾けるようになったのである。だが、当然のことだが、竜一のオーラ光背が純白になるほどに芸術能力が高まってはいない。修業の先はまだまだ長いのだ。

竜一の三男は、ニュージーランドのクライストチャーチにある農業技術研究所で研究者として暮らしていた。竜一が七十歳の誕生日を迎えた翌月、その三男に次女美羽が生まれた。三年後、七十三歳になった竜一は、入院したミーユ師を見舞いに久々にインドに出掛け、その帰りに、ニュージーランドに立ち寄った。三男家族を訪ねるためである。竜一が翌朝キッチンに下りていくと、美羽がテーブルに新聞広告のチラシを広げて裏の白い紙に何か描いている。動物と花のようである。竜一が静かに見守って精神を統一すると、美羽の霊体のオーラ光背が見えてきた。三歳児のオーラ光背はまだ霊界とのつながりを持っていて、成人のオーラ光背ほど発達していないのだが、それでもはっきり見分けがつく。美羽のそれは、十二年前にアストラル界の農民の村で目にした父のオーラ光背と同じだった。画家として芸術の世界で霊性進化を果たしたいと言っていた父の霊魂が充実した新たな人生を期待通りに歩むことが出来るようにと竜一は心の中で祈った。

参考書籍

『運命を拓く～天風瞑想録～』　著者中村天風　出版社講談社

『神智学大要1 エーテル体』編者A・E・パウエル　訳者仲里誠桔　出版社たま出版

『神智学大要2 アストラル体』編者A・E・パウエル　訳者仲里誠桔　出版社たま出版

『神智学大要3 メンタル体』編者A・E・パウエル　訳者仲里誠桔　出版社たま出版

『神智学大要4 コーザル体』編者A・E・パウエル　訳者仲里誠桔　出版社たま出版

（エーテル、アストラル、メンタル、コーザルの言い方は、『神智学大要』の表現に従った）

著者プロフィール

鶴石 悠紀（つるいし ゆうき）

1945年岡山県生まれ、東京大学電気工学科卒。

セイコーエプソンおよびリコーに勤務後、経営コンサルタントを自営。元中小企業診断士、元社会保険労務士、元行政書士。

著書『天意を汲めるか』『霊性進化』『こんにちは、民生委員です。』『ブデチ』『雀が墜ちる時(電子出版)』

カバーイラスト：水津 結

霊的覚醒

2024年5月15日　初版第1刷発行

著　者　鶴石 悠紀
発行者　瓜谷 綱延
発行所　株式会社文芸社
〒160-0022　東京都新宿区新宿1－10－1
電話　03-5369-3060（代表）
03-5369-2299（販売）

印刷所　株式会社暁印刷

ISBN978-4-286-25264-3